AF304667

Fiona Winter, geboren 1987 bei Frankfurt am Main, studierte vorerst Englisch mit dem Ziel, Übersetzerin zu werden. Nach Abschluss des Studiums zog sie nach Tokyo, wo sie als Sprachlehrerin arbeitete und ihren japanischen Mann kennenlernte. Seit 2011 studiert sie außerdem Psychologie und wohnt mittlerweile in Amsterdam, arbeitet als Übersetzerin und schreibt Romane.

FIONA WINTER

MOONLIGHT SPELL

MAGISCHE SCHATTEN

Überarbeitete Neuausgabe 2021

© 2021 dp Verlag, ein Imprint der dp DIGITAL PUBLISHERS
GmbH

Made in Stuttgart with ♥
Alle Rechte vorbehalten

MAGISCHE SCHATTEN

ISBN 978-3-96087-231-6
E-Book-ISBN 978-3-96087-128-9

Copyright © 2016, dp Verlag, ein Imprint der
dp DIGITAL PUBLISHERS GmbH
Dies ist eine überarbeitete Neuausgabe des bereits 2016 bei dp Verlag, ein Imprint der dp DIGITAL PUBLISHERS GmbH erschienenen Titels Bis(s) zum Sieg (ISBN: 978-3-96087-052-4).

Covergestaltung: Jaqueline Kropmanns
Umschlaggestaltung: ARTC.ore Design
Unter Verwendung von Abbildungen von
depositphotos.com: © tomert, © liqwer20.gmail.com, © Anton-Matyukha, © cla1978
creativemarket.com: © Veris Studio
Lektorat: Daniela Pusch

Satz: dp DIGITAL PUBLISHERS GmbH
Druck und Bindung: Books on Demand GmbH, Norderstedt

KAPITEL 1

„Bettina Frei.“

„Philippe Nemours.“

„Amelie Berger“, sagte ich, ohne mich von meinem Stuhl zu erheben. Die zum Schütteln dargebotenen Hände ignorierte ich. Das höfliche Getue der beiden änderte nichts daran, dass sie mich und meinesgleichen lieber heute als morgen tot sehen würden. Wieso also dieses Treffen? Was führten sie im Schilde?

Doch anstatt mich aufzuklären, saßen die beiden Abgesandten nur da, musterten erst mich, dann den Raum. Ihre Blicke schweiften abschätzig über die künstlichen Spinnweben an den Fenstern, die Plastiktotenköpfe an den Wänden und die Vintage-Kronleuchter, die von der Decke hingen. Was hatten sie von einem Café mit dem Namen *Hexentreff* anderes erwartet?

Eine der Kellnerinnen, trat an unseren Tisch. Ihr rotes, mit goldenen Mustern besticktes Samtkleid im Mittelalter-Stil wippte noch einen Augenblick nach, dann lag es still.

„Wenn Sie das erste Mal hier sind, empfehle ich Ihnen eine unserer Gewürz-Kaffee-Kreationen“, schlug sie den beiden vor. Die abfälligen Blicke, die nun ihr und ihrem Kleid galten, ignorierte sie. „Das ist eine Spezialität unseres Hauses.“

„Wir nehmen je ein Glas Wasser“, forderte Bettina Frei kühl.

„Für dich das Übliche?“ Diese Frage war an mich gerichtet.

Ich nickte.

Die Kellnerin lächelte ein letztes Mal gut gelaunt in die Runde, dann verließ sie unseren Tisch.

„Ein höchst ... wunderliches Etablissement", kommentierte Frei, die mit ihren blonden Locken und der hellen Haut wie eine Porzellanfigur aussah. Die kalten blauen Augen verhalfen diesem Bild zur Perfektion.

Ich zuckte mit den Achseln und richtete den Blick auf Nemours. Außer seinem Namen hatte der glatzköpfige Mann noch kein Wort gesagt. Stattdessen fixierte er alles und jeden mit seinen stechenden braunen Augen. Ich sah kühl zurück, gespannt, ob ich auf diese Weise eine Reaktion provozieren könnte. Als wir das Spiel mehrere Minuten lang gespielt hatten und immer noch nichts passiert war, wandte ich mich wieder Bettina Frei zu. „Was wollen Sie?" Ich wusste nichts von den beiden. Außer, dass sie dem Bund angehörten. Jener Gemeinschaft aus Menschen, die nur ein Ziel hatten: Alle Vampire auszurotten.

„Wir hörten, Sie seien eine Hexe?", fragte sie mit gehobenen Augenbrauen.

Typisch Vampirjäger. Sie wussten über übernatürliche Wesen nur, was sie für wichtig hielten: Wie man einen Vampir schwächt, ihn tötet und verhindert, ebenfalls einer zu werden. Hexen und Zauberer und die Tatsache, dass die einen nichts mit den anderen gemein hatten, interessierte sie nicht. Warum auch? Bisher hatten sich Hexen und Zauberer wohl zu wenig zu Schulden kommen lassen, um in ihren Aufmerksamkeitsfokus zu rücken. Obwohl es ein offenes Geheimnis war, dass der Bund am liebsten jedes übernatürliche Wesen beseitigt hätte. Leider kamen da die schlechte Wirtschaftslage und der Fachkräftemangel ins Spiel.

„Ich bin eine Zauberin", startete ich wider besseren Wissens einen Erklärungsversuch. „Hexen und Hexer besitzen nicht wirklich magische Kräfte. Sie sind ganz normale Menschen, wenn Sie so wollen, und nutzen lediglich magische Gegenstände sowie Rituale, um Magie zu erzeugen. Zauberer hingegen werden schon mit magischen Kräften geboren, sie –"

„Besitzen Sie echte Macht oder nicht?", unterbrach mich Nemours unwirsch. Er sprach mit einem solch schweren französischen Akzent, dass ich ihn kaum verstand.

„Das tue ich. Aber bevor wir weiter von mir sprechen, würde ich gerne erfahren, was Sie von mir wollen. Wieso vereinbaren gerade Sie ein Treffen mit einer Zauberin?"

„Gerade wir? Wie meinen Sie das?", fragte Frei kühl.

„Das wissen Sie ja wohl selbst am Besten."

„Wir haben nichts gegen Zauberer." Sie lächelte mich einnehmend an. Doch da war etwas in ihrer Stimme, das ihre Worte Lügen strafte. „Und wir wollen Ihnen helfen."

„*Sie* wollen *mir* helfen?"

„Im Gegenzug wollen wir natürlich Hilfe von Ihnen. Wir hörten, Sie seien auf der Suche nach dem Zauberer Christopher Margraf?"

Äußerlich blieb ich gelassen. Nur innerlich durchfuhr mich dieser wohlbekannte Schmerz, der jedes Mal in Verbindung mit seinem Namen aufkam. „Woher wissen Sie das?"

Bettina Frei zuckte elegant mit den Achseln. „Wir sind eine große, einflussreiche Organisation. Wir wissen vieles."

„Wissen Sie, was mit ihm passiert ist? Wo er ist?" Ich konnte nicht verhindern, dass meine Stimme zitterte.

„Nein", gab sie zu. „Noch nicht. Aber wir werden ihn finden. Wenn Sie das wollen."

Die Enttäuschung ließ meine Stimme bitter klingen. „Ich suche ihn jetzt schon seit zwei Jahren, ohne Erfolg. Warum sollte es Ihnen anders ergehen?"

„Wie ich bereits sagte: Wir sind eine große Organisation mit vielen Mitteln und Möglichkeiten. Wer weiß ... vielleicht haben wir bereits Informationen über Margrafs Aufenthaltsort, denen wir lediglich nachgehen müssten." Frei lächelte mich vieldeutig an.

Ich durchforstete ihre eisblauen Augen. Sie spielte mit mir, das war klar. Es gab keine Garantie, dass der Bund tatsächlich derartige Informationen besaß. Doch sie hatte es geschafft, einen Funken Hoffnung in mir zu wecken. „Was soll ich für Sie tun?"

Sie schwieg einen Moment, schien über ihre Antwort eingehend nachzudenken. „Was wissen Sie über Vampire?", fragte sie schließlich.

„Nur das Übliche." Die Wendung, die dieses Gespräch nahm, gefiel mir überhaupt nicht. „Wenn es hier um Vampire geht, haben Sie sich die Falsche ausgesucht. Ich hatte noch nie mit welchen zu tun."

„Erfahrung ist für diese Aufgabe nicht von Bedeutung."

„Was soll ich tun?", wiederholte ich.

„Sie sollen einen Vampir für uns töten."

Ich starrte sie an, glaubte für einen Moment, nicht richtig verstanden zu haben.

Da kam die Kellnerin mit einem freundlichen Lächeln an unseren Tisch zurück und stellte die Getränke ab. Die beiden Abgesandten des Bundes musterten die Tonkrüge, in denen sie ihr Wasser serviert bekamen.

„Wir wollten zwei *Gläser* Wasser. Wasser in Gläsern, verstehen Sie?"

„Tut mir Leid, wir servieren alle unsere Getränke in Krügen. Wir haben keine Gläser."

Den Dialog zwischen Frei und der Kellnerin, sowie den irritierten Blick, den Erstere ihr noch hinterherschickte, bekam ich nur am Rande mit. Abwesend entnahm ich der Schale, die auf dem Tisch stand, drei Stück Würfelzucker und ließ sie in meinen Kaffeekrug fallen. Dieses Treffen, die ganze Situation – passierte das wirklich? Bettina Freis Andeutung bezüglich ihrer Informationen über Chris waren zwar nicht viel – aber doch die erste Spur seit zwei Jahren. Die einzige Spur.

„Warum töten Sie den Vampir nicht selbst? Sie *sind* schließlich Vampirjäger." Die Frage, warum sie den Vampir überhaupt tot sehen wollten, sparte ich mir. Sie brauchten keinen Grund. In den letzten Jahren hatte der Bund hart an seinem Image gearbeitet, um die Gerüchte, dass sie Jagd auf alle Vampire – ob gut oder böse – machten, aus dem Weg zu räumen. Doch im Grund wusste jeder, dass es hinter der Fassade anders aussah.

Bettina Frei kämpfte sichtlich um ihre höfliche Miene. „Lucian ist nicht irgendein Vampir." Der Name klang hart, wie ein russisches oder vielleicht rumänisches Wort. „Er ist über vierhundert Jahre alt und seine Macht sowie seine Fähigkeiten erschweren es uns ungemein, ihn überhaupt aufzuspüren. Deshalb brauchen wir Sie."

„Wie ich schon sagte: Ich hatte noch nie mit Vampiren zu tun. Sie können also davon ausgehen, dass ich diesen Lucian nicht leichter finden kann als Sie."

„Sie können ihn finden", beharrte Frei. „Ihnen wird man Auskunft geben, wenn Sie nach ihm fragen."

„Warum sollte man das tun? Wenn der Vampir gar nicht gefunden werden will?" Entweder hörte die Frau mir nicht zu oder es gab da etwas, das sie mir verschwieg. Ich hätte jede Summe darauf gesetzt, dass es sich um Letzteres handelte.

„Oh, Lucian will gefunden werden", erklärte Bettina Frei sichtlich zufrieden. „Nicht von uns, aber von Ihnen schon. Denn Lucian ist in ebendiesem Moment auf der Suche nach einer Zauberin. Nach einer mächtigen Zauberin, die ihm helfen kann, dem Bund zu schaden."

Ich nickte langsam.

„Wir wissen, dass er etwas plant. Im Grunde hat er wohl schon immer davon geträumt, aber nie gewusst, wie er es anstellen sollte. Jetzt allerdings sieht es so aus, als hätte er endlich einen Weg gefunden."

„Einen Weg, um was zu tun?"

„Den Bund zu vernichten."

Ich nahm einen Schluck Kaffee und schüttelte den Kopf. „Ist das nicht ein wenig melodramatisch?" Der Bund war eine uralte Institution und seine Mitglieder über ganz Europa verteilt. Und solch eine Organisation fühlte sich nun von einem einzelnen Vampir bedroht?

„Sie kennen Lucian nicht", sagte Frei nur. „Er hatte mehrere hundert Jahre Zeit, sich zu überlegen, wie er am effektivsten vorgeht. Wir beobachten ihn schon sehr lange und die meiste Zeit hat er sich unauffällig verhalten."

„Bis auf die Leichen", warf Nemours mit tiefer, knurrender Stimme ein.

„Bis auf die Leichen", stimmte Frei zu.

„Welche Leichen?" Ich musste fragen. Obwohl ich mir sicher war, dass Nemours Einwurf genau das zum Ziel gehabt hatte.

„Lucian hatte eine Phase, in der er willkürlich Jagd auf unsere Mitglieder machte und sie uns tot vor unsere Stützpunkte legte. Durch diese … Laune von Lucian haben wir über zwanzig treue Anhänger verloren. Jedenfalls", nahm Frei den Faden wieder auf, „hat Lucian sich, bis auf diese Zwischenfälle, in den letzten dreißig Jahren verdächtig ruhig verhalten. Er hat etwas geplant. Und genau das setzt er nun in die Tat um. Er ist eine Gefahr für jedes einzelne Mitglied unserer Organisation. Wenn wir nichts unternehmen, werden unzählige Menschen sterben."

„Ist das eine Vermutung oder haben Sie Beweise dafür?"

„Lucian hat bereits eine große Zahl Unschuldiger auf dem Gewissen. Denken Sie nicht, dass das seinen Tod rechtfertigt?", fragte Bettina Frei scharf. Das Lächeln war nun endgültig aus ihrem Gesicht verschwunden.

„Doch. Aber ich bin kein Racheengel. Und auch keine Auftragsmörderin. Sie können nicht erwarten, dass ich einfach so jemanden töte, ohne die Hintergründe zu kennen. Nur, weil Sie eine schwammige Vermutung haben." Ich kramte zwei Euro aus meinem Portemonnaie und legte sie neben meinen fast vollen Kaffeekrug auf den Tisch.

„Wenn es um Ihre Sicherheit geht: Natürlich verstehe ich, dass jemandem, der noch nie einen Vampir getroffen hat, das bloße Wort einen Schauer den Rücken hinunter jagt, aber –"

„Darum geht es nicht", unterbrach ich. Tatsächlich löste die Vorstellung, einem echten Vampir zu begegnen, nichts als Neugierde in mir aus.

„Seltsam", sagte Frei nachdenklich, als ich gerade aufstehen wollte. „Uns wurde gesagt, dass Sie Christopher Margraf um jeden Preis finden wollen."

„Nicht um *jeden* Preis", stellte ich klar und stand auf.

„Sie finden unseren Preis zu hoch?", fragte sie ungläubig. „Einem Vampir, der unzählige Menschenleben auf dem Gewissen hat, ein bisschen Theater vorzuspielen, um sein Vertrauen zu gewinnen, und ihm dann einen Pflock ins Herz zu jagen, wenn er nicht damit rechnet?"

Ich konnte über so viel Unverständnis nur den Kopf schütteln. „Es geht mir nicht um das Leben dieses Vampirs. Sondern darum, dass Sie mir Informationen verweigern."

„Also gut", lenkte die Vampirjägerin ein und sogar ihr altes, einnehmendes Lächeln meldete sich zurück. „Setzen Sie sich. Ich erkläre Ihnen, was Lucian vorhat."

Unschlüssig blieb ich stehen, obwohl ich mir ein Lächeln kaum verkneifen konnte. Denn dieses Angebot *hatte* mein Interesse geweckt. Von Anfang an.

„Bitte. Danach können Sie immer noch gehen."

Wortlos setzte ich mich wieder.

„Lucian sucht eine Zauberin, die für ihn Dämonen beschwört."

„Wozu braucht dieser Vampir Dämonen?" Ich wusste nicht besonders viel über das Thema, denn ich hatte noch nie einen Dämon beschworen. Dämonenbeschwörungen ordnete man der dunklen Seite der Magie zu und waren somit nicht meine Baustelle.

„Nun, offensichtlich wird er die Dämonen beauftragen, führende Mitglieder des Bundes zu töten."

„Morddämonen?", fragte ich ungläubig. „Braucht man für deren Beschwörung nicht Blut?" Wie gesagt, ich kannte mich damit nicht aus. Aber ich hatte Gerüchte gehört. Und laut derer war für die Beschwörung eines Morddämons – oder vielmehr für dessen Kontrolle – Blut nötig, und zwar eine ganze Menge. So viel, dass kein Mensch das überleben konnte. Kurz und bündig: Wer einen hübschen, gehorsamen Morddämon wollte, brauchte dafür ein Opfer.

„Mit solcherlei Dingen beschäftigen wir uns nicht", antwortete Bettina Frei spitz. „Das ist ja wohl Ihr Metier."

Diesmal unterdrückte ich den Impuls, die Sache mit der weißen und schwarzen Magie zu erklären. Stattdessen fragte ich. „Woher sind Sie eigentlich so gut über diesen Vampir informiert?"

Um ihren Mund bildete sich ein selbstzufriedenes Lächeln. „Es gibt da jemanden, der Lucian nahe steht und dem wir, ähnlich wie Ihnen, etwas bieten können, das er unbedingt haben will."

„Ein Spion?"

Sie nickte.

„Und warum tötet der nicht einfach diesen Lucian, wenn er ihm so nahe steht?"

„Aus verschiedenen Gründen, die ich hier nicht näher erläutern möchte. Allerdings haben wir den Spion angewiesen, sich Ihnen beim ersten Kontakt zu erkennen zu geben. Dann können Sie seine Motive selbst ergründen."

„Danke." Ich war mir nicht sicher, ob die Ironie in meiner Stimme richtig zur Geltung kam. Jedenfalls reagierte Bettina Frei nicht darauf. Nun blieb noch die Klärung einer wichtigen Frage: „Warum gerade ich?" Zwar gab es Zauberer und Zauberinnen nicht wie Sand am Meer, aber es gab sie. Und der Bund war schließlich nicht nur auf Deutschland beschränkt, er hätte aus vermutlich hunderten Zauberern in ganz Europa wählen können.

„Nun, wir hörten, Sie seien mächtig", sagte Bettina Frei langsam. „Und das wird Lucian zweifelsfrei wissen, wenn er Ihnen gegenüber steht. Mit einer schwachen Zauberin kann er schließlich nichts anfangen."

Ich nickte. Das war einleuchtend. Trotzdem war ich nicht die einzige mächtige Zauberin und genau das wollte ich gerade einwenden, als Frei weitersprach: „Außerdem haben Sie einen Herzenswunsch, den der Bund zu erfüllen imstande ist. Die Sache mit Christopher Margraf."

„Woher wissen Sie eigentlich davon?"

„Wie ich schon sagte …"

„Sie sind eine große Organisation", führte ich den Satz zu Ende. „Trotzdem würde ich gerne wissen, wer den Informanten gespielt hat. War es jemand von hier?"

Sie sah mich lange an, schien an ihrer Antwort zu feilen. „Das könnte man so sagen, ja", gab sie schließlich zu. „Aber sicher verstehen Sie, dass wir den Namen unseres Informanten nicht preisgeben können. Würden wir das tun und es spräche sich herum, würde wohl kaum jemand noch Informationen an uns weitergeben wollen."

Ich nickte nur. Trotzdem hätte ich zu gern gewusst, wer da hinter meinem Rücken über mich plauderte. Im Grunde konnte es jeder einzelne meiner Kunden sein. All jene, die sich regelmäßig von mir die Zukunft voraussagen ließen, wussten auch von Chris. So etwas sprach sich herum. Gut möglich, dass auch andere, die meine Dienste als Zauberin nie in Anspruch genommen hatten, Bescheid wussten.

„Damit ist es also entschieden?", riss mich Frei aus meinen ohnehin sinnlosen Grübeleien. „Sie nehmen den Auftrag an?"

Alles sprach dafür, mich darauf einzulassen. Nun gut, alles außer dem Teil, in dem ich einen Vampir töten musste. Wie wahrscheinlich war es, dass ich das schaffte, ohne selbst getötet zu werden? Aber selbst bei dem Gedanken an meinen möglichen Tod spürte ich keine Angst. Wenn ich ehrlich zu mir war, war mein Leben ohnehin sinnlos geworden – und zwar in dem Moment, in dem Chris verschwunden war. Seitdem hatte ich ausschließlich für die ständig geringer werdende Hoffnung gelebt, ihn doch eines Tages wiederzufinden. Für eine Chance wie diese. „Ich mache es."

Einige Sekunden herrschte Stille. Dann: „Hier." Frei schob mir einen Zettel über den Tisch entgegen. „Diese Nummer rufen Sie an, wenn Sie mit Lucian Kontakt aufgenommen haben. Am Telefon werde ich Ihnen dann das weitere Vorgehen erklären."

Etwas an ihrem Ton gefiel mir ganz und gar nicht. „Und das können Sie nicht sofort tun, weil ...?"

Sie lächelte liebenswürdig. „Weil Sie uns erst einmal beweisen müssen, dass Sie der Sache gewachsen sind. Indem Sie Ihre erste Begegnung mit Lucian überleben."

Nun wurde mir doch ein wenig mulmig, doch nicht genug, um mich von meinem Entschluss abzubringen. „Sie haben nicht …" Ich musste mich räuspern, um weitersprechen zu können, „… nicht zufällig irgendwelche Tipps für mich, oder? Für das erste Treffen?"

Bettina Freis Lächeln wurde breiter. Ihr machte das Ganze einen Heidenspaß, das war nicht zu übersehen. „Überzeugen Sie ihn, dass Sie auf seiner Seite stehen. Dass Sie uns ebenso hassen wie er. Bringen Sie ihn dazu, Sie als seine Komplizin anzuheuern."

Ich schluckte. „Und wie soll ich das anstellen?"

„Seien Sie kreativ, aber vor allem überzeugend. Nur so können Sie überleben. Und nur so haben Sie eine Chance, ihn zu töten. Er muss Ihnen bedingungslos vertrauen, dann können Sie ihn in einem unachtsamen Moment erwischen."

Ich nickte und wischte die tausend Zweifel und Fragen, die plötzlich in mein Bewusstsein drangen, beiseite. Die beiden Vampirjäger würden mir nicht mehr helfen, als sie unbedingt mussten, das war offensichtlich. Wenn ich versagte, war es in ihren Augen schließlich nur ein weiteres wertloses, übernatürliches Leben, das beendet wurde.

Ich seufzte und wollte den Zettel, auf den Bettina Frei ihre Telefonnummer gekritzelt hatte, gerade in meine Tasche stopfen, als ihre eiskalte Hand meinen Arm wie einen Schraubstock umschloss. Ich starrte sie an.

„Keine Beweise", zischte sie.

Mein Blick wanderte unsicher zu meiner Hand, die noch immer den Zettel umschloss, und wieder zu Freis eisblauen Augen, die sie in diesem Moment verdrehte. „Prägen Sie sich die Nummer ein. Jetzt." Sie ließ mich los.

Ich wagte nicht einzuwenden, dass ich noch nie gut darin gewesen war, mir Zahlen zu merken. Stattdessen begann ich kommentarlos, mir die zwölfstellige Nummer immer und immer wieder durchzulesen. Dann gab ich Bettina Frei den Zettel zurück. Im selben Moment hatte ich die letzten beiden Zahlen schon wieder vergessen. Aber das war nun wirklich nicht der richtige Zeitpunkt, sich mit Kleinigkeiten aufzuhalten. „Wie soll ich Lucian finden?"

„*Sie* sind die Zauberin. Sie sind Teil der übernatürlichen Gesellschaft. Wenn wir wüssten, wie wir ihn finden können, bräuchten wir Sie nicht." Damit wandte sich Bettina Frei demonstrativ Nemours zu und begann, sich auf Französisch mit ihm zu unterhalten.

Es war alles gesagt.

Ich stand auf.

Als ich auf die Straße trat und die kalte Novemberluft einatmete, fühlte ich mich so frei wie lange nicht mehr. Von einem auf den anderen Moment hatte sich einfach alles verändert. Plötzlich, wie aus dem Nichts, hatte ich einen Hinweis auf Chris erhalten, eine reelle Chance zu erfahren, was damals geschehen war. Plötzlich hatte mein Leben wieder einen Sinn.

Ich schlug den Weg nach Hause ein und konnte meine Gedanken nur mühsam von Chris weg und hin zu dem Vampir namens Lucian lenken. Damit dieses ganze Unterfangen nicht zu einem Selbstmordkommando wurde, musste ich mehr über Vampire herausfinden. Musste mir einen Plan zurechtlegen, wie genau ich es anstellen konnte, ihn zu töten. Doch zuerst musste ich ihn aufspüren. Aber wie? Erst als ich mein Haus schon fast erreicht hatte, fiel mir Kim ein und ich drehte wieder um.

„Du siehst nicht gut aus, Amelie", war das erste, das Kim zu mir sagte, nachdem sie die Tür geöffnet hatte. „Soll ich dir einen Kräutertee machen?" Sie zog mich ins warme Wohnzimmer und eilte in die Küche. „Ich hab was ganz Neues da", rief sie mir zu. „Aus dem Zauberbedarfsladen neben dem *Hexentreff*. Sie sagen, wenn man den Tee weiht, während er zieht, bekämpft er so ziemlich alles, von Kopfschmerzen bis hin zu Depressionen."

„Aha", machte ich nur, weil ich wusste, dass es sinnlos wäre, den Tee auszuschlagen.

„Und sie sagen, den gibt es nur hier, exklusiv in der Schauersiedlung! Kannst du das fassen? Ich bin so froh, dass ich hierher gezogen bin!"

Ich bezweifelte, dass sie die Schauersiedlung genauso toll fände, wenn sie hier aufgewachsen wäre. Obwohl, Kim traute ich sogar das zu. In mir dagegen kam inzwischen täglich der Wunsch auf, diese Vorstadtsiedlung, die in den letzten Jahren vollends zu einer Touristenattraktion nach dem Motto *Okkultes und Magisches* verkommen war, endgültig hinter mir zu lassen. Ich müsste nur das Haus verkaufen und irgendwo ganz neu anfangen. Leider war das viel leichter gedacht als getan.

Ich seufzte und ließ mich auf Kims plüschiges Sofa sinken.

Hier, in der Schauersiedlung, war es einfach, mit Wahrsagerei sein Geld zu verdienen. Ich bezweifelte, dass das irgendwo anders der Fall wäre. Wenn ich wenigstens einen richtigen Beruf gelernt hätte.

„So." Kim kam mit einem kleinen Tablett aus der Küche zurück und stellte es auf den Tisch. Sie reichte mir eine dampfende Teetasse. „Ich hab auch selbst gebackenen Käsekuchen da. Ich hole dir ein Stück, ja?"

„Bleib hier, Kim", hielt ich sie ein wenig unwirsch zurück. „Ich habe nicht viel Zeit, aber ich brauche deine Hilfe. Oder eher: Eine Information. Über Vampire." Kim war die einzige, die ich jemals über Vampire hatte sprechen hören. Nämlich jedes Mal, wenn sie zu mir kam, damit ich für sie einen Blick in die Zukunft warf. Obwohl sie eine der wenigen war, die genau wussten, dass meine Zukunftsvorhersagen sich nur auf wage

Ahnungen stützten, kam sie mindestens zweimal pro Woche. Und es verging keine Sitzung, in der sie nicht wenigstens ein paar Minuten über Blutsauger brabbelte. Wenn mir jemand weiterhelfen konnte, dann sie.

Kim nahm sich ebenfalls eine dampfende Tasse und setzte sich neben mich. Mit ihren warmen, braunen Augen blickte sie mich an. „Es geht um Chris, nicht wahr? Hast du eine Spur von ihm?"

Ich zögerte, überlegte, wie viel ich ihr erzählen konnte, als Kim hinzufügte: „Du musst es mir natürlich nicht sagen. Eigentlich geht es mich ja auch nichts an. Schließlich sind wir keine Freundinnen." Sie lächelte warm.

Ich wappnete mich innerlich, denn ich wusste, was jetzt kam.

„Obwohl ich manchmal denke, dass dir eine Freundin sehr gut tun würde."

Mindestens einmal im Monat führten wir dieses Gespräch. Sie sagte, jedenfalls sinngemäß, immer das Gleiche und ich antwortete ihr stets das Gleiche: „Ich komme bestens allein zurecht."

„Bist du sicher? Ich weiß nicht, ob es dir aufgefallen ist, aber ..."

Ich hob die Augenbrauen. Diese Wendung war neu.

„Amelie, du hast dich verändert. Seit Chris fort ist."

Einige Minuten vergingen in unangenehmem Schweigen. Was sollte ich auch sagen? Ja, ich hatte mich verändert? Aber keine Lust, darüber zu diskutieren? Ich war kurz davor, sie auf letzteres hinzuweisen, als Kim auf einmal seufzte. „Du brauchst also Infos über Vampire?"

Tatsächlich wusste Kim über die Vampiraktivitäten in der Schauersiedlung bestens Bescheid. Sie erzählte mir, dass es nur einen einzigen echten Vampir gab, der hier sein Zuhause gefunden hatte.

„Dario ...", wiederholte ich seinen Namen nachdenklich. „Kenne ich ihn?"

Kim schüttelte lachend den Kopf. „Kann ich mir nicht vorstellen. Du registrierst Menschen doch erst, wenn sie durch deine Haustür kommen und verlangen, dass du für sie einen Blick in die Zukunft wirfst. Ich bezweifle, dass Dario das jemals getan hat."

Außerdem verriet sie mir, dass der Vampir sich nach Einbruch der Dunkelheit meistens im *Singenden Zombie* aufhielt, einer Karaoke-Bar am Rande der Schauersiedlung, die vor allem von Touristen frequentiert wurde und in der ich noch nie gewesen war. Auf meine Frage, ob Dario sich dort auch seine Mitternachtssnacks aussuchte, erhielt ich keine Antwort. Aber ich kannte Kim und wusste ihre Mimik bestens zu deuten. Ich hatte ins Schwarze getroffen.

Als ich Kims Haus verließ, war es bereits vier Uhr nachmittags. Der Sonnenuntergang ließ nicht mehr lange auf sich warten. Da ich die ganze Sache schnellstmöglich hinter mich bringen wollte, machte ich mich geradewegs auf zum *Singenden Zombie*. Das Lokal befand sich passenderweise im Keller und war zu einer Art Gewölbe ausgebaut worden. Die Atmosphäre war hier um einiges düsterer als im *Hexentreff*, was nicht nur an der stark heruntergedimmten Beleuchtung lag. Im Hintergrund lief Gothik-Musik, anscheinend wurde die Karaoke-Maschine erst später am Abend angeworfen, wofür ich mehr als dankbar war. Die vielleicht achtzehnjährige Kellnerin, bei der ich ein Glas Wasser bestellte, trug ein rotes Korsett mit einem passenden Minirock, sowie zehn Zentimeter hohe Plateau-Stiefel. Kunstblut zierte ihren Hals und sollte wohl einen Vampirbiss imitieren.

Mein Blick glitt über die Köpfe der Gäste hinweg. Obwohl die meisten anscheinend Touristen waren, entdeckte ich auch einige bekannte Gesichter. Kunden, denen ich entweder schon mal die Zukunft vorausgesagt oder für die ich die Geister verstorbener Familienmitglieder herbei gerufen hatte.

Ich setzte mich an einen freien Tisch und hoffte, dass mich niemand ansprechen würde. So traurig es war: Es gab nicht eine einzige Person in diesem Raum, mit der ich gerne ein Gespräch geführt hätte. Früher, als Chris noch da gewesen war, hatten wir einige Siedlungsbewohner zu unseren Freunden gezählt. Doch in den letzten zwei Jahren war der Kontakt eingeschlafen, was zugegebenermaßen meine eigene Schuld war.

Ich nippte an meinem Wasser und behielt die Eingangstür im Blick. Kim hatte mir den Vampir genau beschrieben. Groß, dunkles, kurzes Haar und – welch Überraschung – blass. Keine besonders spezifische Beschreibung. Trotzdem: Einen Vampir würde ich ja wohl erkennen, oder? Auch ohne Darios Erkennungszeichen, das mir Kim verraten hatte: Ein Muttermal rechts über der Oberlippe.

Eine halbe Stunde später war die Sonne endlich untergegangen, zumindest wenn man sich auf die Info verlassen durfte, die ich aus dem Internet abrief. Selbst überprüfen, ob es draußen schon dunkel war, konnte ich in diesem fensterlosen Keller schließlich nicht. Mein Wasser hatte ich bereits geleert und ich spielte mit dem Gedanken, mir ein zweites zu bestellen. Oder doch lieber einen Kaffee? Wer wusste schon, wann genau dieser Vampir sich hier blicken lassen würde? Da nahm ich plötzlich eine Bewegung aus dem Augenwinkel wahr. Jemand kam die Treppe der Eingangstür herunter. Gespannt lehnte ich mich vor. Der Mann, der den *Singenden Zombie* betrat, hatte weibliche Begleitung dabei und außerdem hellblondes Haar. Ich seufzte enttäuscht, da kam hinter dem Pärchen eine weitere Person zum Vorschein. Dieser Gast kam dem beschriebenen Vampir schon näher. Er war allein und dunkelhaarig. Allerdings sah er nicht besonders gut aus. Die Nase war zu groß, der Mund zu unsymmetrisch. Wenn das ein Vampir war, dann wusste ich wirklich nicht, wo die ganze Faszination an diesen Geschöpfen herrühren sollte. Ich wollte schon den Blick abwenden, da entdeckte ich das kleine, unauffällige Muttermal. Das war ... einigermaßen unerwartet. Bisher hatte ich mir nie Gedanken darüber gemacht, wie so ein echter Vampir wohl aussehen mochte, aber irgendwie hatte ich *damit* nicht gerechnet. *Unattraktiv* war ein Adjektiv, das ebenso wenig zu dem Wort Vampir passte wie *vegan*. Ich sollte ein Foto von diesem Dario machen und es an die Presse weiterleiten. Was die Twilight-Fans wohl dazu sagen würden?

Der Vampir schien sich seiner mäßigen Attraktivität nicht bewusst zu sein. Selbstsicher schlenderte er durch die Bar, bis er sich aufwendig an einem freien Tisch niederließ. Auch seine Kleidung war enttäuschend normal. Er trug blaue Jeans, einen grünen Pullover und gewöhnliche braune Turnschuhe. Kein altmodischer Mantel, kein Umhang, keine auffälligen Accessoires, nicht mal ein Tupfen Schwarz.

Als aber die Kellnerin an Darios Tisch trat, bekam ich die Gewissheit, dass Kim doch die Wahrheit gesagt und sich nicht nur einen Scherz mit mir erlaubt hatte. Denn der Blick, mit dem der Vampir das Mädchen musterte, war nicht derselbe, mit dem ein Mann eine Frau ansieht. Sondern eher, wie ein Mann ein saftiges Steak beäugt, bevor er sich darüber hermacht. Nachdem die Kellnerin seinen Tisch verlassen hatte, wandte sich Dario seiner Umgebung zu. Jede Frau, die sich im *Singenden Zombie* aufhielt, fixierte er mit dem gleichen hungrigen Blick. Ich wartete geduldig und als sich die wasserblauen Augen endlich auf mich richteten, antwortete ich mit einem schüchternen Lächeln, bevor ich den Blick scheinbar ertappt senkte. Ich zählte im Geiste bis zehn und als ich wieder hochsah, stand Dario bereits an meinem Tisch. „Würde es Sie sehr stören, wenn ich mich setzte und an Ihrer Anwesenheit erfreute?“

Ich schüttelte den Kopf und gab mir alle Mühe, aufgrund seiner gestelzten Sprache nicht das Gesicht zu verziehen.

„Sind Sie Dario?“, fragte ich, kaum dass der Vampir Platz genommen hatte.

„Sie haben also schon von mir gehört?“ Ein selbstzufriedenes Grinsen breitete sich auf seinen Lippen aus.

„Ja, allerdings bin ich keine Touristin, die eine Nacht mit einem echten Vampir verbringen will.“

Das Lächeln in Darios Gesicht erlosch.

„Ich brauche eine Information“, fuhr ich fort. „Über einen Vampir namens Lucian.“

Dario musterte mich. Dann beugte er sich mit einem falschen Lächeln vor, so dass ein willkürlicher Beobachter denken musste, dass er mir Schmeicheleien ins Ohr flüsterte. „Wer bist du?“, zischte er.

Ich versuchte, keine Miene zu verziehen, und die unwillkommene Nähe auszuhalten. „Ich bin Amelie Berger, eine Zauberin. Und ich weiß, dass Lucian auf der Suche nach jemandem wie mir ist.“

Dario zog sich ein wenig zurück. Gerade weit genug, dass er mich mit seinem bohrenden Blick betrachten konnte.

Ich wartete, hielt dem unausgesprochenen Kräftemessen stand. Wenn er mich nervös machen wollte, musste er sich schon etwas Besseres einfallen lassen.

Ich bereute den Gedanken, kaum dass ich ihn zu Ende gedacht hatte, denn plötzlich trat ein gefährliches Glitzern in Darios Augen. „Ich will wissen, woher du diese Information hast, Zauberin!“

Meine Gedanken rasten, überschlugen sich auf der Suche nach einer glaubhaften Antwort. Doch so sehr ich mir das Hirn zermarterte, mir fiel keine plausible

Lüge ein. Stumm starrte ich in Darios Augen, konzentrierte mich auf die Person, auf den Untoten, der mir gegenüber saß. Genauso, wie ich es tagtäglich tat, wenn ich versuchte, ein Gefühl für die Zukunft meiner Kunden zu bekommen, sandte ich meinen Geist aus, auf der Suche nach irgendetwas, einer Ahnung, einer Information über Dario, die mir weiterhelfen könnte. Und plötzlich sah ich etwas, oder vielmehr spürte etwas. Selbstzweifel. Das Gefühl der Minderwertigkeit, das hinter einer Fassade zur Schau gestellten Selbstbewusstseins verborgen wurde. Dario war kein mächtiger Vampir. Er war schwach, viel schwächer als ich.

Ich blinzelte überrascht. Bisher war mir nicht einmal klar gewesen, dass man die Macht eines Vampirs mit der einer Zauberin vergleichen konnte. Und doch hatten mir meine Fähigkeiten, mein kurzer Blick in Darios Inneres, genau das verraten. Eine Information, die Gold wert war.

Ich hob das Kinn und bedachte Dario mit einem überheblichen Blick. „Hältst du es für klug, so mit mir zu sprechen?"

Darios Augen weiteten sich. Ich sah das Widerspiel der Emotionen in seinen Augen: Unsicherheit, Wut, Angst.

Doch ich ließ ihm keine Zeit, sich für eine davon zu entscheiden: „Lucian wird mir diese Frage selbst stellen. Dir bin ich keine Rechenschaft schuldig." Ich legte eine kleine Effektpause ein.

Dario beobachtete mich noch immer aufmerksam, doch machte keine Anstalten, mir zu widersprechen. Innerlich atmete ich auf. „Da wir das nun geklärt haben, lass uns nicht weiter unser beider Zeit verschwenden."

Dario lehnte sich in seinem Stuhl zurück und faltete die Hände auf dem Tisch. „Lass mich dir sagen, dass ich in diesem Moment nichts lieber täte, als dir deinen hübschen Hals umzudrehen. Außer vielleicht, dich bis auf den letzten Tropfen leer zu saugen."

Ich hätte etwas darauf erwidert, doch traute meiner Stimme nicht.

„Dennoch gebe ich gern zu, dass ich in der Rangordnung zu tief unter Lucian stehe, als dass ich es riskieren könnte, ihn zu verärgern."

„Bringst du mich jetzt zu Lucian?" In dem Moment, in dem ich die Worte aussprach, hoffte ich, dass Dario verneinen würde. Ich hatte mich noch gar nicht vorbereitet. Wenn ich Lucian so gegenüber trat, würde ich mit Sicherheit alles vermasseln und als blutleere Leiche enden.

„Ich werde Lucian dein Anliegen vortragen. Bist du ihm wirklich so viel wert, wie du sagst, wird er dich finden." Der Vampir erhob sich.

Ich hatte keine Zeit, mich an meiner Erleichterung zu erfreuen. Von Lucian zu irgendeiner Zeit, an irgendeinem Ort gefunden zu werden, war fast noch schlimmer, als direkt zu ihm gebracht zu werden. „Warte! Wieso sagst du mir nicht einfach, wie ich Lucian erreichen kann?"

„Leider kenne ich weder seine Nummer noch seine E-Mail-Adresse", meinte Dario trocken.

„Aha", machte ich nur. War das als Scherz gemeint? Selbst Vampire mussten doch irgendwie erreichbar sein. „Dann sag mir doch einfach, wo ich ihn finden kann."

Doch Dario schüttelte nur den Kopf.

Ich seufzte innerlich. Musste ich also abermals auf dem Rangunterschied zwischen uns beiden herumreiten.

Doch bevor ich etwas sagen konnte, grinste Dario plötzlich: „Ich ahne, was du sagen willst, aber spar dir deinen Atem. Verzeih, dass ich das so unverblümt sage, aber obwohl du mächtiger sein magst als ich, so bist du doch ein hilfloser Säugling im Vergleich zu Lucian."

Er übertrieb. Ganz sicher übertrieb er maßlos. Meine Stimme zitterte leicht, als ich fragte: „Kannst du mir dann wenigstens einen Anhaltspunkt geben, wann und wo er mich finden wird?"

„Nein." Damit drehte sich Dario um und ließ mich einfach stehen. Ich sah ihm nach, wie er den *Singenden Zombie* verließ.

Mit einer zitternden Hand griff ich nach meinem Wasserglas und führte es an die Lippen, als mir einfiel, dass es schon lange leer war. Worauf hatte ich mich hier eingelassen? Und wieso hatte ich mich nicht besser vorbereitet, bevor ich Dario getroffen hatte? Ich musste das schleunigst nachholen. Und zwar, bevor Lucian mich fand. Außerdem durfte er mich unter keinen Umständen zu Hause antreffen. Dieser Ort verriet zu viel über mich, vor allem meine Orientierung an der weißen Magie. Ein paar Minuten in meinem Haus und der Vampir wüsste, dass ich noch nie in meinem Leben auch nur daran gedacht hatte, einen Dämon zu beschwören.

Ich sprang auf. Die Pension! Ich würde mir dort ein Zimmer nehmen, bis die Sache erledigt war. Und wenn Lucian mich unbedingt finden wollte, musste er das dort tun.

Ich kramte etwas Geld aus meinem Portemonnaie, legte es auf den Tisch und stürzte hinaus auf die Straße. Ich musste nach Hause und meine Sachen packen. Und vorher abermals einen Abstecher zu Kim machen.

Als ich das Haus betrat, das ich seit meiner Kindheit bewohnte, blieb ich unschlüssig im Flur stehen. Dann ging ich auf direktem Weg die Treppe hoch und öffnete die Tür auf der rechten Seite. Die Tür, die ich seit zwei Jahren nicht mehr geöffnet hatte.

Das hier war Chris' Zimmer gewesen, bis er verschwunden war. Es war sein Zimmer, seit ich denken konnte. Damals, als sowohl seine als auch meine Eltern noch gelebt und gemeinsam in diesem Haus gewohnt hatten. Und auch dann wieder, als Chris und ich nach unserer erreichten Volljährigkeit zurück in das Haus unserer Kindheit gezogen waren. Nur nicht in der Zeit zwischen unserem zehnten und achtzehnten Lebensjahr. Die Zeit, die Chris und ich in einem Heim verbracht hatten, nachdem unsere Eltern bei einem Autounfall gestorben waren, eines Abends, als sie gemeinsam ausgingen und Chris und ich mit der Babysitterin zu Hause fernsahen. Unsere Eltern hatten sich schon gekannt, als sie selbst noch Kinder gewesen waren. Sie alle waren in der Schauersiedlung aufgewachsen, damals, als diese noch nicht solche Touristenattraktion war. Meine Mutter hatte ebenfalls magische Kräfte, ebenso wie Chris' Vater. Unsere Eltern hatten großen Wert darauf gelegt, dass wir uns schon früh mit unseren Fähigkeiten beschäftigten, damit wir sie später einmal für das Gute einsetzen konnten. Das Haus hatte mein Vater von seinen Eltern geerbt und als Chris' Familie eine vorübergehende Unterkunft gesucht hatten, weil ihr Vermieter ihr Haus zu einem Schauersiedlungs-Souvenirladen umbauen ließ, waren sie bei uns eingezogen. Damals waren Chris und ich noch so klein gewesen, dass ich mich kaum daran erinnern konnte. Das Zusammenleben hatte so gut geklappt, dass sie geblieben waren. Und obwohl Chris nicht mein Bruder war, fühlte er sich doch so an. Auch heute noch.

Für einen Moment stand ich bewegungslos im Türrahmen und ließ das Bild auf mich wirken. Alles sah genauso aus, wie ich es in Erinnerung hatte: Der vollgestellte Schreibtisch, die Regale, die sich unter der Last von CDs und Videospielen durchbogen und das stets ungemachte Bett. Nur wenn ich genau hinsah, fiel mir die dicke Staubschicht auf. Und die Tatsache, dass einige Dinge fehlten. Zum Beispiel Kleidung, allem voran das hässliche, grün-lila karierte Hemd, Chris' Lieblingskleidungsstück. Auch in dem CD-Regal klafften ein paar Lücken. Außerdem gab es noch ein paar Kleinigkeiten, die weg waren: Portemonnaie, i-Pod, Sonnenbrille. Doch das Handy lag unberührt auf dem Schreibtisch.

Der Zustand des Zimmers bewies scheinbar, dass Chris freiwillig und geplant gegangen war. Ebenso wie das zurückgelassene Handy zeigte, dass er nicht gefunden werden wollte. Doch ich konnte das nicht glauben. Was, wenn jemand das alles absichtlich inszeniert hatte?

Meine Hand umklammerte die Türklinke so fest, dass die Knöchelchen weiß hervor traten. Übelkeit drohte, mich zu überschwemmen. Ich versuchte, sie zu unterdrücken und dann, als das nicht mehr möglich war, sie niederzukämpfen. Doch ich hatte keine Chance.

Chris und ich, wir hatten Pläne gehabt. Nachdem wir volljährig wurden, hatte sich bei uns alles um die Magie gedreht. Unsere Eltern hatten leider nicht genug Zeit gehabt, uns die vollständige Kontrolle über unsere Kräfte zu lehren, also mussten wir das selbst in die Hand nehmen. Und wir schafften es relativ schnell, die Anwendung der drei grundlegenden magischen Fähigkeiten zu erlernen: Das Illusionieren, die Heraufbeschwörung reiner Energie und den Blick in die Zukunft, was gleichzeitig einen Blick in die Seele des Gegenübers bedeutet. Wir hatten einen Zaubererzirkel gründen wollen: Eine Gemeinschaft von magisch begabten Menschen, die sich gegenseitig im Ausbau ihrer Fähigkeiten unterstützen sollten. Wir hatten am eigenen Leib erfahren, was es heißt, niemanden zu haben, der die Entwicklung der magischen Fähigkeiten fördert. Obwohl Zauberei so lange existierte, wie es

Menschen gab, wusste niemand genau, was in der Magie alles möglich war. Jeder Zauberer war anders, so hieß es. Zwar gab es die drei grundlegenden Fähigkeiten, die beinahe jeder, der magische Kräfte besaß, schon sehr früh entwickelte. Einige blieben jedoch ihr Leben lang auf einem sehr rudimentären Level, während andere lernten, Illusionen zu schaffen, die ganze Menschengruppen hinters Licht führten. Immer wieder tauchten auch Gerüchte auf, dass besonders begabte Zauberer noch ganz andere Fähigkeiten entwickelten, doch bisher hatte ich nie jemanden getroffen, der das bewiesen hätte. Unser Zaubererzirkel sollte unser Verständnis, was alles mit Magie möglich war, erweitern. Vor allem für diejenigen, die wie Chris und ich keine Verwandten mehr hatten, von denen sie lernen konnten. Es sollte ein großer Zirkel sein, mit dem Hauptstandort in einer europäischen Metropole und kleineren über den ganzen Kontinent verteilt. Ja, wir hatten große Pläne.

Ich lächelte unwillkürlich, als ich mich daran erinnerte, wie Chris und ich darauf gekommen waren. Nachdem wir mit achtzehn in dieses Haus zurückgekehrt waren, ohne Familie, ohne irgendwelche Zukunftspläne oder etwas anderes, das uns in der Schauersiedlung hielt, waren wir auf Reisen gegangen. In beinahe jedem europäischen Land waren wir gewesen, hatten Zauberer getroffen, von ihnen gelernt und uns das, was wir zum Leben brauchten, mit Nebenjobs verdient. Es hatte uns so gut gefallen, dass wir entschieden, niemals mehr anders zu leben. Und so war die Idee mit den Zirkeln aufgekommen. Bevor wir sie in die Tat umsetzten, hatten wir das Haus verkaufen wollen, nur deshalb waren wir in die Schauersiedlung zurückgekehrt. Und dann war Chris plötzlich von einem auf den anderen Tag verschwunden. Und ich hatte es nicht über mich gebracht, die Siedlung wieder zu verlassen. Was, wenn er doch eines Tages zurückkehrte?

Blind vor Tränen taumelte ich in das Zimmer hinein. Ich hob Kleidungsstücke auf, nahm das Handy vom Schreibtisch und starrte auf das schwarze Display. Es schwieg und gab keinerlei Hinweise auf Chris Aufenthaltsort. Ich drehte mich um, suchte zum hundertsten Mal nach weiteren Gegenständen, die mir etwas über Chris Verschwinden verraten könnten. Da fiel mein Blick auf das Bücherregal und auf einen ganz bestimmten Buchrücken: *Vampire – Ungeheuer der Nacht oder gequälte Seelen? Ein Ratgeber, der keine Fragen offen lässt.*

Ich stand einen Moment bewegungslos da und konzentrierte mich auf meine Atmung. Ein, aus. Ein, aus. Es funktionierte. Als die Trauer auf ein kontrollierbares Level geschrumpft war, zog ich das Buch heraus und blies die Staubschicht weg. Hatte Chris sich mit Vampiren beschäftigt? Darüber hatte er nie ein Wort gesagt.

Meine Augen suchten die anderen Bücher ab, aber sonst war nichts über Vampire dabei. Dafür blieb ich an einem anderen Titel hängen: *Beschwörungen Band 1 – So rufen Sie Dämonen für jede Gelegenheit.* Wieso hatte Chris dieses Buch? Dämonen gehörten zur dunklen Magie. Weder Chris noch ich hatten uns je für diese Seite interessiert. Mein Blick flog abermals über das Regal und nahm nun noch weitere seltsame Titel wahr, die vereinzelt zwischen den anderen, ganz normalen Büchern standen: *Almanach der schwarzen Magie, Magische Gegenstände und wie man den größtmöglichen Schaden mit ihnen anrichtet, Was Morddämonen wirklich können ...*

Was hatte das zu bedeuten? Wann hatte Chris angefangen, sich für solche Themen zu interessieren?

Ich wusste nicht, wie lang ich dastand und fassungslos auf das Regal starrte. Dann riss ich mich zusammen. Ich hatte keine Zeit dafür. Wenn alles nach Plan lief, würde ich Chris womöglich bald selbst nach diesen Büchern fragen können. Ich zog das Buch über die Dämonenbeschwörungen heraus und klemmte es mir, zusammen mit dem Vampirbuch unter den Arm. Wenn ich vorgeben sollte, eine kundige Dämonenbeschwörerin zu sein, musste ich mich auf dem Gebiet schlau machen.

Mit den beiden Büchern unter dem Arm zog ich mich zur Zimmertür zurück. Ich warf einen letzten Blick hinein, dann schloss ich die Tür.

Ich packte eilig meine Sachen und verließ schließlich mit einer großen Umhängetasche über der Schulter das Haus. Nachdem ich die Eingangstür abgeschlossen hatte, kramte ich die Utensilien aus der Tasche, die ich mir von Kim hatte geben lassen: Zwei getrocknete, verschrumpelte Krähenfüße. Ich platzierte sie je rechts und links der Eingangstür und schaute dann zweifelnd auf sie herab. Mit magischen Gegenständen hatte ich sonst selten zu tun, die fielen eher in das Gebiet von Hexen oder auch in das der dunklen Magie. Ob es funktionieren würde? Zumindest hatte Kim mir versichert, dass sie die Krähenfüße nicht aus dem Ramschladen der alten Barbara hatte, sondern von einem angeblich seriösen Internetanbieter. Aber ob sie deshalb in der Lage wären, das Haus vor Eindringlingen zu schützen?

Ich seufzte und wandte dem Haus den Rücken zu. Mir blieb wohl nicht anderes übrig, als zu hoffen.

Wie auch im *Hexentreff* und im *Singenden Zombie* waren Möbel und Accessoires in der Pension künstlich auf Mittelalter und Mystik getrimmt. Da in den Ferien Ströme von neugierigen Touristen in die Schauersiedlung kamen, verfügte die Pension über viele Zimmer. Heute war zum Glück noch etwas frei. Ich bezahlte im

Voraus und machte mich auf die Suche nach dem mir zugewiesenen Zimmer mit der Nummer 29. Noch nie zuvor war ich in der Pension gewesen und wahrscheinlich würde ich auch nie wieder herkommen, wenn ich nicht unbedingt musste. Den *Hexentreff* mit seinen Plastiktotenköpfen und den *Singende Zombie* mit der Mischung aus Fetisch- und Halloween-Elementen konnte ich gerade noch ertragen. Beiden Lokalen sah man das Unechte auf den ersten Blick an. Aber in diesem Gebäude, das tatsächlich schon uralt war, fühlte ich mich wie in Draculas Schloss. In dem Gang, der zu meinem Zimmer führte, hingen schwere Kronleuchter von der Decke, die dämmriges Licht und seltsam geformte Schatten verbreiteten. Der dicke, rote Teppich, gab unter meinen Schuhen nach. Die düstere Atmosphäre, die über dem gesamten Flur lag, erschwerte mir das Atmen. Oder war es der modrige Geruch, der in der Luft schwebte?

Ich beschleunigte meine Schritte. Als ich den Schlüssel ins Schloss von Zimmer Nummer 29 steckte, bemerkte ich, dass meine Hand zitterte. Das Schloss klickte. Ich versuchte, die Tür zu öffnen, doch sie klemmte. Mit meinem ganzen Gewicht stemmte ich mich dagegen. Quietschend schwang die Tür auf. Blind tastete ich an der Wand nach dem Schalter. Ich knipste das Licht an. Und mein Herzschlag setzte aus.

KAPITEL 2

Da saß jemand. Auf *meinem* Bett, in *meinem* Pensionszimmer, saß jemand! Jemand, der aussah wie ein Vampir. Schwarze schulterlange Haare, die im Nacken zu einem kurzen Zopf gebunden waren, schwarze Hose, schwarzes Hemd, leichenblass und so attraktiv, dass er locker mit jedem Romanvampir mithalten konnte.

Der Mann lächelte mich auf eine Weise an, die in mir den Wunsch weckte, umzudrehen und die Flucht zu ergreifen. „Willst du nicht hereinkommen? Schließlich hast du für das Zimmer bezahlt." Seine nachtblauen Augen schienen über mich zu lachen.

Vorerst blieb ich, wo ich war, noch immer den Türgriff mit einer Hand umklammert. Ich versuchte nachzudenken, doch der Anblick des Mannes lenkte mich ab. Wie er auf dem Bett saß, eine Hand hinter sich auf der Matratze abgestützt, den Oberkörper leicht zurückgelehnt, stellte er einen Blickfang im positivsten Sinne dar. Je länger ich ihn anstarrte, desto lasziver wurde sein Grinsen.

„Wie sind Sie in mein Zimmer gekommen?", brachte ich schließlich heraus.

„Ich bin ein Vampir", gab der Mann zurück, als wäre das Erklärung für alles, einschließlich dafür, dass sich die Erde um die Sonne drehte.

Also doch. Ich hatte es geahnt, obwohl er mit Dario so wenig gemein hatte wie ein weißer Hai mit einer Flunder. „Lucian?"

Der Vampir neigte zustimmend den Kopf.

Ich blickte ihm in die Augen, konzentrierte mich auf ihn, wie ich es heute schon bei Dario getan hatte.

Tauchte mit meinem Geist in seinen ein, machte mich auf die Suche. Dann war es plötzlich zu Ende, als hätte mir jemand die Tür vor der Nase zugeschlagen. Ich blinzelte, taumelte einen Moment, bis ich mein Gleichgewicht wieder fand. Entgeistert starrte ich Lucian an. Der sah zurück und verzog keine Miene. Konnte es sein, dass der Vampir gemerkt hatte, was ich tat, und mich irgendwie abgeblockt hatte?

Ich wollte etwas sagen, doch in meinem Hals hatte sich ein Kloß gebildet, der mir das Sprechen unmöglich machte. Noch nie war es vorgekommen, dass jemand seinen Geist vor mir verschloss.

Plötzlich erhob sich der Vampir mit einer katzengleichen Bewegung vom Bett.

Ich wich unwillkürlich einen Schritt zurück.

„Na na, warum denn so schreckhaft?" Wie ein Raubtier schritt er auf mich zu. Dann stand er auf einmal direkt vor mir.

Ich hatte keine Zeit zu reagieren. Der Vampir packte mein Handgelenk und zog mich mit einem kräftigen Ruck ins Zimmer hinein. Ich stolperte und wäre beinahe gefallen. Währenddessen griff Lucian hinter mich und schloss die Tür. „Wir wollen unser kleines Gespräch doch lieber in Ruhe führen, nicht wahr?"

Lucian stand so nah, dass kaum eine Hand zwischen unsere Körper gepasst hätte. Ich spürte die Wärme, die von ihm ausging. *Wärme?* Natürlich. Wieder so ein Klischee, das sich als unwahr erwies.

Ich stolperte rückwärts. Versuchte, ein bisschen Abstand zwischen uns zu bringen. Doch schon nach einem halben Schritt prallte ich mit dem Rücken gegen die Zimmertür.

Der Vampir lächelte mitleidig und rückte zu mir auf. „Kommen wir endlich zum Geschäftlichen: Du bist die Zauberin Amelie Berger? Und du willst mir helfen, den Bund zu zerstören?"

Ich zwang mich mit aller Kraft zur Ruhe. Nun konnte ich ohnehin nicht mehr fliehen.

„Die bin ich", bestätigte ich mit einigermaßen fester Stimme. Ich reckte das Kinn und versuchte, so viel Überzeugungskraft wie möglich in meinen Blick zu legen.

„Wie erfreulich. Woher weißt du von meinen Plänen?" Lucians Augen blitzten gefährlich auf. Gleichzeitig enthüllte er zwei spitze Eckzähne.

„Ich …", begann ich, doch hatte keine Ahnung, was ich eigentlich sagen wollte. Lucian hatte mich einfach viel zu schnell gefunden. Ich hatte noch keine Zeit gehabt, mir eine gute Erklärung einfallen zu lassen.

Meine Augen fixierten seine Zähne. Sie waren weiß, weißer als alles, was ich jemals gesehen hatte. Und obwohl sie nicht besonders lang waren – vielleicht ein paar Millimeter länger als menschliche Eckzähne – sahen sie so scharf aus wie Rasierklingen.

„Ja?" Der Vampir kam abermals näher, auch wenn ich nicht wusste, wie das noch möglich war. Ich war mir sicher, dass nicht mehr als ein Blatt Papier noch zwischen uns gepasst hätte, und doch berührten sich unsere Körper nicht. Seine Wärme spürte ich jedoch überdeutlich, ebenso wie eine seiner schwarzen Haarsträhnen, die sich aus dem Zopf gelöst hatte und meine Wange kitzelte. Ich atmete seinen Geruch ein, eine herbe, betörende Duftnote, die ein Flattern in meiner Magengegend auslöste.

Ganz langsam streckte Lucian einen Finger aus. Er fuhr damit sanft über meine Stirn, bevor er eine meiner Haarsträhne zwirbelte.

„Es ist mir ein Rätsel, warum du so ängstlich bist", bemerkte der Vampir mit falscher Sorge in der Stimme. „Außer … Oh nein! Bist du etwa nicht ehrlich zu dem guten Dario gewesen?" Er hob die dunklen Augenbrauen in schlecht gespielter Ungläubigkeit.

„Ich war ehrlich."

„Na na na", schalt er. „Habe ich nicht erwähnt, dass ich nicht gerne angelogen werde?" Er lächelte liebenswürdig. Im nächsten Moment packte seine Hand meine Kehle und drückte zu. Ich keuchte, röchelte, doch der Druck wurde nur noch größer.

„Jetzt können wir uns richtig unterhalten, meinst du nicht?"

Meine Hände griffen nach der Hand, die mir die Luft abdrückte. Ich kratzte, schlug und zerrte, doch Lucians Griff war unnachgiebig. Schon senkte sich eine drückende Schwere auf meine Stirn. Mit letzter Kraft trat ich nach dem Vampir. Ich traf nur Luft. Sein Gesicht verschwamm vor meinen Augen. Ich hörte Geräusche ... ein kehliges Wimmern, das ich erst nach ein paar Sekunden als mein eigenes erkannte.

Gleichzeitig sprach der Vampir: „Traurig. Aber was hast du erwartet, als du dich auf eine Zusammenarbeit mit dem Bund eingelassen hast? Dachtest du tatsächlich, sie hätten dich richtig auf die Begegnung mit mir vorbereitet? Da muss ich dich leider enttäuschen, kleine Zauberin. Ihre Zeit ist ihnen zu kostbar, als dass sie sie mit dir verschwenden würden. Und warum ist das so? Weil du eine Zauberin bist, für sie nicht mehr wert als meinesgleichen."

Plötzlich war die Hand an meinem Hals verschwunden. Wie ein nasser Sack fiel ich zu Boden. Gierig sog meine Lunge den Sauerstoff ein. Es war mir egal, dass jeder Atemzug in meiner Kehle brannte. Ich brauchte Luft. Luft ...

„Du solltest versuchen, deine Atmung zu kontrollieren", empfahl der Vampir gelangweilt. „Mir scheint, du bist auf dem besten Weg zu hyperventilieren. Was unter Umständen dazu führen kann, dass du das Bewusstsein verlierst. Ich bin wirklich nicht in der Stimmung, dir noch mehr meiner kostbaren Zeit zu opfern. Also lass es bitte bleiben."

Mir wurde schwindelig. Mein Kopf fühlte sich so groß wie ein Ballon an. Der Vampir hatte recht. Ich musste aufhören zu atmen. Doch es ging nicht. Meine Lunge verlangte nach Sauerstoff, immer und immer wieder. Bunte Punkte flimmerten vor meinen Augen. Ich musste mich zusammenzureißen. Für Chris.

Ich ballte die Hände vor Anstrengung, als ich mich zwang, langsamer zu atmen. Der Schwindel ließ nach.

Erschöpft lehnte ich meinen Kopf gegen die Wand. Doch ich durfte mich jetzt nicht ausruhen. Nur weil Lucian mich eben nicht umgebracht hatte, bedeutete das nicht, dass er es nicht noch tun würde. Warum sollte er mich laufen lassen? Er hatte mich durchschaut. Und hatte Bettina Frei nicht genau damit gerechnet? Für sie war es von vornherein ein Test gewesen, ob ich die erste Begegnung mit Lucian überlebte und dem Auftrag gewachsen war. Lucian hatte recht: Mein Leben bedeutete dem Bund gar nichts. Zorn ließ meinen Körper erbeben. Seltsamerweise richtete sich die Wut nicht gegen den Bund, sondern gegen den Vampir, der mit diesem amüsierten Lächeln auf mich herabschaute.

Noch war dieser Abend nicht vorbei. Noch war ich nicht tot. Und das konnte nur bedeuten, dass Lucian zwar vermutete, dass ich mit dem Bund zusammen arbeitete, aber nicht sicher war. Ich hatte noch eine Chance und die würde ich nutzen. Dieser Vampir würde mich nicht davon abhalten, meinen Auftrag zu erledigen und Chris zu finden. „Sie machen einen Fehler", sagte ich. Zwar klang meine Stimme von Lucians Angriff noch heiser, aber ansonsten ruhig und fest.

Der Vampir hob die Augenbrauen, doch wirkte eher amüsiert als überrascht. „Sieh an. Da es dir augenscheinlich besser geht: Wie wäre es, wenn du mir erzählst, was genau der Bund von dir wollte? Solltest du gerade nicht dazu in Stimmung sein, könnte ich dir auch Folter anbieten." Er leckte sich demonstrativ über die Lippen. „Ich hoffe, du wählst Letzteres."

„Ich weiß, dass Sie meine Magie fühlen können. Sie wissen, dass ich mächtig genug bin, um den Bund mit Ihnen zu zerstören. Sie brauchen mich." Wir blickten uns in die Augen. Mein Blick eindringlich, Lucians für mich unlesbar. „Und ich brauche Sie", setzte ich noch einen oben drauf. „Ich will den Bund ebenso vernichtet sehen, wie Sie."

„Tatsächlich?" Lucian zog das Wort in die Länge, betonte jede einzelne Silbe. „Und wieso benötigt eine mächtige Zauberin wie du meine Hilfe? Wieso beschwörst du nicht einfach deine Morddämonen und machst dem Bund den Garaus? Wieso wendest du dich an einen Vampir wie mich, von dem du dir nicht einmal sicher sein kannst, dass er dich am Leben lässt?"

Er glaubte mir nicht, nicht einmal ansatzweise. Aber noch würde ich nicht aufgeben. Ich versuchte mir vorzustellen, ich wäre tatsächlich eine Dämonenbeschwörerin und wollte den Bund vernichten. Wozu bräuchte ich dann einen Vampir als Komplizen? „Wegen des Opfers", sagte ich spontan. Ich hätte jedenfalls keine Lust, mich für einen Menschen zu entscheiden, der für mein Vorhaben zu sterben hatte, und diesen dann auch noch zu entführen. Vampire dürften da doch weniger Skrupel haben, oder?

„Wegen des Opfers?", wiederholte Lucian.

„Ja, wegen des Blutes, das für die Morddämonen-Beschwörung benötigt wird. Sie wissen schon." Ich versuchte, überzeugend auszusehen, doch wenn ich ehrlich war, hätte nicht mal ich selbst mir geglaubt.

„Interessant", sagte Lucian und zu meiner Überraschung wirkte er tatsächlich, als meinte er es auch so. „Für eine weiße Zauberin, die für den Bund arbeitet, weißt du außergewöhnlich viel über die Beschwörung von Morddämonen."

„Weil ich den Bund zerstören will! Und keine weiße Zauberin bin, zumindest nicht mehr." Ich blickte Lucian ernst an und dachte an Chris, stellte sicher, dass der Vampir die Trauer in meinen Augen lesen konnte. „Der Bund hat jemanden getötet ... jemanden, der mir nahestand. Seitdem habe ich nur das eine Ziel und habe mich Tag und Nacht mit Dämonenbeschwörungen beschäftigt. Sie finden keine bessere als mich."

Lucian musterte mich lange. Nun lag eindeutiges Interesse in seinem Blick. „Gut, kleine Zauberin, ich gebe dir eine letzte Chance." Einen Wimpernschlag später stand er plötzlich wieder direkt vor mir.

Ich musste mich davon abhalten erschrocken aufzukeuchen. „Offenbare mir, wer dir von meinen Plänen erzählt hat."

Wieder spürte ich die Körperwärme des Vampirs, wieder kitzelten seine Haare meine Stirn. Diesmal spürte ich sogar seinen Atem, der meinen Scheitel streifte und seinen Brustkorb, der sich gleichmäßig hob und senkte.

Da machte es plötzlich *klick* in meinem Gehirn. Der Spion! Ihn könnte ich als meinen Informanten verkaufen. Er würde mich decken, würde für mich lügen und dem Vampir erzählen, dass er mich in die Pläne eingeweiht hat! Es fehlte nur noch eine winzige Kleinigkeit: Der Name des Spions. Verdammter Bund!

Ich musste handeln, musste irgendetwas sagen. „Ich weiß es von jemandem, den Sie kennen, aber ich habe versprochen, ihn nicht zu verraten." Ich konnte mich nicht erinnern, wann ich das letzte Mal so schlecht gelogen hatte.

„Warum solltest du mir seinen Namen nicht nennen dürfen?"

Ich fantasierte weiter: „Weil er ohne Ihr Wissen nach einer Zauberin gesucht hat und nicht sicher ist, ob Sie das gutheißen."

Der Vampir sah mich immer noch mit diesem neugierigen Blick an. Ich verschränkte die Arme vor der Brust. Dabei rammte ich ihm absichtlich die Ellenbogen in den Bauch.

Der interessierte Blick in den Augen des Vampirs wurde noch eine Spur intensiver. „Handelt es sich bei diesem Jemand zufällig um eine Vampirin namens Marcelle?"

Ich konnte mein Glück kaum fassen. Glaubte er mir etwa? Oder …? Ich versuchte, seinen Gesichtsausdruck zu deuten, doch vergebens. War es eine Falle? Wahrscheinlich hoffte er, dass ich behauptete, es sei diese Marcelle gewesen, damit er mich der Lüge überführen konnte. Ich schüttelte den Kopf. „Ich werde nichts verraten."

„Also war es Marcelle."

Ich widersprach nicht. Falle hin oder her – ich hatte keine Wahl. Mir blieb nichts anderes übrig, als zu hoffen, dass er mir glaubte.

„Gut", sagte der Vampir mit sanfter Stimme. Dann verließen seine Augen plötzlich mein Gesicht und richteten sich auf einen Punkt weit hinter mir. Ich drehte den Kopf, doch da war nur die Tür. Lucian blickte weiterhin geradeaus, so als hätte er die Realität verlassen. Da ging etwas vor, das spürte ich. Etwas Magisches, das jedoch kein bisschen mit meiner Art der Magie zu tun hatte.

Von einem auf den anderen Moment war es wieder vorbei. Lucians Augen richteten sich wieder auf mich, als er erklärte: „Marcelle wird gleich hier sein, dann können wir sie mit deinen Vorwürfen konfrontieren."

Ich schloss die Augen. Jetzt war es endgültig vorbei.

„Ich bin wirklich gespannt, ob du die Wahrheit sagst." Gutgelaunt wandte Lucian sich um und schritt quer durchs Zimmer auf das Bett zu. Ebenso elegant, wie er vorhin aufgestanden war, ließ er sich nun wieder auf die Matratze sinken. Er betrachtete mich mit halb geschlossenen Lidern, so wie man aus Langeweile ein uninteressantes Gemälde betrachtet.

Ich lehnte mich neben die Tür an die Wand. Mir kam nicht einmal der Gedanke, zu fliehen. Lucian hatte seine übernatürliche Schnelligkeit bereits bewiesen. Ich musste mir etwas anderes einfallen lassen. Jetzt ging es nur noch darum, diese Nacht zu überleben. Es musste doch einen Weg geben. Ich war schließlich nicht irgendein Mensch. Ich hatte Kräfte, ich … ich hatte eine Idee. Wenn diese Marcelle ein ähnlich schwacher Vampir war wie Dario – dann könnte ich sie benutzen. Mithilfe meiner Kräfte würde ich ihr eine Illusion aufzwingen, die sie Lucian als Feind wahrnehmen ließ. Sie würde ihn angreifen. Und ich könnte den Tumult nutzen, um zu fliehen.

Mein Blick flog zum Vampir zurück. Er beobachtete mich immer noch. Ich begann, ihn meinerseits zu mustern. Wie ein Fetzen nächtlichen Himmels zwischen weißen Wolken lag die intensiv gefärbte Iris inmitten seiner Augen. Umrahmt von langen, dunklen Wimpern, stach das Blau noch leuchtender hervor. Das pechschwarze Haar bildete einen scharfen Kontrast zu seiner elfenbeinfarbenen Haut. Die Lippen setzten sich durch starke Konturen von der umliegenden Haut ab, waren intensiver gefärbt als der Rest und weder zu schmal, noch zu voll. Die hohen Wangenknochen gaben seinem Gesicht das gewisse Etwas.

Mein Blick glitt weiter, über seine Schultern, die von einem schwarzen, offenen Hemd und dem darunter liegenden Sweatshirt verdeckt wurden. Sein schlanker Körper strahlte eine animalische Kraft aus.

„Sie kommt", unterbrach Lucian meine Musterung.

Ich sah zur Tür – und keuchte erschrocken auf, als ich eine Frau im Zimmer stehen sah.

„Ihr habt gerufen, Meister?" Sie bewegte sich auf Lucian zu. Der graue Rock ihres mittelalterlichen Ballkleides wippte auf und ab. Dass sie unbemerkt das Zimmer hatte betreten können, deutete darauf hin, dass sie zumindest nicht ganz so schwach wie Dario war.

„Marcelle." Lucian dehnte ihren Namen auf eine unschöne Art und Weise.

Marcelle schien das nicht geheuer zu sein. Sie blieb augenblicklich stehen, näherte sich ihrem Meister nicht weiter.

Die beiden Vampire starrten einander stumm an, ganz so, als hätten sie mich völlig vergessen. Das war meine Chance. Ich konzentrierte mich auf die Vampirin. Tastete ihren Geist ab, suchte nach Einlass.

„Diese kleine Zauberin behauptet, dich zu kennen", sagte Lucian.

Ich fand Einlass und wusste sofort: Marcelle war mächtig, ungefähr so mächtig wie ich. Doch das reichte nicht. Ich musste es genau wissen. Wenn die Vampirin nur ein bisschen mächtiger war als ich, würde meine Illusion nicht lange genug wirken, um fliehen zu können.

Marcelle stand unbeweglich da, aufrecht, die Hände vor ihrem Bauch gefaltet. Auf den ersten Blick hätte man sie für eine lebensgroße Puppe halten können.

„Weiterhin behauptet sie, du hättest ihr von meinen Plänen erzählt und sie ... wie soll ich sagen?" Lucians Blick richtete sich gespielt nachdenklich gen Zimmerdecke, dann wieder zurück auf Marcelle. „Angeworben."

Ich hatte keine Zeit mehr. Jetzt oder nie. Ich fixierte Marcelle mit meinem Blick und gleichermaßen mit meinem Geist. Ich flüsterte ihr ein, dass es nicht Lucian war, der da vor ihr stand. Sondern ich. Ich, wie ich einen Pflock aus meiner Manteltasche zog. Ich, wie ich angriff, um sie zu töten.

„Ja, Meister, das habe ich."

Erschrocken hielt ich die Illusion zurück, die ich gerade in Marcelles Geist hatte verankern wollen. Ich starrte die Vampirin an.

Sie warf mir einen Blick zu. Ihre dunklen Augen ruhten kurz, aber nachdrücklich auf mir. Und plötzlich wusste ich, was das bedeutete: Sie war der Spion. Es gab keine andere Erklärung. Warum sonst sollte sie ihren Meister für mich anlügen?

Ich spürte, wie meine Beine vor Erleichterung zu zittern begannen. So unauffällig wie möglich stützte ich mich an der Wand ab. Ich hatte es geschafft. Ich würde überleben. Und auch mein Auftrag war noch nicht verloren.

Marcelle hatte derweil ihre Augen wieder auf Lucian gerichtet. „Verzeiht, falls ich gegen Euren Willen handelte. Ich hörte Gerüchte, dass sich in dieser Siedlung eine mächtige Zauberin aufhalten sollte. Ihr wart beschäftigt, also suchte ich sie selbst auf."

Lucian erhob sich mit solch einer Schnelligkeit, dass sein Körper vor meinen Augen verschwamm. Im nächsten Moment stand er direkt vor Marcelle. Obwohl die Vampirin größer war als ich, überragte Lucian sie um einen ganzen Kopf. Er sagte nichts, starrte Marcelle nur mit diesem unheilvollen Lächeln auf den Lippen an.

Die Vampirin hielt demütig den Kopf gesenkt. „Verzeiht, Meister", hauchte sie. Ihre Stimme klang gepresst, als würde sie Schmerzen leiden. Die Hände, die sie noch immer vor dem Bauch gefaltet hatte, verkrampften sich ineinander. „Ich wollte euch lediglich behilflich sein. Sie ist eine mächtige Zauberin", ächzte Marcelle.

Lucians durchdringende Augen richteten sich auf mich.

„Da hast du allerdings recht." Er ließ von der Vampirin ab und bewegte sich auf mich zu. Diesmal jedoch blieb er in angemessenem Abstand zu mir stehen. „Ich danke dir für diese Kostprobe deiner Macht."

„Ich …"

„Du hattest vor, Marcelles Geist zu manipulieren", unterbrach mich Lucian. „Und ich vermute, dass du es auch geschafft hättest, wenn du es dir nicht im letzten Moment anders überlegt hättest." Seine Augen bohrten sich in meine.

„Ich wollte …", begann ich, doch brach ab. Was hätte ich auch sagen sollen?

„Ich weiß sehr genau, warum du das tun wolltest", ließ mich Lucian wissen und warf einen Blick hinter sich, von wo aus die Vampirin uns beobachtete. „Ich hätte mich auch nicht darauf verlassen, dass Marcelle in dieser Situation die Wahrheit sagt. Wenn ich nicht wüsste, dass sie nicht anders kann."

„Sie kann nicht anders?"

„Marcelle ist mein Geschöpf. Ich habe sie erschaffen. Ich kann in ihren Geist eindringen, ihre Motivationen ergründen. Du siehst: Mich anzulügen ist ihr unmöglich."

Da war wohl jemand überzeugter von sich selbst, als es gut für ihn war. Wenn der wüsste, was sein Geschöpf in Wirklichkeit im Schilde führte.

„Und mich zu hintergehen, schadet ihr am Ende stets selbst." Lucian warf Marcelle einen vielsagenden Blick zu, bevor er mich wieder ansah. „Da wir nun alles Wichtige geklärt haben, schlage ich vor, dass wir diesen amüsanten Abend ausklingen lassen." Wie, um seine Worte zu unterstreichen, wandte Lucian sich zur Tür. „Finde dich morgen nach Sonnenuntergang am Bahnhof ein."

Erst glaubte ich, mich verhört zu haben. „Was? Was soll ich am Bahnhof?"

Lucian schenkte mir einen mitleidigen Blick. „Die Dämonenbeschwörung wird auf meinem Anwesen in Frankreich stattfinden. Wir brechen morgen Abend dorthin auf."

„Ich ... Frankreich?"

„Genug jetzt", beugte Lucian weiteren Fragen vor. „Wenn du morgen nicht da sein solltest, ist unser Handel hinfällig. Au revoir." Er warf mir einen Handkuss zu.

Ich öffnete den Mund, um etwas zu sagen, zu fragen, doch da waren die beiden Vampire bereits verschwunden. Leise klickend fiel die Tür ins Schloss. Erschöpft ließ ich mich aufs Bett sinken. Ich lebte noch und der Vampir hatte mir meine Tarnung abgekauft. Alles in allem konnte ich mich glücklich schätzen.

Mit einer zitternden Hand nahm ich das Hoteltelefon und tippte Bettina Freis Nummer ein. Dachte ich zumindest, doch als das nervtötende „Diese Rufnummer ist leider nicht vergeben" ertönte, wurde mir klar, dass meine Merkfähigkeit tatsächlich so schlecht war, wie ich befürchtet hatte. Ich tauschte die beiden letzten Ziffern miteinander, und traf diesmal zu meiner Erleichterung die richtige Nummer.

„Ja?", fragte die mir bekannte kühle Frauenstimme.

„Lucian will, dass ich morgen zum Bahnhof komme. Er will zu seinem Anwesen nach Frankreich, um dort die Beschwörung durchzuführen."

„Sie haben ihn also bereits getroffen?"

„Das kann man wohl sagen."

„Fabelhaft. Und anscheinend haben Sie ihn überzeugt."

„Ich glaube, jetzt ist der Punkt, an dem Sie mich fragen sollten, ob es mir gut geht."

„Sie leben doch noch, oder?", fragte Bettina Freis Stimme ungerührt. „Sie können sprechen, das Telefon halten und sind offenbar noch dazu in der Lage, sich über mich aufzuregen."

Ich zählte im Stillen bis zehn. Dann bis zwanzig. Erst danach traute ich mir zu, das Gespräch mit ruhiger Stimme fortzusetzen. „Er wusste, dass Sie mich geschickt haben. Oder vielleicht hat er es auch nur geahnt. Sie hätten mir wenigstens einen Tipp geben können, woher ich offiziell von Lucians Plänen wissen sollte! Es kam nicht wirklich gut bei ihm an, dass ich auf diese Frage keine Antwort hatte."

Bettina Frei schwieg.

„Zum Glück hat Marcelle für mich gelogen und gesagt, sie hätte mich für die Dämonenbeschwörung angeworben."

„Also glaubt Lucian Ihnen jetzt?"

„Ja, aber das ist nicht der Punkt." Ich seufzte, aber wusste, dass es keinen Sinn machte, weiter mit ihr zu diskutieren. Ich musste jetzt nach vorne schauen, sprich, mir über den eigentlichen Auftrag Gedanken machen. Wie stellte ich es an, Lucian zu töten? Doch als ich Bettina Frei diese Frage stellte, sagte sie nur ungeduldig: „Haben Sie sich darüber etwa noch keine Gedanken gemacht?"

„Wann denn? Ich war damit beschäftigt, von Lucian nicht getötet zu werden." Am liebsten hätte ich einfach aufgelegt, doch in diesem Moment kam mir ein Gedanke. „Können Sie ihn nicht einfach am Bahnhof töten? Jetzt, wo Sie wissen, dass er morgen nach Sonnenuntergang dort sein wird?", fragte ich hoffnungsvoll.

Bettina Frei schwieg lange. Dann sagte sie: „Glauben Sie denn, wenn es so einfach wäre, hätten wir uns mit Ihnen eingelassen? Lucian ist stets auf der Hut, er würde einen der Unsrigen sofort erkennen. Und selbst, wenn es wie durch ein Wunder funktionieren würde, was dann? Wir können nicht einfach in aller Öffentlichkeit Vampire töten. Das könnte alles ans Licht bringen, alle Welt könnte von Vampiren, Zauberern und uns erfahren."

Kurz ging mir die Frage durch den Kopf, wieso es dem Bund so wichtig war, die Existenz von übernatürlichen Wesen vor der Welt geheim zu halten. Aber vielleicht fürchteten sie, dass am Ende Vampiren noch Menschenrechte zugesprochen wurden. Meiner Ansicht nach war es jedenfalls nur noch eine Frage der Zeit, bis sich die Regierungen die Existenz des Übernatürlichen eingestehen mussten. Es wussten bereits zu viele Menschen Bescheid. „Wie kann man Vampire eigentlich töten? Ich meine, die Methode. Pflock? Feuer? Kopf ab?"

„Je nachdem, wie viel Ihr Magen verträgt", gab Bettina Frei trocken zurück. „Der Feuertod ist äußerst schmerzhaft für Vampire und dauert etwas länger. Den Kopf vom Körper zu trennen geht schnell, kann aber schief gehen, wenn man nicht die nötige Kraft dazu hat. Bei der Pflock-Methode wiederum verfehlen die meisten Amateure das Herz. Oder stechen nicht kräftig genug zu, so dass das Herz nur punktiert, aber nicht durchbohrt wird. Wenn Sie diesen Weg wählen, werden Sie vorher üben müssen."

Üben? Und an wem? „Vielleicht kann ich ihn im Schlaf töten?", schlug ich vor.

„Vampire schlafen nicht."

Auch das noch.

„Da sie keine Erfahrung im Töten von Vampiren haben, sollten sie vielleicht einen ganz anderen Weg wählen. Warum warten Sie nicht bis zur Dämonenbeschwörung und rufen dann tatsächlich einen Morddämon, der aber nicht uns angreift, sondern Lucian tötet?"

Weil ich keine Dämonen beschwören kann, wollte ich zurückgeben. Doch das stimmte so nicht. Ich hatte es noch nie versucht, aber das bedeutete nicht, dass ich es nicht konnte. Die magischen Fähigkeiten dazu hatte ich, die Basis war da. Wahrscheinlich könnte ich die Dämonenbeschwörerei durchaus lernen, wenn ich es wollte. Nur hatte ich keine Ahnung, wie lange so etwas dauerte. In wenigen Tagen zu lernen, einen Morddämon zu beschwören, der darüber hinaus auch noch einen Vampir umbringen konnte, schien mir schon sehr optimistisch. Aber hatte ich eine Wahl? „Ich werde es versuchen."

„Ausgezeichnet. Und vergessen Sie nicht, weiter daran zu arbeiten, sein Vertrauen zu gewinnen. Nur dann können Sie sicher sein, dass er Sie tatsächlich auf sein Anwesen mitnimmt. Und eben dieses suchen wir schon seit Jahrzehnten."

„Wenn ich Lucian töte, brauchen Sie auch das Anwesen nicht mehr, oder?"

„Und wenn nicht?"

„Wenn *was* nicht?"

„Angenommen, Sie versagen. Dann haben wir gar nichts."

„Warum kann Ihnen nicht einfach Ihre Spionin verraten, wo das Anwesen ist? Marcelle wird ja schon mal dort gewesen sein, oder?"

„Marcelle ist ein Fall für sich", beschied mich Bettina Frei knapp.

„Was soll das heißen?"

„Das heißt", seufzte Bettina Frei hörbar genervt, „dass sie sich weigert, bestimmte Dinge für uns zu tun."

„Wie zum Beispiel, Lucian zu töten und Ihnen den Standort des Anwesens zu verraten?"

„Sehr scharfsinnig."

„Dann ist sie keine besonders gute Spionin, oder? Vielleicht sollten Sie sie feuern."

„Was geht es Sie an, wen wir feuern oder nicht? Marcelle war bereits sehr nützlich. Was man von Ihnen nicht behaupten kann. Also? Bleiben Sie an Ihrem Auftrag dran?"

Die Frage war eigentlich überflüssig. Ich war schon so weit gekommen, hatte Lucian dazu gebracht, mich tatsächlich als Komplizin anzuheuern. Ich war so nah dran, endlich etwas über Chris' Schicksal zu erfahren. „Natürlich."

„Ausgezeichnet. Sobald Sie Lucians Anwesen erreichen, geben Sie uns den Ort durch."

„Mache ich", antwortete ich brav.

„Gute Reise", wünschte mir Bettina Frei, nicht ohne einen ironischen Unterton, und legte auf.

Ich warf das Telefon zurück auf den Nachttisch. Mit zwei großen Schritten war ich bei meiner Tasche, die ich neben der Tür hatte fallen lassen. Ich zog das Buch: *Vampire – Ungeheuer der Nacht oder gequälte Seelen?* heraus. Es war ein großer, schwerer Wälzer, der aussah, als hätte er schon einige Besitzer überlebt. Chris hatte seinen Namen auf das erste Blatt geschrieben. Suchend fuhr ich mit dem Finger über die einzelnen Kapitelüberschriften der Inhaltsangabe:

1 – Die Anatomie des Vampirs
2 – Für Vampirjäger: Tötungsvorschläge
3 – Vampirische Eigenarten und Instinkte
4 – Wie viel Menschlichkeit bleibt nach dem Tod?
5 – Die übernatürlichen Kräfte des Vampirs
6 – Die Abhängigkeit zwischen Meister und Geschöpf
7 – Können Vampire lieben?

Als ich den Titel des letzten Kapitels las, runzelte ich ungläubig die Stirn. Was für ein Unsinn. Jeder Mensch, der blöd genug war, sich mit einem Vampir einzulassen, gehörte auf die Geschlossene. Ein Teil des Buches, den ich getrost auslassen konnte. Ich lehnte mich mit dem Rücken gegen die Wand und zog das Buch auf meine Knie. Dann schlug ich das erste Kapitel auf. Es gab zwei Abbildungen: Eine zeigte die Anatomie des

Menschen, die andere die eines Vampirs. Außer den Eckzähnen konnte ich keine großen Unterschiede erkennen. Ungeduldig blätterte ich weiter.

Tötungsvorschläge – das klang interessanter. Der Hinweis, dass man statt eines Holzpflocks auch Eisen verwenden konnte, erschien mir nützlich. Laut des Buches sollte es mit einem eisernen Stab sogar einfacher sein, da dieser weniger leicht zerbrach. An dieser Stelle verwies das Buch außerdem auf das Anatomiekapitel, wenn man wissen wollte, wo genau das Herz lag. Ich blätterte wieder zurück. Es gab zwei Zeichnungen vom Brustkorb mit dem Herz. Einmal geöffnet, sodass das Herz zu sehen war, und einmal geschlossen. Dafür markierte in der zweiten Abbildung ein Pfeil den Punkt, auf den der Vampirjäger mit dem Pflock zielen sollte, denn es lag tiefer als beim Menschen.

Ich schlug wieder das Kapitel mit den Tötungsarten auf. Dort erfuhr ich noch, dass Vampire auch an normalen Verletzungen sterben konnten. Zum Beispiel durch Kugeln, Messerverletzungen und so weiter. Jedoch nur, wenn sie sehr geschwächt waren und lange Zeit kein Blut getrunken hatten.

Im nächsten Kapitel las ich, dass Vampire zwar essen und trinken konnten, die meisten es aber nicht taten. Außerdem kamen Vampire mehrere Wochen ohne Blut aus, wobei dann allerdings eintrat, wovon im vorherigen Kapitel die Rede gewesen war: Sie wurde schwächer und verletzlicher.

Ich überblätterte die eher langweilig klingenden Kapitel drei und vier und schlug das fünfte auf: *Die übernatürlichen Kräfte des Vampirs.*

Das Ganze las sich erschreckend vorhersehbar, wie in jedem x-beliebigen Kitschroman: Verbesserte Schnelligkeit, Stärke, Konzentrationsfähigkeit und natürlich die Sinne Hören, Sehen, Riechen. Dann kam ein Abschnitt über die übersinnlichen Fähigkeiten. Diese erlernten Vampire allerdings erst mit der Zeit, wobei sich das Buch nicht festlegte, wie lange genau sie dafür benötigten. Manche waren mit hundert Jahren so gut wie andere mit fünfhundert. Fest stand nur, dass ihre Macht mit dem Alter anstieg.

Dann stolperte ich plötzlich über eine interessante Info: Schon bei ganz jungen Vampiren stellte sich ein sechster Sinn ein, eine Art weiterentwickeltes Fühlen. So konnten Vampire mit ihrem Geist die Präsenz anderer übernatürlicher Wesen ertasten und unter anderem feststellen, wie mächtig diese waren. Diese Fähigkeit schien meiner, mit der ich die Stärke von Dario und Marcelle eingeschätzt hatte, sehr ähnlich.

Ich vertiefte mich wieder ins Buch und stellte mit Erleichterung fest, dass die meisten Vampire nicht mehr als die bereits beschriebenen übernatürlichen Fähigkeiten besaßen. Keine Rede von Fliegen, sich in eine Fledermaus verwandeln oder mit Wölfen kommunizieren. Jedoch erlernten einige wenige, sehr mächtige Vampire irgendwann, wie sie mit ihrem Geist Dinge bewegen oder anderen Wesen körperliche Schmerzen zufügen konnten. Auf meinen Armen bildete sich Gänsehaut, als ich an vorhin dachte, als Marcelle bei Lucians Befragung offensichtlich Schmerzen gelitten hatte. War ausgerechnet Lucian einer der wenigen Vampire, die solche übernatürliche Kräfte besaßen? Das würde mein Tötungsvorhaben deutlich erschweren.

Ich wollte das Buch schon zuklappen, da fiel mir noch ein Abschnitt ins Auge: *Vampire, die einen anderen Vampir erschaffen haben, können mit diesem über Telepathie kommunizieren. Mehr dazu in Kapitel 6: Die Abhängigkeit zwischen Meister und Geschöpf.*

Ich überlegte kurz, ob ich auch in dieses noch hineinschauen sollte, doch dann klappte ich entschlossen das Buch zu. Im Grunde wusste ich bereits eine ganze Menge über Vampirmeister und diejenigen, die sie geschaffen hatten. Zum Beispiel, dass die Meister glaubten, sie wüssten alles über ihre Geschöpfe. Aber es nicht einmal merkten, wenn dieses hinter ihrem Rücken zum Feind überliefen und sie verrieten. Die Information mit der Telepathie war interessant. Kein Wunder, dass Marcelle so plötzlich im Hotelzimmer aufgetaucht war. Und kein Wunder, dass sie beschlossen hatte, ihren Meister zu verraten. Es musste die Hölle sein, jemanden wie Lucian ständig im eigenen Kopf herumspuken zu haben.

Als ich später beim Zähneputzen einen Blick in den Spiegel warf, ließ ich erschrocken die Zahnbürste fallen. Dort, wo Lucian mich gewürgt hatte, prangte ein hässliches, rotes Mal. Ich starrte es einen Moment entgeistert an, dann begann meine Hand, mit der ich mich am Waschbeckenrand festhielt, zu zittern. Ich spürte wieder Lucians Finger an meinem Hals, wie sie mir die Luft abdrückten und seine Stimme, die mir sagte, wie dumm es gewesen war, mich mit dem Bund einzulassen. Ich sah seine schönen, nachtblauen Augen, wie sie mich erst unheilvoll, dann interessiert musterten. Und ein höchst unwillkommener Gedanke schlich sich in mein Bewusstsein: Lucian hatte mich nicht getötet, obwohl er Grund und Gelegenheit dazu gehabt hatte.

Ich strich mir meine langen, braunen Haare über das Würgemal und blickte mir selbst im Spiegel in die Augen. Lucian hatte mich nicht getötet, aber er würde sich schon bald wünschen, er hätte es getan.

Ich schluckte. Obwohl Lucian kein Mensch war, so war er doch ein lebendiges Wesen. Ein Wesen, dessen Leben ich beenden musste. Nicht, weil ich es wollte. Sondern weil ich keine andere Wahl hatte. Ich musste es tun. Für Chris.

KAPITEL 3

Am nächsten Morgen nahm ich mir als erstes das Buch über Dämonenbeschwörungen vor, das ich ihn Chris' Zimmer gefunden hatte. Ich wollte so schnell wie möglich damit anfangen, meinen ersten Dämon zu rufen, also blätterte ich direkt zum Beschwörungsteil. Mit klopfendem Herzen überflog ich die Liste der Utensilien für eine einfache Dämonenbeschwörung. Man brauchte Kreide, ein magisches Schwert oder einen magischen Dolch, Kerzen und ein paar Räucherstäbchen. Und schwupps, hatte man einen Dämon, dem man alles Mögliche befehlen konnte, je nachdem, was für einen man sich ausgesucht hatte. Dumm war nur, dass ich keine der Utensilien bei mir hatte. Gut, Kreide, Kerzen und Räucherstäbchen waren kein Problem, aber wo sollte ich einen magischen Dolch herbekommen?

Auch Kim konnte mir diesmal nicht weiterhelfen. Im Gegenteil: Sie hielt mich eine halbe Stunde lang am Telefon auf, weil sie partout wissen wollte, wofür ich einen magischen Dolch bräuchte. Ich würde mich doch nicht etwa an dunkler Magie versuchen? Als ich sie endlich abgewimmelt hatte, war es schon nach elf. Ich packte meine Sachen zusammen und machte mich auf den Weg zum Zauberbedarfsladen.

Die alte Barbara, die dieses Geschäft schon leitete, seit ich denken konnte, blickte mich bekümmert an, als ich ihr mein Anliegen vortrug. „Gerade du müsstest doch wissen, dass wir so was nicht verkaufen", flüsterte sie mir zu.

Mit *so was* meinte sie keineswegs Utensilien, die für dunkle Magie benutzt wurden – sondern schlichtweg echte magische Gegenstände. Das meiste, was hier angeboten wurde, war Ramsch.

„Aber ich weiß auch, dass du einiges unter der Hand anbietest", flüsterte ich zurück. „Sachen, die du hinten aufbewahrst, für ... *spezielle Kunden.*"

„Aber nicht so etwas."

„Komm schon, es ist wirklich wichtig", bettelte ich und spielte schließlich meine Trumpfkarte: Mitleid. „Es geht um Chris. Ich habe eine Spur, aber dafür brauche ich unbedingt einen magischen Dolch."

Barbara sah mich an und ihr Widerstand bröckelte sichtlich. „Also gut. Aber nur, weil eure Eltern immer gute Kunden waren."

„Danke."

Sie kritzelte etwas auf einen Zettel und schob mir das Papierstückchen dann entgegen. „Ich habe leider wirklich nichts in der Art da. Aber dort", sie zeigte auf den Zettel, „findest du einen ... nun ja, einen meiner Lieferanten. Für die ... außergewöhnlichen Dinge, du verstehst?"

Also für alles, was mit dunkler Magie zusammenhing. Ich studierte die Adresse. Das war mindestens eine Stunde von der Schauersiedlung entfernt!

Ich ließ mir von Barbara noch Kreide, Kerzen und Räucherstäbchen, sowie Streichhölzer geben, dann eilte ich zum Busbahnhof.

Irgendwie schaffte ich es, dem zwielichtigen Typ, den Barbara als ihren Lieferanten bezeichnete, ohne größere Probleme einen magischen Dolch abzukaufen. So hatte ich endlich alle Utensilien für meine erste Dämonenbeschwörung zusammen – allerdings keine Zeit mehr, sie auch durchzuführen. Ich musste mit dem nächsten Bus direkt zum Bahnhof, wenn ich Lucian nicht verpassen wollte.

Als ich ausstieg fand ich mich inmitten einer vorwärts strömenden Menschenmasse wieder. Ich mischte mich unter sie und hielt Ausschau nach meiner Begleitung. Die Sonne war bereits verschwunden, eigentlich konnten die Vampire langsam aus ihren Särgen gekrochen kommen. Natürlich wusste ich aus meinem Buch, in welchem ich während der langen Busfahrten noch ein wenig geblättert hatte, dass Vampire sich nicht in Särgen aufzuhalten pflegten. Machte ja auch irgendwie keinen Sinn, da sie nicht schliefen. Trotzdem gefiel mir die Vorstellung, dass Lucian gerade in diesem Moment aus seinem Sarg kletterte – und sich den Kopf am Deckel stieß.

Kaum hatte ich den Haupteingang passiert und war bei den Gleisen angekommen, legte sich der Menschenstrom etwas. Ich stellte mich auf die Zehenspitzen und versuchte, inmitten der vielen Köpfe das blasse Gesicht und die schwarzen Haare auszumachen. Fehlanzeige. Kein Vampir weit und breit. Dafür begann in diesem Moment mein Magen zu knurren. Ich steuerte auf einen Bäcker zu. Dort konnte ich meinen Hunger stillen und hatte gleichzeitig die Gleise im Blick.

Während ich Kaffee schlürfte und Streuselkuchen aß, nahm ich den Blick keine Sekunde lang von den an den Gleisen vorbeiziehenden Reisenden.

Trotzdem sah ich ihn nicht kommen. Plötzlich stand er neben mir, wie aus dem Nichts gewachsen und lächelte auf mich herab. Mit dem langen, etwas altmodischen Mantel, der makellosen Haut und den viel zu weißen Zähnen sah er aus wie ... nun ja, wie ein Vampir. Zugegebenermaßen wie ein überaus gutaussehender Vampir. Auch heute trug er das schwarze Haar zurückgebunden und die dunkelblauen Augen sahen mich mit einem Blick an, der für meinen Geschmack etwas zu intensiv war. Mein Herzschlag beschleunigte sich. In den bewundernden Blicken der anderen Bäckereikunden, die uns in diesem Moment ihre ungeteilte Aufmerksamkeit schenkten, las ich, dass sie ihn wohl für einen Schauspieler oder Sänger halten mussten. So ein exzentrisches Äußeres fand man schließlich nur im Showbusiness.

So schnell wie meine Augen zu ihm geflogen waren, richtete ich sie jetzt wieder auf meinen Kaffeebecher. Der Vampir bekam zweifellos schon mehr Aufmerksamkeit, als gut für sein solide gefülltes Ego war. Ich spürte seinen Blick auf mir, als ich die Tasse zum Mund hob und hoffte, dass er das leichte Zittern meiner Hand nicht bemerkte. „Es stört dich doch nicht, wenn ich noch schnell fertig esse, oder?" Ich war schließlich eine mächtige Zauberin, eine Dämonenbeschwörerin, und seine gleichberechtigte Komplizin im Kampf gegen den Bund. Und genau so musste ich mich von jetzt an auch verhalten. Angefangen damit, dass ich ihn nicht mehr siezte und mich nicht beim Essen hetzen ließ.

Als Lucian nicht antwortete, stellte ich den Kaffeebecher ab und griff nach der Gabel, um das letzte Stück Kuchen zu essen.

Ich rechnete damit, dass der Vampir meine Ignoranz nicht so einfach hinnehmen würde. Ich erwartete, dass er mir drohen oder mich sogar vom Stuhl zerren würde. Doch was er letztendlich tat, damit rechnete ich nicht. Ich hatte mir gerade das letzte Stück Kuchen in den Mund geschoben und die Gabel auf meinen leeren Teller gelegt, da ergriff Lucian plötzlich meine Hand. Vor Schreck verschluckte ich mich am Kuchen und begann, zu husten. Als ich ihn geschockt anstarrte, zwinkerte er mir nur zu. Im nächsten Moment hob er meine Hand mit einer theatralischen Geste an seine Lippen. „Eile dich, Liebste, der Zug steht bereit!"

Ich hustete noch heftiger. Aber wenigsten gelang es mir, meine Hand aus Lucians Griff zu befreien. Ausnahmslos alle Bäckereikunden sahen zu uns herüber.

Selbst die Bedienung hinter der Theke hatte aufgehört Kaffee aufzubrühen. Was wollte Lucian mit dieser Showeinlage erreichen? Mich in Verlegenheit bringen?

„Liebste! Ich weiß, es ist schwer für dich, aber du musst deine Vergangenheit hinter dir lassen. Folge mir in ein neues, besseres Leben!"

Ich blickte sprachlos in Lucians vor Spott funkelnde Augen und plötzlich begriff ich: Er wollte mich tatsächlich in Verlegenheit bringen! Schon hörte ich einige der Anwesenden kichern. Selbst draußen auf dem Bahnsteig waren ein paar Schaulustige stehen geblieben und lugten neugierig zu uns herein.

Ich spürte, wie sich Hitze in meinen Wangen ausbreitete und das ärgerte mich am meisten. Eine mächtige Dämonenbeschwörerin, die den Tod von unzähligen Bundmitgliedern plante, durfte sich so etwas nicht gefallen lassen. Und noch viel weniger dufte sie interessieren, was irgendwelche Fremden von ihr dachten.

Ich stand auf, reckte das Kinn und begegnete Lucians Blick. Na warte, was er konnte, konnte ich schon lange. „Wieder deine Medikamente abgesetzt?", nuschelte ich und floh aus der Bäckerei.

Fabelhaft. Jetzt hatte ich es ihm aber gegeben. Die Hitze in meinem Gesicht erreichte eine unerträgliche Intensität. Ich musste unbedingt an meiner Deckidentität arbeiten, wenn ich nicht noch vor der Beschwörung auffliegen wollte. Denn Lucians Verhalten zeigte mir eben dies: Dass er mir nicht vertraute. Warum sonst versuchte er, mich zu provozieren?

Ich lief suchend die Gleise entlang, nach einem Zug nach Frankreich Ausschau haltend, dankbar für einen Moment ohne den Vampir, in dem sich meine Wangen etwas abkühlen konnten. Auf einem der Bahnsteige entdeckte ich Marcelle. Beinahe hätte ich sie nicht erkannt, denn heute sah sie nicht wie eine mittelalterliche Prinzessin, sondern wie eine normale, moderne

Frau aus. Nun gut, eine sehr hübsche Frau, die sich vielleicht einen Tick zu sexy für die lange Zugfahrt angezogen hatte. Sie trug ein schwarz-weiß kariertes, enganliegendes, ziemlich kurzes Kleid, darunter eine schwarze Strumpfhose und gleichfarbige Highheels, die die schlanken, langen Beine noch schlanker und länger machten. Die dunklen Locken hatte sie kunstvoll zurückgesteckt.

Ich bog zu dem Gleis ab, auf dessen Bahnsteig Marcelle stand. Je näher ich kam, desto seltsamer wirkte das Bild, das sich mir bot.

Denn ... da stand jemand neben der Vampirin. Eine zierliche, rothaarige Frau, ungefähr in meinem Alter. War es Zufall? Nein, die beiden gehörten eindeutig zusammen. Sie redeten miteinander, schienen sogar in eine Art Streitgespräch verwickelt zu sein.

Was sollte das? Etwa noch eine Vampirin?

Langsam näherte ich mich den beiden und hörte, wie die fremde Frau rief: „Das ist Wahnsinn! Was denkt er sich dabei?" Dann folgte sie Marcelles Blick, der sich auf mich gerichtet hatte. „Ist sie das?" Als die Vampirin nickte, drehte sich die Fremde um und kam mir entgegen. Sie lächelte.

Ich streckte meine geistigen Fühler nach ihr aus. Diese Frau besaß eindeutig Macht und wenn mich nicht alles täuschte, war sie keine Vampirin.

Da stand die Frau bereits vor mir, streckte mir die Hand entgegen und sagte: „Ich bin Serena, die andere Zauberin. Und du musst Amelie sein." Sie lächelte ein freundliches, ehrliches Lächeln.

Ich konnte sie nur anstarren. „Was hat das zu bedeuten? Ich weiß von keiner anderen Zauberin."

Serena zog ihre Hand zurück, das Lächeln verschwand.

„Lucian hat dir nicht gesagt, dass wir die Beschwörung zusammen durchführen?"

Ich schüttelte benommen den Kopf. Nicht nur, dass ich nichts von einer zweiten Zauberin wusste. Auch der Bund schien dieses winzige Detail nicht zu kennen, oder vielmehr: Marcelle schien es ihm gegenüber nicht erwähnt zu haben. Ich warf der Vampirin einen durchdringenden Blick zu, doch sie sah starr in eine andere Richtung. Was ging hier vor?

„Lucian wusste von Anfang an, dass ich ihn in seinem Plan, den Bund zu vernichten, unterstützen würde." Serena lehnte sich näher zu mir. Ich atmete ihren Geruch ein, eine Mischung aus Vanille und Weihrauch. „Aber Lucian will sich nicht auf mich allein verlassen. Ich kenne mich mit Dämonenbeschwörungen aus, aber um ehrlich zu sein habe ich noch nie einen Morddämon gerufen. Schon gar nicht mit Vampirblut." Sie sah mich an, wartete offensichtlich auf eine Reaktion von mir.

„Ja …", krächzte ich. Ich räusperte mich und wiederholte mit klarerer Stimme: „Ja, das mit dem Vampirblut … das habe ich auch noch nicht allzu oft gemacht." Eine Dämonenbeschwörung mit Vampirblut? Von so etwas hatte ich noch nie gehört. Was bedeutete das? Inwiefern wirkte sich das auf die Dämonen aus? Und wer würde als Opfer herhalten? Etwa Marcelle?

Serena nickte. „Insofern hat Lucian wahrscheinlich recht, mit einer zweiten Zauberin auf der sicheren Seite zu sein. Mit vereinter Macht wird es uns nicht allzu schwer fallen, auch solch mächtige Dämonen zu kontrollieren."

„Ja, sicher", antwortete ich abwesend. Meine Gedanken rasten. Der ganze Plan war soeben in sich zusammen gefallen. Wie sollte ich einen Morddämon beschwören und diesen auf Lucian hetzen, wenn Serena und ich die Beschwörung zusammen vornehmen sollten? Ich spürte, wie meine Hände feucht wurden. Ich musste so bald wie möglich den Bund kontaktieren. Wir mussten uns etwas Neues einfallen lassen.

„Ah, was für ein bezauberndes Bild", erklang in diesem Moment Lucians Stimme hinter mir.

Ich bemühte mich, meine Angst und meine Sorgen aus meinem Gesicht zu verbannen und setzte stattdessen eine neutrale Miene auf, bevor ich mich umdrehte.

Lucians Blick ruhte wohlwollend auf mir und Serena. „Meine beiden Lieblingszauberinnen so eng beieinander. Da läuft mir das Wasser im Munde zusammen."

Starr vor Fassungslosigkeit sah ich in die belustigt funkelnden blauen Augen. Auch das würde sich die mächtige Dämonenbeschwörerin, die ich vorgab zu sein, nie und nimmer gefallen lassen. Ich durchforstete meinen Kopf nach einer schlagfertigen Antwort, doch wurde durch den Anblick von Lucians Lippen abgelenkt. Sie kräuselten sich anzüglich und obwohl ich wollte, konnte ich meine Augen nicht abwenden. In meinem Bauch begann es zu kribbeln.

Lucians Lächeln weitete sich zu einem wissenden Grinsen. Er stolzierte an mir und Serena vorbei und schlenderte am Gleis entlang. Marcelle wartete, bis ihr Meister an ihr vorbei war und folgte ihm dann mit ein paar Schritten Abstand.

Zitternd vor unterdrückter Wut, vor allem auf mich selbst, starrte ich ihm nach.

„Mach dir nichts draus. Er will nur provozieren. Er wird dich nicht gegen deinen Willen beißen", versicherte Serena.

„Ja, sicher. Und als nächstes erzählst du mir, dass er ein guter Vampir ist, vollkommen missverstanden, und sowieso keiner Fliege etwas zuleide tun kann."

„Das nun nicht gerade."

Ich sah der Zauberin prüfend in die hellen Augen. Da war noch mehr, das spürte ich. Etwas, das sie nicht aussprach.

Doch da plapperte sie schon weiter: „Willst du dir vor der Abfahrt noch was kaufen? Essen, Trinken, eine Zeitschrift? Der Zug fährt erst in einer Viertelstunde ab.“

Ich hob meinen Kopf, um selbst auf die Anzeigetafel zu sehen. Serena hatte Recht, was die Zeit anging. Viel interessanter war allerdings, dass ich das erste Mal das Ziel des Zuges las: Paris. „Lucian wohnt in Paris?“

„Lucian wohnt an vielen Orten“, lachte die Zauberin. „Er besitzt mehrere Anwesen, jedes in einem anderen Land. Ich glaube, wenn man so alt ist wie er, langweilt man sich schnell. Aber nein, Lucians französisches Anwesen ist nicht in Paris. Es liegt weit abgeschieden von jeglicher Stadt. Aber weil dort kein Zug hinfährt, müssen wir erst zur Hauptstadt. Von da geht es dann weiter.“

„Wie lange wird die Reise dauern?“

„Wenn alles so läuft, wie es soll, werden wir morgen Abend ankommen.“

„Was sollte denn nicht so laufen?“

Serena lächelte unverbindlich. „Na ja, du weißt schon ... wenn man uns findet. Aber ach, darüber sollten wir uns nicht den Kopf zerbrechen. Wollen wir einsteigen?“

Ich musterte die Zauberin von oben bis unten. Sie sah richtig niedlich aus mit ihren roten Locken, den Sommersprossen und den hellgrünen Augen. Ihre Kleidung wirkte wie aus einer Zirkuskiste zusammengestellt. Der Rock war grün, der Pulli rot, das Halstuch blau. Alles in allem wirkte sie wie eine etwas naive, aber durchaus sympathische Person, nicht gerade wie eine Dämonenbeschwörerin. Wie kam so jemand nur dazu, zusammen mit einem Vampir einen Haufen Menschen ermorden zu wollen?

„Klar, lass uns einsteigen.“ Ich gab mir Mühe, ein überzeugendes Lächeln zustande zu bringen, doch im

Stillen wünschte ich die Zauberin zur Hölle. Musste sie so nett sein? Warum konnte sie nicht arrogant wie Lucian sein und es mir damit wenigstens ein bisschen leichter machen, sie als eine von denen zu sehen?

Wir liefen am Zug entlang, als mich ein plötzliches Gefühl des Beobachtetwerdens den Kopf drehen ließ. Durch das dicke Fensterglas des Zuges blitzten mir zwei provozierende blaue Augen entgegen. Ich starrte zurück, bis Serena und ich am Fenster vorbei waren.

Ich stieg, mit Serena auf den Fersen, in den Zug ein und ging den Gang in die Richtung zurück, in der ich Lucian durchs Fenster gesehen hatte. Ob ich mir von dem Vampir meine Zugfahrkarte aushändigen lassen sollte, damit ich mich von ihm wegsetzten konnte?

„Du bist mächtig."

Ich wandte mich zu Serena um. Ihr Gesicht strahlte geradezu vor Bewunderung.

„Ja", sagte ich, weil es die Wahrheit war und weil eine Dämonenbeschwörerin sicherlich stolz auf ihre Macht wäre und sie gerne zur Schau stellte. Vorhin hatte ich nicht genug Zeit gehabt, um Serena Macht einzuschätzen, doch das holte ich nun nach.

„Ja, ich weiß", sagte sie, im selben Moment, als ich mein Ergebnis hatte. „Ich bin von Natur aus leider eher mit mittelmäßiger Macht gesegnet. Aber ich habe mich mein ganzes Leben lang mit Magie beschäftigt. Glaub mir, ich stehe stärkeren Zauberern in nichts nach, vor allem was Dämonenbeschwörungen angeht."

„Das glaube ich dir gern. Begabung ist eine Sache, aber wie hart man an ihr arbeitet, kann den entscheidenden Unterschied machen."

Serena lächelte dankbar. „Kannst du eigentlich etwas ... na ja, Ungewöhnliches? Ich habe ein Gerücht gehört, dass besonders starke Zauberer Dinge allein mit ihrem Geist festhalten und bewegen können." Ihre Augen leuchteten begeistert.

„Nein, aber ich kann ziemlich starke Illusionen erschaffen."

„Das glaube ich dir sofort! Und bestimmt hast du auch nahezu unerschöpfliche Energiereserven, die du freisetzen und gegen andere richten kannst!"

Ich nickte nur. Mit ihren Lobeshymnen machte sie mich ganz verlegen, aber das durfte ich mir auf keinen Fall anmerken lassen.

„Sind beide deiner Eltern Zauberer? Ich habe gehört, dass das Kind dann besonders mächtig wird."

Jetzt wurde es langsam unangenehm. Kurz erwog ich, einfach ihre Frage zu bejahen, doch entschloss mich dann dagegen. Besser so oft wie möglich bei der Wahrheit bleiben. „Nein, nur meine Mutter war eine Zauberin." Bevor Serena nachfragen konnte, wieso ich in der Vergangenheitsform von ihr sprach, gab ich von selbst Auskunft: „Meine Eltern sind gestorben als ich zehn war. Daher kann ich nicht mal sagen, ob meine Mutter besonders mächtig war oder nicht."

„Oh", machte Serena und starrte mich bestürzt an. „Es tut mir so leid, Amelie. Hätte ich das gewusst ..."

„Schon gut." Ich wollte mich umdrehen und den Gang weiter gehen, doch Serenas Stimme hielt mich zurück: „Es tut mir leid, dass ich so taktlos war, wirklich. Lass es mich wieder gut machen. Ich lade dich zu einem Kaffee im Speisewagen ein, was sagst du? Dann können wir uns auch ein bisschen besser kennenlernen."

Ich biss mir auf die Unterlippe. Eigentlich wollte ich mit dieser Frau nichts zu tun haben. So nett und aufgeschlossen sie auch wirkte – sie arbeitete mit Lucian zusammen. Sie kannte sich mit Dämonenbeschwörungen, der dunklen Seiten der Zauberei, aus. Sie hatte vor, ihre Kräfte einzusetzen, um Menschen zu töten. Nur konnte ich ihr all das schlecht vorhalten. Und andererseits war Serenas Gesellschaft trotz allem der Gesellschaft der beiden Vampire vorzuziehen. Also nickte ich.

Serena behielt die Herzlichkeit, die sie bereits am Bahnhof gezeigt hatte, bei. Während wir Kaffee tranken und uns über Magie austauschten war ich beinahe versucht zu vergessen, wer sie war. Ich fand heraus, dass Serena achtundzwanzig Jahre alt war, was mich einigermaßen überraschte. Das machte sie drei Jahre älter als mich. Ich hätte sie eher jünger eingeschätzt.

Sie plapperte über dieses und jenes, erzählte von ihrem Vater, der ein Zauberer war und wie schwer es ihrer Mutter manchmal gefallen war, damit umzugehen.

Worüber ich wirklich gerne mit Serena gesprochen hätte, war die Sache mit dem Vampirblut. Aber jeder schien davon auszugehen, dass ich darüber Bescheid wusste, also musste ich einen subtileren Weg finden, diesbezüglich an Informationen zu kommen.

Während ich größtenteils meinen eigenen Gedanken nachhing, berichtete Serena von ihrer Schulzeit, einem Freund, der ebenfalls magische Fähigkeiten hatte und wie sie sich nicht hatte entscheiden können, was für einen Beruf sie ergreifen wollte. „Ich habe dann Kunst studiert", teilte sie mir mit. „Ich habe immer viel gemalt und sogar einige Bilder verkauft. Aber mittlerweile mache ich nichts mehr in der Richtung." Dann sprang sie wieder zurück zu ihrer Kindheit und ließ sich darüber aus, wie sie sich immer ein Geschwisterchen gewünscht hatte, aber ihre Mutter meinte, sie käme ja schon kaum mit zwei Zauberern in der Familie zurecht. Über Lucian, Marcelle oder den Bund verlor sie kein einziges Wort. Überhaupt sprach sie über kein Thema, das näher an der Gegenwart lag als ihre Studienzeit.

Als ich irgendwann aufstand, weil ich nach der zweiten Tasse Kaffee die Toilette aufsuchen musste, erhob sich Serena ebenfalls.

„Ich setze mich zu Lucian und Marcelle ins Abteil. Das ist dahinten, im übernächsten Waggon. Kommst du dann auch da hin?“

„Oh, okay.“ Irgendwie hatte ich gehofft, die gesamte Fahrt einfach mit Serena im Speisewagen verbringen zu können. Die Erinnerung an den Vorfall in der Bäckerei trieb mir auch jetzt noch eine verräterische Röte ins Gesicht. Aber früher oder später musste ich Lucian wieder unter die Augen treten.

Ich verließ die Zugtoilette und kämpfte mich durch den mit Gepäck vollgestellten Gang eines Großraumwagens, passierte eine Tür und blieb überrascht stehen.

Nur ein paar Meter weiter, wo eine Tür zum nächsten Großraumwagen führte, stand jemand. Der Gang machte an dieser Stelle einen Knick und die Person war halb hinter der Wand verborgen. Trotzdem erkannte ich eindeutig den langen Mantel und das schwarze Haar. Was machte Lucian da? Mir kam ein schrecklicher Verdacht. Ob er ... Durst hatte?

Doch als ich um die Ecke spähte, bemerkte ich, dass er gar nicht in den Großraumwagen lugte. Stattdessen starrte er durch das Fenster in der Zugtür nach draußen.

„Dein Puls rast, als ob du neben dem Zug herlaufen würdest, statt in ihm zu fahren. Oder als ob du Angst hättest.“ Langsam drehte Lucian den Kopf, wandte sich mir zu.

Wieder ließ dieser intensive Blick meine Magengegend flattern. Was war nur los mit mir?

„Ich muss zugeben, dass das Geräusch, wie dein Blut durch deine Adern strömt, einen gewissen Reiz für mich besitzt.“

Ich unterdrückte den Impuls, zurückzuweichen. „Damit kann ich leben.“

„Ist das so?“ Sein Blick bohrte sich in meinen.

„Natürlich", gab ich zurück und war stolz darauf, wie selbstsicher meine Stimme klang. „Das muss ich ja wohl, wenn ich mich entschließe, mit einem Vampir zusammenzuarbeiten, oder?" In Wahrheit war ich mir sicher, dass auch in Zukunft mein Herz vor Angst jedes Mal einen Hüpfer machen würde, wenn Lucian meinte, Kommentare über mein Blut machen zu müssen. „Allerdings habe ich da eine kleine Frage, wenn es dich nicht stört."

„Ich brenne vor Neugierde."

„Also ..." Ich räusperte mich. Diese Situation war mehr als nur ein bisschen unangenehm, aber ich musste Klarheit haben. „Du hast nicht vor, einen der Fahrgäste zu beißen, oder?"

Lucian lächelte nur.

Ich hielt seinem Blick stand, doch irgendwann ertrug ich das Warten auf seine Antwort nicht mehr. „*Oder?*", hakte ich nach.

Und endlich ließ sich der Vampir zu einer Antwort herab. „Wieso sollte ich? Ich habe alles dabei, was ich brauche." „Was soll das heißen: Du hast alles dabei?"

„Was glaubst du, was ich damit meine?"

Es war sinnlos. Ich würde einfach Serena danach fragen. Ohne den Vampir noch eines Blickes zu würdigen, ging ich an ihm vorbei und machte mich auf den Weg zu unserem Abteil. Ich hörte Lucian zwar nicht, aber ich wusste, dass er da war. Lautlos wie ein Schatten folgte er mir durch den Gang des nächsten Großraumwagens und den Flur vor den Abteilen entlang. Endlich erspähte ich Marcelle und Serena und öffnete erleichtert die Abteiltür. Nur nicht mehr mit Lucian allein sein.

Serena saß am Fenster, Marcelle neben ihr. Ich rutschte auf den zweiten Fensterplatz, doch bereute die Entscheidung augenblicklich, als Lucian den Platz neben mir einnahm. Obwohl er nicht näher bei mir saß, als jeder gewöhnliche Reisende neben seinem Sitznachbarn, spürte ich seine Anwesenheit überdeutlich.

„Mir scheint, unsere neue Zauberin hat eine Frage", warf Lucian in diesem Moment in den Raum.

Alle Augen richteten sich auf mich. Ich sah zu Serena, die mich ermutigend anlächelte. Ach, was soll's, das hier war ein Abteil voller Vampire und Zauberer, wenn man irgendwo so eine Frage stellen konnte, dann ja wohl hier. „Lucian erwähnte, er bräuchte keine Mitreisenden zu beißen, da er alles, was er braucht, bei sich hätte ..."

Ich konnte zusehen, wie das Blut aus Serenas Gesicht wich, bis sie fast so weiß war wie Marcelle. Ihre großen Augen flogen zu Lucian, so dass auch ich ihn fragend ansah.

Doch er ignorierte meinen Blick. Ich schaute zwischen Serena und dem Vampir hin und her. Offensichtlich verpasste ich hier etwas Grundlegendes.

Ich sah hilfesuchend zu Marcelle und das erste Mal, seit ich sie kannte, sah ich sie grinsen. Mir wurde schlagartig klar, was hier los war. „Du ... lässt ihn von dir trinken?", fragte ich Serena fassungslos. Mir war schlecht. Ganz sicher würde ich mich übergeben, wenn ich noch länger in diesem Abteil blieb. Doch zuerst brauchte ich Gewissheit.

In diesem Moment löste Serena den Blick von Lucian und sah zu Boden. Da hatte ich meine Bestätigung.

„Warum?", flüsterte ich.

Die Zauberin schwieg.

„Blut für Blut."

Ich sah Lucian unfreundlich an. „Was soll das heißen?"

„Ihr Blut, um mich bis zur Beschwörung bei Kräften zu halten. Mein Blut für die Dämonen. Das ist der Handel zwischen Serena und mir."

Ich spürte, wie ich ihn fassungslos anstarrte und wandte schnell meinen Blick ab. Sein Blut für die Dämonen? Lucian würde das Opfer sein? Dafür brauchte Serena Lucian also. Jetzt machte alles Sinn. Als Lucian mich bei unserer ersten Begegnung gefragt hatte, wieso eine mächtige Zauberin wie ich ihn brauchte, um den Bund zu zerstören, hatte ich in meiner Hilflosigkeit die Sache mit dem Opfer als Grund genannt. Er musste angenommen haben, ich meinte damit ihn selbst, sein Blut. Deswegen waren alle davon ausgegangen, ich wüsste über die Sache mit dem Vampirblut Bescheid.

Meine Gedanken rasten. Serena, die aus irgendeinem Grund den Bund zerstören wollte, und dafür Blut brauchte. Vielleicht machte Vampirblut die Morddämonen noch stärker? Und mit Sicherheit musste ein Vampir bei einer solchen Beschwörung auch nicht wie ein menschliches Opfer sein Leben lassen. Serena bekam also ihr Vampirblut, Lucian die Zerstörung des Bundes. Und zusätzlich Serenas Blut. Ein nicht ganz fairer Handel.

„Warum hast du dich darauf eingelassen?", fragte ich bestürzt und musste dem Impuls widerstehen, Serenas Hand zu nehmen. Sie wirkte so unschuldig und zerbrechlich, wie sie nun mit ihren hellen Augen zu mir hochsah und ein Lächeln versuchte, das ihr nicht so ganz gelingen wollte. „Hättest du nicht einen anderen Vampir finden können? Einen, der nicht dein Blut verlangt?"

„Lucian ist einer der mächtigsten. Dir muss doch auch klar sein, was das für ein Vorteil ist. Während andere Vampire Wochen brauchen würden, um den Blutverlust bei der Beschwörung wieder auszugleichen, können wir mit Lucian alle paar Tage eine neue Beschwörung durchführen. Wir werden nicht nur einen Morddämon haben, sondern mehrere, die ihrerseits vier, fünf, sechs Mordaufträge annehmen können. Der Bund wird keine Chance haben."

Das war es also. Vier, fünf, sechs Mordaufträge. Deswegen das Vampirblut. Nicht nur, dass ein Vampir die Beschwörung überlebte, anscheinend bannte ihr Blut die Dämonen auch länger an unsere Welt und sorgte dafür, dass sie mehr als nur einen Auftrag übernehmen konnten, bevor sie in ihre eigene Welt zurückkehren mussten.

„Du hättest dich trotzdem nicht auf diesen Handel einlassen müssen", sagte ich zu Serena. „Du hättest Nein sagen können. Von mir bekommt er doch auch kein Blut."

„Er weiß eben, von wem er wie viel verlangen kann", murmelte die Zauberin so leise, dass ich sie beinahe nicht verstanden hätte.

„Na na", rügte Lucian. „Da sagt aber jemand nicht die ganze Wahrheit, oder?" Er musterte Serena tadelnd. „Ist es denn nicht wahr, dass du es wolltest?"

Die Zauberin nickte zögernd.

„Du wolltest es und das spürte ich. Du wolltest wissen, ob es ebenso sein könnte wie früher. Nur deshalb erlege ich dir diese Bedingung auf."

Sprachlos beobachtete ich den Wortwechsel zwischen den beiden.

„Du hast recht", bestätigte die Zauberin. Ihre Stimme war wieder fest und auch ihr Gesicht hatte sich entspannt. Doch als sie Lucian ansah, lag in ihren Augen ein unlesbarer Ausdruck. „Ich wollte wissen, ob es mit jedem Vampir gleich ist. Du wusstest, dass es nicht so sein würde. Trotzdem hast du es von mir verlangt. Ich nehme es dir nicht übel, denn es ist eure Art, zuerst an euch und nicht an andere zu denken."

Lucian erwiderte nichts.

„Amelie", flüsterte Serena und beugte sich zu mir. „Ich würde es dir gerne erklären. Damit du verstehst."

„Das musst du nicht", versicherte ich ihr. „Das ist ganz allein deine Sache." Doch eigentlich interessierte mich die Geschichte schon. Was brachte jemanden dazu, einen Vampir freiwillig sein Blut trinken zu lassen?

„Aber ich möchte es", sagte Serena mit entschlossenem Blick. „Wenn du es hören willst."

Ich nickte.

„Mein Freund war ein Vampir."

Das war zumindest etwas, das ich nicht erwartet hatte. Ich musste an das letzte Kapitel in meinem Vampirbuch denken. *Können Vampire lieben?*

Ob Serena einfach ein Faible für Untoten hatte? Konnte das auch der Grund sein, warum sie den Bund vernichten wollte? Weil ihr nicht gefiel, wie dieser einen Vampir nach dem anderen abschlachtete? „Okay", sagte ich nur, in der Hoffnung, es würde sie zum Weiterreden animieren.

Und ich hatte Glück. „Versteh mich nicht falsch: Ben war noch kein Vampir, als wir uns kennen lernten." Ein trauriges Lächeln breitete sich auf Serenas Gesicht aus. „Aber dann hatte er diesen Unfall, er wäre fast gestorben. Sein späterer Meister hat ihn dann verwandelt, warum weiß ich selbst nicht genau. Aber vielleicht hatte er einfach Mitleid mit uns. Er war … gut. Anders kann ich es nicht ausdrücken. Und nachdem er Ben verwandelt hatte, erlaubte er ihm sogar, weiterhin mit mir zu leben. Anfangs wusste ich nicht, wie ich damit umgehen sollte, dass mein Freund nun tagsüber draußen nichts mehr mit mir unternehmen konnte und sich von Blut ernährte. Aber ich versuchte, ihm beizustehen und auch zu *ver*stehen. Und irgendwann ließ ich ihn zum ersten Mal von meinem Blut trinken." Serena schüttelte gedankenverloren den Kopf. „Vorher hätte ich auch nicht gedacht, dass ich so etwas jemals tun könnte, aber in jener Zeit habe ich viel über Vampire gelernt. Weißt du, es ist nicht so, dass sie von irgendjemandem trinken. Zumindest nicht, wenn sie die Wahl haben. Sie suchen sich einen Menschen, mit dem sie eine Bindung aufbauen und von dem sie über Monate hinweg trinken. Manchmal auch Jahre oder ein ganzes Menschenleben lang. Für Vampire ist der Akt des Trinkens etwas sehr Intimes. Ich wollte nicht, dass Ben das mit einer anderen Person tut." Sie lächelte gedankenverloren. „Es ist auch für den Mensch etwas ganz Besonderes, zumindest wenn man Gefühle für den Vampir hat. Wenn nicht ... " Sie ließ den Satz offen, warf aber Lucian einen bedeutungsschweren Blick zu.

Der Vampir lächelte ungerührt.

Serena seufzte. „Es gibt Schlimmeres."

„Und dein Freund Ben ... was ist aus ihm geworden?"

„Er ist tot."

Eine Woge ehrlichen Mitgefühls überkam mich. Es war schrecklich, jemanden zu verlieren, den man liebte. „Wie ist das passiert?"

Sie zuckte mit den Achseln, ihr Gesicht überschattet von nicht überwundener Trauer. „Der Bund."

Ich sah den Schmerz in den grünen Augen und begriff, dass das der Grund war, aus dem Serena den Bund zerstören wollte.

„Was ist mit dir?", erklang plötzlich Lucians seidige Stimme.

Es dauerte einen Moment, bis ich verstand, dass er mit mir sprach. Ich hob fragend die Augenbrauen.

„Was für ein Motiv hast du, den Bund zerstören zu wollen?" Aus den blauen Augen sprühte pure Belustigung. „Oh, warte, sag nichts. Ich erinnere mich, dass du ebenfalls etwas von einer dir nahestehenden Person sagtest, die du an den Bund verloren hast."

Ich sah, wie Serena Marcelle einen Blick zuwarf, den ich nicht deuten konnte.

„Ja, das stimmt." Ich begann mit dem wahren Teil der Geschichte. „Sein Name ist Chris. Wir sind zusammen

aufgewachsen. Er war ... die Person, die mir in meinem
ganzen Leben am nächsten stand. Wir hatten so viele
Pläne ...“ Ich stockte, weil meine Gefühle mich zu über-
mannen drohten. Ich holte tief Atem und setzte die
Lüge obendrauf. „Er wurde vom Bund getötet.“ Ob ein
Teil davon vielleicht gar keine Lüge war? Ob Chris vielleicht tatsächlich nicht mehr lebte? Ich versuchte, den
Gedanken zu verdrängen, doch es klappte nicht. Tränen brannten hinter meinen Augen. Ich blickte aus
dem Fenster, starrte so lange durch das Glas, ohne
wirklich etwas zu sehen, bis ich mich wieder im Griff
hatte.

Erst jetzt fiel mir das Schweigen auf, das meiner Er-
zählung folgte. Niemand hatte meine Geschichte kom-
mentiert. Nicht mal der Vampir.

Ich warf Lucian einen Blick zu, forschte in seiner
Miene nach einem Hinweis, ob meine Lüge glaubwür-
dig gewesen war. Doch wie so oft gab sein Gesichtsausdruck rein gar nichts preis. Er erwiderte einen Moment
lang meinen Blick, dann wandte er sich ab. Perplex
starrte ich sein Profil an. Sonst genoss er es doch, mich
mit seinen Blicken in Verlegenheit zu bringen. Hatte
ich etwas Falsches gesagt? Mich verraten? Ich ging
meine Geschichte noch mal im Geiste durch, als plötzlich Serena meine Hand nahm. „Ich verstehe dich sehr
gut“, sagte sie mitfühlend. „Jemanden zu verlieren, den
man liebt – unter welchen Umständen auch immer –
verändert uns. Manchmal werden wir dadurch zu Taten getrieben, zu denen wir sonst nie fähig gewesen wären.“

Ich nickte nur. Sprechen konnte ich nicht. Serenas
Mitgefühl, Lucians seltsames Verhalten ... Um meine
Gedanken zu ordnen und einen Moment für mich zu
haben, schaute ich aus dem Fenster. Durch die Spiege-
lung bemerkte ich, wie der Vampir in diesem Moment
wieder den Kopf drehte und mich ansah. Ich wandte

mich ihm ebenfalls zu und fing seinen Blick auf. Einen langen Moment sahen wir uns in die Augen. Dann drehte Lucian sich weg.

In diesem Moment ertönte eine Durchsage, die die baldige Ankunft in Paris ankündigte.

Ich wartete darauf, dass die Vampire und Serena aufstanden, doch keiner rührte sich.

Schon spürte ich, wie der Zug langsamer wurde und schließlich hielt. Einen Moment später, wie auf ein geheimes Zeichen hin, erhoben sich Lucian und Marcelle synchron und schritten zur Tür. Ohne einen Blick zurückzuwerfen verließen sie das Abteil. Fragend sah ich Serena an. Die zuckte lächelnd mit den Achseln. „Gewöhn dich dran. Es geht nach Lucians Willen, immer und überall."

Die Uhr am Gleis zeigte halb zehn. Da der Zug bereits vor einer Weile gehalten hatte, war nicht mehr allzu viel auf dem Bahnsteig los. Auch von Lucian und Marcelle keine Spur.

„Komm", sagte Serena und zeigte auf die Rolltreppe.

„Wo sind die beiden?"

„Wahrscheinlich dort, wo die Taxen halten. Unser Hotel liegt etwas außerhalb. Es ist ein ganzes Stück bis dorthin."

Ich ließ mich von Serena durch die Wirren des Pariser Bahnhofes bugsieren. Leute rempelten mich an und ständig schnappte ich unverständliche Gesprächsfetzen auf. Als wir endlich draußen waren und die Taxen in Sicht kamen, wollte ich nur noch weg. Ins Hotel, Bettina Frei anrufen und ihr von Serena erzählen.

Die Zauberin zog mich weiter. Offensichtlich hatte sie unsere Begleiter entdeckt. Als ich den Kopf hob, sah ich sie ebenfalls. Sie standen neben einem Taxi und sahen uns gelangweilt entgegen.

„Wir dachten schon, jemand anderes hätte euch zum Essen eingeladen. Der Gedanke hat uns über alle Maßen betrüblich gestimmt." Mit einem vielsagenden Lächeln entblößte Lucian seine Eckzähne. Dann streckte er die Hand aus und öffnete die Beifahrertür. Mit einem Kopfnicken bedeutete er Serena, einzusteigen.

Während die Zauberin Lucians Befehl Folge leistete, ging Marcelle um das Taxi herum und stieg hinten ein. Als ich meinen Blick wieder auf Lucian richtete, hielt der mir einladend die Tür zur Rückbank auf.

„Ehrlich gesagt würde ich lieber nicht in der Mitte sitzen", wandte ich ein.

„Oh, und warum nicht, wenn ich fragen darf?"

Weil ich mir etwas Schöneres vorstellen konnte, als eine Taxifahrt eingequetscht zwischen zwei Vampiren zu verbringen. „Weil ich gerne aus dem Fenster sehen möchte."

„Ich kann in der Mitte sitzen", bot Serena an. „Dann kann Amelie vorne –"

Lucian brachte sie mit einem Blick zum Schweigen.

Ich seufzte. Wieder eines dieser Machtspielchen.

„Steig ein", befahl mir Lucian. Seine Stimme war gefährlich leise und sein Blick bohrte sich in meinen.

Ich wäre am liebsten tatsächlich eingestiegen, schon allein um endlich ins Hotel zu kommen und meine Ruhe zu haben, doch das Problem war: Die mächtige, stolze Dämonenbeschwörerin, die ich vorgab zu sein, hatte keine Lust, dauernd vor dem Vampir zu kuschen. Also hielt ich schweigend Lucians Blick stand.

„Steig einfach ein", zischte Serena mir zu. „Sonst sind wir morgen früh noch hier."

„Ich habe da eine Frage", sagte ich zu Lucian.

Der seufzte. „Du stellst unerfreulich viele Fragen, kleine Zauberin."

„Kannst du den Bund ohne Serena und mich vernichten?"

Ich spürte Serenas entsetzten Blick auf mir. Auch Marcelle, die die ganze Zeit über gelangweilt vor sich hin gestarrt hatte, widmete uns jetzt ihre ungeteilte Aufmerksamkeit.

Lucian antwortete nicht. Doch seine Augen schienen mir auf einmal noch dunkler. Ich meinte, den stummen Zorn darin förmlich sehen zu können.

Mein Herz schlug so schnell, dass ich mir sicher war, dass Lucian es hören konnte. Wahrscheinlich registrierte er auch das Zittern meiner Hände, obwohl ich sie vorsorglich in meinen Jackentaschen vergraben hatte. Trotzdem sah ich nicht weg und fuhr fort: „Ich nehme das als ein Nein. Darum, finde ich, könntest du langsam anfangen, uns als gleichwertige Partnerinnen zu – hey!"

Bevor ich reagieren konnte, hatte Lucian mich ins Auto geschoben, sich neben mich gesetzt und die Tür zugezogen. So wurden hier also Konflikte gelöst. Wenn die Zauberin nicht spurte, setzte der Vampir eben seine übernatürliche Stärke und Schnelligkeit ein. Ich hatte große Lust, meine Fähigkeiten ebenfalls gegen ihn anzuwenden, nur damit es einmal fair zuging. Ihm eine Illusion aufzuzwingen, auch wenn diese wahrscheinlich nur wenige Sekunden wirken würde – wenn überhaupt. Aber das traute ich mich dann doch nicht.

„Du solltest dich anschnallen", riet Lucian gespielt besorgt.

„Sehr witzig."

Er sagte auf Französisch etwas zum Taxifahrer und das Auto fuhr an.

Ich versuchte, so weit wie möglich von Lucian wegzurutschen. Zum Glück war Marcelle so dünn und nahm kaum Platz ein. Trotzdem war ich dem Vampir zu meiner Rechten noch näher als mir lieb war. Der Stoff seines Mantels streifte bei jeder Kurve meine Jacke. Schlimmer jedoch war, dass mir wieder sein Geruch in die Nase stieg, wie schon bei unserem ersten Treffen. Und dass dieser körperliche Reaktionen bei mir auslöste, die mir mehr als unangenehm waren. Gleich würde Lucian wieder einen Kommentar über meinen rasenden Puls machen, da war ich mir sicher. Ich schielte prüfend zu dem Vampir, doch der hatte das Gesicht abgewandt und blickte aus dem Fenster.

„Du erinnerst mich an jemanden", bemerkte er in diesem Moment, ohne mich anzusehen.

Ich schluckte.

„Ja, jetzt weiß ich es." Er wandte sich mir zu. „Marie Antoinette. Auch sie gab anfangs vor, mich abstoßend zu finden. Doch beobachtete sie mich immer dann, wenn sie dachte, niemand würde hinsehen."

Was sollte ich darauf sagen? *Ich beobachte dich so oft, weil ich Angst habe, was du als nächstes tun wirst?*

Das wäre meinem Image als Dämonenbeschwörerin nicht wirklich zuträglich. Oder vielleicht: *Ich beobachte dich, weil ich manchmal den Blick einfach nicht abwenden kann, obwohl ich es mit aller Kraft versuche.* Oh je, oh je.

„Ich ... ich wollte aus dem Fenster sehen."

Lucian lächelte lasziv. „Marie Antoinette war ebenfalls nie um eine Ausrede verlegen. Allerdings waren ihre zugegebenermaßen etwas geistreicher als deine." Er sah mich verträumt an. „Oh ja, sie war etwas ganz Besonderes." Als nächstes würde Lucian mir wahrscheinlich erzählen, dass in Wirklichkeit *er* Napoleon Bonaparte gewesen war.

„Sie wehrte sich lange gegen ihre wahren Gefühle", fuhr Lucian ungefragt fort. „Besonders, als sie merkte, was ich wirklich war. Aber als der Druck am Königshof immer größer wurde, bat sie mich, sie zu meinem Geschöpf zu machen."

Unwillkürlich fragte ich mich, ob Lucian die Wahrheit sagte oder nur ein bisschen vor sich hin fantasierte.

„Wirklich schade, dass ich ihr diesen Wunsch nicht erfüllen konnte. Denn, wie du dir vielleicht denken kannst, hatte ich damals schon jemand anderen im Auge. Und Marcelle erschien mir um einiges geeigneter als diese verwöhnte, gelangweilte Königin."

Ich warf Marcelle einen Blick zu, doch sie hielt ihre Augen stur nach vorn gerichtet.

Was der Bund ihr wohl geboten hatte, damit sie Lucian verriet? In dem Vampirbuch hatte ich gelesen, dass es Meister gab, die ihre Geschöpfe zwangen, ihr Blut zu trinken und so zum Vampir zu werden. Ob Lucian sie gegen ihren Willen verwandelt hatte? Das würde einiges erklären.

Möglichst unauffällig wandte ich meinen Blick wieder nach rechts. Ich musterte Lucians Spiegelbild im Fenster und erschrak, als sich seine Augen durch die Scheibe auf mich richteten. Diesmal kommentierte er mein Starren jedoch nicht. Stattdessen wandte er den Blick wieder nachdenklich auf das nächtliche Paris.

Ich setzte mich wieder gerade hin und bemerkte, dass sich Serena zur Rückbank umgedreht hatte. Sie sah mich an, mit einem ungewöhnlich ernsten Ausdruck in den grünen Augen. Sie öffnete den Mund, schien etwas sagen zu wollen. Ihr Blick schweifte zu Lucian, dann zurück zu mir. Sie lächelte gequält und drehte sich wieder um. Die restliche Fahrt verbrachten wir in Schweigen.

KAPITEL 4

Lucian hatte vier Zimmer in einem 5-Sterne-Hotel gebucht. Als wir am Empfang auf die Zuteilung unserer Zimmer warteten, musterte ich die Eingangshalle. Ich war noch nie in einem derart noblen Hotel gewesen. Die wenigen Gäste, die um diese Uhrzeit die Halle durchquerten, waren gekleidet, als wären sie zur Golden Globe Verleihung oder zumindest zu der des deutschen Filmpreises unterwegs. Sie musterten mich so überheblich, als würden sie tagtäglich George Clooney und Brad Pitt die Hand schütteln.

Mein Zimmer war geschmackvoll eingerichtet, doch viel zu groß, als dass ich mich darin hätte wirklich wohl fühlen können. Andererseits war ich so erschöpft, dass ich auch für ein Stockbett in einer Jugendherberge dankbar gewesen wäre. Körperlich und psychisch völlig ausgelaugt ließ ich mich auf das große Himmelbett fallen. Ich schloss kurz die Augen, um durchzuatmen, doch hielt es nicht länger als zwei Sekunden aus. Ich musste Bettina Frei anrufen. Bevor wir keinen neuen Plan hatten, konnte ich mich nicht ausruhen.

Ich griff zum Hoteltelefon, das auf dem Nachtisch stand.

„Ja?"

„Hier ist Amelie Berger." Ich stockte kurz.

Da fragte sie bereits ungeduldig: „Sind Sie schon auf Lucians Anwesen?"

„Nein, aber –"

„Warum rufen Sie dann an? Ich dachte, ich hätte Ihnen klar gesagt –"

„Weil es ein Problem gibt!“

„Was für ein Problem?“, fragte sie scharf.

„Es gibt noch eine Zauberin. Lucian hat gleich zwei angeheuert, um die Morddämonen, die übrigens mit seinem Blut beschworen werden sollen, kontrollieren zu können.“

Am anderen Ende der Leitung herrschte Schweigen. Ich wartete.

„Dann müssen Sie die zweite Zauberin irgendwie aus dem Weg schaffen.“

Obwohl ich es kommen gesehen hatte, fiel es mir schwer, zu glauben, dass ich sie richtig verstanden hatte. „Sie verlangen von mir, dass ich einen Menschen töte?“

„Zunächst einmal sind Zauberer keine normalen Menschen“, wies mich Bettina Frei mit eiskalter Stimme zurecht.

Ob ihr in diesem Moment bewusst war, dass sie gerade einen dieser *nicht normalen* Menschen am Telefon hatte? Wahrscheinlich. Nein, ganz sicher sogar.

„Außerdem“, fuhr sie fort, „haben ich nicht gesagt, dass Sie sie töten müssen. Aber sie darf Ihren Plan nicht gefährden. Warum bitten Sie nicht Marcelle um Hilfe? Obwohl ... “ Bettina Frei hielt einen Moment inne. „Ist die andere Zauberin schon länger in den Plan involviert oder hat Lucian sie sich erst vor kurzem gesucht?“

Anscheinend war auch ihr endlich aufgefallen, dass Marcelle ihr von Serena hätte erzählen müssen.

„Lucian hatte die andere Zauberin schon lange, bevor ich mich ihm anbot“, bestätigte ich ihre Vermutung.

„Das ist ... interessant.“

„Wenn Marcelle Ihnen nicht die ganze Wahrheit gesagt hat, ist sie vielleicht gar nicht auf unserer Seite. Am Ende will sie gar nicht, dass Lucian stirbt. So, wie die Dinge momentan stehen, werde ich aber auf Marcelles Unterstützung angewiesen sein. Oder was soll ich alleine gegen einen Vampir und eine Zauberin ausrichten?"

Bettina Freis Antwort kam prompt. „Sie sollten unbedingt herausfinden, ob Sie auf Marcelles Unterstützung zählen können."

„Schön, aber so oder so ist unser ursprünglicher Plan hinfällig. Da ich die Beschwörung mit Serena zusammen durchführen würde, kann ich da nicht einfach herumpfuschen und den Dämon auf Lucian statt auf eines Ihrer Mitglieder hetzen. Wir müssen uns einen neuen Plan überlegen."

„Sie erwähnten, dass Lucian selbst sein Blut für die Beschwörung hergibt ...", sagte Bettina Frei nachdenklich. „Wird es genug sein, um ihn in bedeutendem Ausmaße zu schwächen?"

„Es wird zumindest so viel Blut sein, dass ein Mensch es nicht überleben könnte. Sagen Sie mir, ob das reicht, um einen Vampir zu schwächen."

An ihrer Stimme hörte ich, dass Bettina Frei breit lächelte. „Oh ja, das tut es."

Seltsamerweise freute mich die Antwort nicht. Sie machte das Ganze so endgültig.

„Dann ist es also beschlossen", sagte Frei. „Sie führen die Beschwörung bis zu dem Punkt durch, an dem der Vampir zur Ader gelassen wird ..."

Unwillkürlich stellte ich mir vor, wie ich den magischen Dolch, den ich von Barbaras Lieferant gekauft hatte, mit einer schnellen Bewegung über Lucians Handgelenk zog. Wie das frische rote Blut hervorquoll und die perfekte, elfenbeinfarbene Haut befleckte.

„... und wenn er schwach genug ist, tun Sie es."

„Wie?", fragte ich tonlos.

„Wahrscheinlich ist dann doch die Pflock-Methode am besten. Nehmen Sie irgendeinen spitzen Gegenstand und –"

„Zum Beispiel einen Dolch?"

„Das sollte funktionieren."

Ich schwieg. Vor meinem inneren Auge sah ich den geschwächten Lucian und seinen Gesichtsausdruck, als ich mich mit dem Dolch auf ihn stürzte. Sein Blick, als ihm klar wurde, dass ich ihn verraten hatte. Und dann schlossen sich die nachtblauen Augen für immer. Ich schüttelte den Kopf, um die unwillkommene Vorstellung loszuwerden.

„Natürlich brauchen Sie trotzdem Marcelles Hilfe", fuhr Bettina Frei fort. „Da die Zauberin anwesend sein wird, muss sich jemand um sie kümmern, damit Sie dem Vampir nicht helfen kann. Und vergessen Sie nicht, dass das Herz bei Vampiren tiefer liegt. Sie müssen also richtig kräftig zustoßen, um –"

„Entschuldigen Sie", unterbrach ich mit rauer Stimme. Ich räusperte mich. „Würde es Ihnen etwas ausmachen, wenn ich eine Nacht darüber schlafe?"

Das Schweigen am anderen Ende der Leitung dauerte lange. „Bekommen Sie etwa Skrupel?"

„Ich … ich bin mir nur einfach nicht mehr sicher, ob er wirklich den Tod verdient hat", gab ich zu. Lucian war zwar alles andere als die Rücksichtnahme in Person, verunsicherte mit Vorliebe andere und pochte auf seinen Willen wie ein kleines Kind, aber war er deshalb *böse*?

„Das will er Sie nur glauben machen", presste Bettina Frei hervor.

„Vielleicht."

„Nun, Sie werden sich schon sofort entscheiden müssen. Wir haben keine Zeit zu verlieren. Wenn Sie jetzt aussteigen wollen – bitte. Dann finden wir früher oder später jemand anderen, der die Sache übernimmt. Der Vampir stirbt so oder so. Nur schade, dass wir uns dann umsonst die Mühe gemacht haben, Christopher Margrafs Schicksal in Erfahrung zu bringen."

„Sie wissen, was mit ihm passiert ist?"

„So ist es."

„Lebt er? Geht es ihm gut?"

„Das werde ich Ihnen sagen, sobald die Gefahr für den Bund gebannt ist. Wir haben unseren Teil der Abmachung erfüllt. Jetzt sind Sie dran."

„Ich ..."

„Entscheiden Sie sich jetzt. Sofort. Oder ich lege auf."

Mir war übel. Ich wollte das alles nicht, konnte diese Entscheidung nicht treffen. Aber Chris ... was, wenn er meine Hilfe brauchte? Wenn er seit zwei Jahren darauf wartete, dass ich ihn fand? Ich war so nah dran. Eine zweite Chance wie diese würde ich nicht bekommen. Chris war fast mein ganzes Leben lang wie ein Bruder für mich gewesen, Lucian dagegen schuldete ich nichts. „Ich rufe wieder an, wenn wir Lucians Anwesen erreicht haben", flüsterte ich.

„Ein guter Entschluss. Auf Wiederhören."

Langsam legte ich den Hörer auf. Ich hatte die richtige Entscheidung getroffen, ganz bestimmt. Trotzdem bekam ich das imaginäre Bild von Lucians Blut nicht aus dem Kopf. Wie es auf den Fußboden tropfte. Und mit jedem Tropfen wurde Lucian schwächer.

Ich sprang auf. Genug davon, ich hatte mich entschieden. Jetzt gab es kein Zurück mehr. Ich verbannte alle Gedanken an Lucian aus meinem Kopf und konzentrierte mich stattdessen auf die Umsetzung meines Plans. Ich musste mit Marcelle reden und herausfinden, ob sie mir helfen würde. Zusätzlich musste ich mich noch einmal mit der Dämonenbeschwörerei beschäftigen. Auch wenn ich Lucian nicht durch einen Morddämon töten wollte, so würden wir doch die Beschwörung bis zu einem gewissen Punkt durchführen und ich musste sicherstellen, dass keinem auffiel, dass ich so etwas nie zuvor gemacht hatte. Außerdem ... wenn das mit der Beschwörerei gut klappte, brauchte ich Marcelles Hilfe vielleicht gar nicht. Ich könnte auch einem Dämon befehlen, Serena abzulenken oder anderweitig im Zaum zu halten, während ich …

Ich schluckte, doch zwang mich, den Satz zu Ende zu denken.

… Lucian tötete.

Ich holte das Buch über Dämonenbeschwörung hervor. Wie bereits am Morgen überblätterte ich die ersten Seiten voller Warnhinweise und schlug gleich den praktischen Beschwörungsteil auf. Jetzt musste ich mich nur noch entscheiden, was für einen Dämon ich haben wollte. Zu diesem Zweck blätterte ich zu Kapitel 3 – Dämonische Ränge. Dort erfuhr ich, dass jeder Dämon einer speziellen Klasse angehörte. Diese Klassen, auch Ränge genannt, zeigten, wie viel Macht die zugehörigen Dämonen besaßen und welche Aufgaben sie erfüllen konnten. Mein Blick blieb am Namen der als letztes aufgelisteten Klasse hängen:

Akephalos – Morddämonen.

Doch um mir Serena vom Hals zu halten, würde es auch ein schwächerer Dämon tun. Und für meine allererste Beschwörung überhaupt, sollte ich ohnehin mit etwas möglichst kleinem anfangen. Schließlich war eine Dämonenbeschwörung, egal wie schwach der Dämon auch sein mochte, keine Kaffeefahrt, sondern waschechte schwarze Magie. Im Grunde hatte ich nicht die geringste Ahnung, worauf ich mich hier einließ. Was, wenn etwas schief ging? Ich blätterte zurück zu dem Kapitel über die verschiedenen Dämonenränge. Ich fuhr mit dem Finger über die Seite und stoppte bei der Beschreibung des niedrigsten Dämonenranges.

Asasel – Zu diesem Rang zählen nur die niederen Dämonen. Sie verfügen über ausgesprochen wenig Macht und sind für größere Aufträge nicht geeignet.

Ich packte meines Utensilien aus und nahm als erstes die Kreide zur Hand. Ich schob eine Ecke des riesigen, roten Teppichläufers zur Seite und zeichnete der

Anleitung folgend einen großen Kreis auf den Parkettfußboden. Dann malte ich neun Pentagramme im gleichen Abstand zueinander auf die Linie des Kreises. Ich warf einen Blick in das aufgeschlagene Buch.

Weihe anschließend alle magischen Gegenstände und lade den Kreis mit Magie auf.

Ich nahm vier Räucherstäbchen, zündete sie an und lief dann, zwei in jeder Hand, im Raum umher. Ich schnupperte und musste husten. Weihrauchduft. Dann konzentrierte ich mich auf den Kreis, bis ich spürte, wie meine Magie sich materialisierte. Ich nahm die Räucherstäbchen in eine Hand und berührte mit der anderen den Kreidekreis. Kontrolliert ließ ich einen Teil meiner Magie aus mir herausfließen, bis der Kreis am Boden golden schimmerte. Endlich konnte ich mit der Beschwörung beginnen.

Ich griff nach den dicken roten Kerzen, zündete sie an und stellte eine in die Mitte eines jeden Pentagramms, dann positionierte ich mich selbst im Inneren des Kreises. Ich schielte zum Buch auf dem Bett und las weiter: *Nimm nun den Dolch in die rechte Hand. Träufle das Blut in den Kreis (für eine Tabelle, wie viel Blut für welchen Dämonenrang nötig ist, s. S. 151ff), konzentriere dich und nenne den Namen oder Rang des Dämons, den du beschwören willst. Spürst du die Anwesenheit des Dämons, befehle ihm, Gestalt anzunehmen. Weigert sich der Dämon, wiederhole deinen Befehl noch zweimal.*

Dass für jede Dämonenbeschwörung Blut nötig war, hatte ich ganz vergessen, oder eher verdrängt. Aber da musste ich nun wohl durch.

Ich setzte den Dolch an meine Fingerkuppe, biss die Zähne zusammen und zog die Klinge einmal schnell über die Haut. „Aua!" Ich widerstand dem Drang, mir den Finger in den Mund zu stecken. Stattdessen hielt ich ihn so, dass einige dicke, rote Tropfen auf den

Parkettboden fielen. „Asasel", sagte ich und stellte mir einen netten, schwachen Dämon vor, der auf meinen Ruf reagierte. Er folgte meiner Macht, bis er den Eingang zu dieser Welt fand.

Und dann spürte ich ihn plötzlich. Ich konnte kaum atmen, so drückend schwer hing die Magie im Raum. Die Luft im Zimmer flirrte. Ich fühlte die Anwesenheit eines Dämons.

„Zeige dich", befahl ich.

„Ich würde mich ja zeigen", schimpfte eine piepsige, hohe Stimme von irgendwo hinter dem Bett. „Aber ich hänge fest."

„Zeige dich. Zeige dich sofort!"

„Bist du taub?", kam sofort die unwirsche Antwort. „Ich habe mich in deiner blöden Decke verheddert."

Ich schielte zum Buch. *Gehorcht der Dämon nicht, dann ziehe mit dem Schwert oder Dolch ein Dreieck außerhalb des Kreises und zwinge ihn, dort einzutreten. Richte dazu die Spitze des Schwertes auf den Punkt, an dem der Dämon erscheinen soll.*

Ich richtete den Dolch gen Boden. Meinten die, ich sollte den Kreis nur symbolisch ziehen oder ihn tatsächlich in das Parkett ritzen?

Ich hörte gackerndes Lachen. „Willst einen Dämon beschwören und kennst nicht mal die Grundlagen! Verflucht! Diese blöde –!"

Ich schaute in Richtung der piepsigen Stimme und sah, wie hinter dem Bett etwas an der Tagesdecke zerrte.

„Lass das!", befahl ich.

Noch ein Ruck an der Decke. Das aufgeschlagene Dämonenbuch begann, die Matratze hinunter zu rutschen. Ich reagierte, ohne nachzudenken. Mit einem Satz erreichte ich das Bett und konnte das Buch gerade noch auffangen. Der drückende Magiepegel im Raum verflüchtigte sich augenblicklich.

„Was sollte das?", begann ich, dem Etwas, das ich noch immer nicht sehen konnte, die Leviten zu lesen, als mein Blick auf eine Zeile im Dämonenbuch fiel. Genauer gesagt war es eine Zeile, die fettgedruckt unter der Ritualbeschreibung stand:

Verlasse niemals den Kreis, sobald der Dämon anwesend ist.

Hektisch sprang ich zurück zum letzten Teil der Beschwörung, den ich bisher nicht gelesen hatte.

Sobald sich der Dämon materialisiert hat, musst du entscheiden, ob er deinen Ansprüchen genügt. Wenn nicht, entlasse ihn und rufe einen anderen Dämon. Möchtest du den Dämon aber in dieser Welt halten, um ihm einen Auftrag zu übertragen, musst du zur Beendigung des Rituals die Magie aus dem Kreis entlassen. Dann kannst du dich wieder frei bewegen und dem Dämon seinen Auftrag nennen. Nach Beendigung desselben kehrt der Dämon in seine Welt zurück.

Achtung: Verlässt du den Kreis, bevor das Ritual beendet ist, kannst du den Dämon nicht wieder zurückschicken.

„Na, Mist gebaut? Selbst ich weiß, dass man während einer Beschwörung nicht aus dem Kreis treten darf!"

Ich hob den Kopf und sah ... *etwas* auf meinem Bett sitzen. Es war kugelrund, ging mir etwa bis zu den Knien, war über und über mit braunem Fell bedeckt, hatte große, abstehende Ohren und schwarze Knopfaugen. „Du bist ein Dämon?"

Das kleine Ding verdrehte die Augen.

„Dann kannst du mir doch bestimmt sagen, wie wir dieses kleine Malheur beheben können, oder?" Während ich auf seine Antwort wartete, durchblätterte ich fieberhaft das Buch. Doch alles, was ich fand, war ein weiterer Hinweis: *Für Dämonen, die sich nicht auf herkömmliche Weise zurückschicken lassen, siehe Dä-*

*monenbeschwörungen Band 3 – Fehler bei der Be-
schwörung und wie diese behoben werden können.*

Nein, nein, nein! Wo sollte ich jetzt dieses Buch herbekommen? Es musste doch auch anders gehen!

„Du bist hier die Hexe", sagte der Dämon mit seiner
frechen, piepsigen Stimme.

„Zauberin", berichtigte ich automatisch. „Warte, ich
versuche was." Ohne auf den skeptischen Blick des Dämons zu achten, trat ich zurück in den Kreis. „Wir tun
einfach so, als wärst du eben erst erschienen und ich
nie aus dem Kreis ausgetreten."

„Das klappt doch nie."

Mir kam ein unguter Verdacht. „Kann es sein, dass du
gar nicht zurück willst? Dir gefällt es in dieser Welt,
oder?"

„Ja, sicher!", keifte der Dämon. „Weit weg von zu
Hause, gekettet an die Macht einer unfähigen Hexe, ich
kann mir nichts Schöneres vorstellen!"

„Zauberin. Wenn du zurück willst, dann sag mir, was
ich tun muss."

„Ich hab keine Ahnung, wie das alles funktioniert!
Das hier war meine erste Beschwörung!"

Auch das noch. Aber ich durfte jetzt nicht aufgeben.
Bestimmt war alles halb so wild. Ich nahm den Dolch
und machte dort weiter, wo ich vorhin unterbrochen
worden war. „Erscheine, Dämon!"

Der warf mir nur einen spöttischen Blick zu.

„Und nun …" Wie war das? *Sobald sich der Dämon
materialisiert hat, musst du entscheiden, ob er deinen
Ansprüchen genügt. Wenn nicht, entlasse ihn und rufe
einen anderen Dämon.* „… entlasse ich dich." Nichts passierte. Ich sah in das Buch und fand einen Abschnitt
mit dem Titel *Sture Dämonen.* Da stand: *Will der Dämon nicht gehen, dann zwinge ihn durch Räucherun-
gen.*

„Gibst du mir mal die Räucherstäbchen und das Feuerzeug?"

„Ganz sicher nicht. Ich hasse diesen Gestank!"

„Willst du wieder nach Hause oder nicht?"

Murrend warf mir das Fellknäuel die Räucherstäbchen und das Feuerzeug zu. Um ganz sicher zu gehen, entzündete ich alle sechzehn verbliebenen Räucherstäbchen, die noch in der Packung waren. Ich schwenkte sie in Richtung des Dämons. Der hustete und jammerte, doch blieb, wo er war.

Den Tränen nah trat ich endgültig aus dem Kreis und ließ mich aufs Bett fallen. Das war eine absolute Katastrophe. Was sollte ich tun? Mir kam Serena in den Sinn, die ja nach eigenen Angaben eine erfahrene Dämonenbeschwörerin war.

„Ist das auch eine Zauberin? Weiß *sie* wenigstens, was sie tut?"

Ich ignorierte die Beleidigung. „Selbst wenn, ich kann sie nicht um Hilfe bitten, weil ... ach, eine lange Geschichte."

„Du meinst wegen dem Blutsauger und deiner Deckidentität und allem?"

„Sag nicht, du kannst meine Gedanken lesen."

„Nebensächlich. Hol diese Zauberin her, damit sie mich zurückschickt!"

„Ich kann nicht. Wenn du meine Gedanken lesen kannst, dann solltest du verstehen, warum. Ich würde auffliegen."

„Mir egal. Ich werde auf keinen Fall die ganze Nacht hier verbringen. Hol sie!"

Ich zählte im Stillen bis zehn, dann sagte ich mit sehr ruhiger Stimme. „Das werde ich nicht tun. Ich werde meinen Auftrag zu Ende führen, du wirst dich bis dahin unauffällig verhalten und *dann* werde ich eine Möglichkeit finden, dich zurückzuschicken."

Der Dämon streckte mir die Zunge heraus. „Dann werde ich dich heute Nacht keine Sekunde schlafen lassen!"

Jetzt reichte es aber. „Wenn du dich nicht endlich benimmst, behalte ich dich für immer in dieser Welt, verstanden?"

„Dann werde ich dich *nie wieder* schlafen lassen!"

Ich schüttelte fassungslos den Kopf. Hier stand ich und stritt mit einem spielzeuggroßen, plüschigen Dämon. Wer hätte gedacht, dass meine erste Dämonenbeschwörung so schiefgehen würde. Ob ich mich überhaupt daran versuchen sollte, einen mächtigeren Dämon zu beschwören, der sich um Serena kümmerte?

„Oh Gott, bitte nicht. Kein Wesen in dieser Welt wird dann mehr sicher sein."

„Halt dich aus meinen Gedanken raus."

„Aber sie sind so amüsant", kicherte das Fellknäuel.

Ich hielt mir die Ohren zu und flüchtete ins Badezimmer. Diese Nervensäge war wirklich nicht auszuhalten. Zu allem Übel hatte sie auch noch recht. Mir war selbst nicht besonders wohl dabei, mich noch mal an einer Dämonenbeschwörung zu versuchen, zumindest nicht, bis ich einen Weg gefunden hatte, den ersten wieder loszuwerden. Wenigstens wusste ich nun, wie so eine Beschwörung ablief. Und außer, dass wir Lucians Blut statt meines eigenen verwenden würden, dürfte sich die Morddämonen-Beschwörung von einer normalen nicht unterscheiden. Gepaart mit ein wenig schauspielerischem Geschick sollte das für die Aufrechterhaltung meiner Deckidentität reichen. Und was Serena anging, so blieb mir nur ein Ausweg: Ich musste doch mit Marcelle reden und herausfinden, ob sie mir half.

Ich stützte die Hände auf die Armatur rechts und links des Waschbeckens und starrte mich selbst im Spiegel an. Warum ging in letzter Zeit alles schief? Und warum verfolgte mich noch immer der Anblick der nachtblauen Augen, die mich interessiert und belustigt musterten, bis sich die Erkenntnis des begangenen Verrats in ihnen ausbreitete? Doch selbst, wenn mich diese Augen bis an mein Lebensende verfolgen würden – ich würde meinen Auftrag ausführen. Denn wenn ich versagte, würde ich Chris nie wieder sehen.

Entgegen aller Drohungen hatte mich der Dämon doch schlafen lassen. Ich wusste nicht, ob er Angst hatte, dass ich ihn tatsächlich für immer in meiner Welt behalten würde, oder ob er einfach auch müde war. Trotzdem schlief ich schlecht. Um sechs Uhr morgens stand ich schließlich auf, wusch mich und zog mich an. Erst mal Kaffee. Doch kaum berührte ich die Türklinke, ertönte ein ohrenbetäubendes Kreischen.

„Wo willst du hin?" Der Dämon streckte seinen Kopf unter dem Bett hervor und blickte mich verstört an.

„Frühstücken." Ich drückte die Türklinke hinunter.

„Das kannst du nicht!"

„Was ist denn jetzt schon wieder?"

„Weißt du eigentlich überhaupt irgendetwas? Ich bin an deine Macht gebunden! Du darfst dich nicht zu weit von mir entfernen, sonst reißt das magische Band zwischen uns."

„Das magische Band?" Von so einem Unsinn hatte ich noch nie etwas gehört.

Der Dämon nickte heftig und hing mir im nächsten Moment am Hosenbein. „Wenn das Band zwischen uns reißt, kannst du mich nicht mehr zurückschicken. Dann bin ich für immer in dieser Welt gefangen!"

„Wirklich? Und was würde dann passieren?" Nicht, dass ich es wirklich darauf anlegen würde. Trotzdem konnte es nicht schaden, über alle Möglichkeiten Bescheid zu wissen.

„Sobald ich nicht mehr an dich gebunden bin, wäre ich ohne Ausnahme für alle Menschen unsichtbar. Ich wäre wie ein Poltergeist. Ich könnte Banken überfallen, Menschen Beine stellen, sie erschrecken. Obwohl ich nicht morden kann, kann ich trotzdem zum Unglück vieler Menschen beitragen. Und das wäre alles deine Schuld! Ich könnte ..."

„Schon gut! Wie ich dir gestern schon gesagt habe, werde ich dich zurückschicken, sobald ich kann. Bis dahin darf aber niemand von dir erfahren."

Der Dämon räusperte sich und ließ von meinem Bein hab. „Ja, deswegen ... hör mal, Zauberin ...", begann er.

Zauberin? Das waren ja ganz neue Töne.

„Ich habe nachgedacht und wollte mich bei dir für gestern entschuldigen. Für meine ... naja, Worte, du weißt schon."

„Für deine Beleidigungen und deine Häme, meinst du?"

„Äh, ja genau, dafür."

„Entschuldigung akzeptiert."

„Und dann wollte ich fragen, ob du nicht doch mal mit dieser anderen Zauberin sprechen könntest." Mit erwartungsvollen großen Kulleraugen blickte er zu mir hoch.

Deswegen also die plötzlichen Nettigkeiten. „Hör zu", sagte ich meinerseits freundlich, um die kleine Nervensäge nicht gleich wieder zu verstimmen. „Es tut mir leid, aber ich kann nicht. Ich muss zuerst meinen Auftrag –"

„Aber du bist doch eine clevere Hexe, äh, Zauberin", sagte der Dämon eifrig. „Du kannst aus ihr herausbekommen, wie du mich zurückschicken kannst, ohne zuzugeben, dass das dein erstes Mal war. Bitte? Bitte, bitte, bitte!"

Ich seufzte, doch dachte über den Vorschlag des Dämons nach. „Ich weiß nicht. Das ist ziemlich riskant."

„Aber du bist ein guter Mensch, das weiß ich. Du willst nicht, dass ein kleiner, unschuldiger Dämon deinetwegen so lange von zu Hause weg ist, oder? Und seien wir mal ehrlich: Meine Anwesenheit ist für die Ausführung deines Auftrags auch eher hinderlich. Vielleicht nicht so hinderlich wie deine Gefühle für den Vampir, aber –“

„Ok, ich versuch es!“

Das Fellknäuel grinste zufrieden.

„Aber dafür müssen wir das Zimmer verlassen. Wie soll ich dich vor anderen Menschen verstecken, wenn du immer in meiner Nähe bleiben musst?“

Der Kleine verdrehte die Augen und ich sah, dass ihm schon wieder ein abfälliger Kommentar auf der Zunge lag, doch stattdessen brachte er ein gezwungenes Lächeln zustande. „Nur der Zauberer, der den Dämon beschworen hat, kann diesen sehen. Zwar könntest du mir befehlen, mich anderen Menschen zu offenbaren, aber solange du das nicht tust, kannst nur du mich sehen und hören.“

Ich nickte langsam. Die erste gute Nachricht heute. „Dann können wir jetzt ja frühstücken gehen. Ich brauche wirklich einen Kaffee, bevor ich mir eine halbwegs glaubhafte Lügengeschichte für Serena ausdenken kann.“

Doch als wir den Speisesaal betraten, war die Zauberin ebenfalls dort. Sie saß alleine an einem Tisch und sah alles in allem nicht besonders gut aus. Mit halb geschlossenen Augen stocherte sie in ihrem Rührei. Sie trug ihre Kleidung von gestern. Klar, die drei waren ja ohne Gepäck gereist.

„Guten Morgen“, sagte ich zögernd und setzte mich mit meinem Kaffee zu ihr. Der Dämon machte es sich unter dem Tisch bequem.

„Guten Morgen.“ Serena lächelte halbherzig.

„Gut, dass du schon so früh wach bist ...“, begann ich, nahm einen großen Schluck Kaffee und hoffte, dass das Koffein bald zu wirken begann. Noch hatte ich keine Ahnung, wie ich meinen Fehltritt bei der Beschwörung glaubhaft rechtfertigen sollte.

Serena lachte. „Ich bin immer noch wach. Wenn man mit Vampiren reist, ist es besser, sich auf deren Lebensgewohnheiten einzustellen. Wir werden wahrscheinlich die ganze nächste Nacht unterwegs sein. Deshalb ist das hier ...“ Sie deutete mit ihrer Gabel auf das Rührei. „... eigentlich mein Abendessen. Danach geh ich endlich schlafen.“

Richtig. Da hätte ich auch selbst drauf kommen können. Aber ich konnte mich ja bis zum Abend noch mal schlafen legen. Das war nicht das Problem. Das Problem saß unter dem Tisch und schnüffelte gerade an Serenas Schuhen.

„Ich ... also, ich wollte mit dir über etwas sprechen. Wenn du einen Moment Zeit hast. So von Zauberin zu Zauberin.“ Ich versuchte, meine Stimme fest und selbstbewusst klingen zu lassen. Wahrscheinlich machte ich mir viel zu viele Gedanken und so ein Malheur bei der Dämonenbeschwörung passierte auch den besten schwarzen Magiern ab und zu.

„Ja, sicher, worum geht es?“ Obwohl Serena offensichtlich Mühe hatte, ihre Augen offen zu halten, brachte sie ein aufrichtiges Lächeln zustande.

„Also, um ehrlich zu sein ...“

„Jetzt sag es halt einfach!“, zischte der Dämon.

„Ich habe gestern Abend einen Dämon beschworen.“

Serenas Augen weiteten sich. „Wieso?“

„Weil ... nun, ich habe vor unserer Reise einen neuen magischen Dolch erstanden, weißt du, und wollte testen, ob der auch funktioniert.“

Ich konnte den Dämon unter dem Tisch kichern hören.

„Du wolltest wissen, ob er ein echter magischer Gegenstand ist, meinst du? Ob du nicht über den Tisch gezogen wurdest?“, fragte Serena verwirrt.

„Genau."

„Und warum hast du dann nicht einfach das Ritual zur Überprüfung magischer Gegenstände verwendet?"

„Oh ... weißt du, das ist so eine Macke von mir. Ich teste magische Dolche und Schwerter immer am liebsten direkt bei einer Dämonenbeschwörung."

Serena nickte langsam und lächelte schließlich zu meiner Erleichterung. „Wir alle haben halt so unsere Eigenheiten, nicht wahr?"

„Ja, aber was ich dir eigentlich erzählen wollte ... bist du jemals bei einer Beschwörung aus dem Kreis ausgetreten, nachdem der Dämon sich materialisiert hatte?"

Serena schnappte hörbar nach Luft. „Du bist ...?"

„Nicht absichtlich natürlich! Der Dämon, das dumme Ding ..."

„Hey!"

Ich lachte hochmütig und verdrehte die Augen. „Das dumme Ding hat sich bei der Beschwörung erschreckt und ist mir in die Beine gelaufen. Hat mich zum Straucheln gebracht und daher ..." Ich blickte Serena bedeutungsschwer an.

Die schien plötzlich hellwach. „Das ist nicht gut."

„Bravo", kam es von unter dem Tisch. „Die scheint nicht viel heller zu sein als du."

„Ja ... nun, mir ist so etwas auch noch nie vorher passiert. Daher dachte ich, ich tausche mich mal ein bisschen mit dir aus." Ja, das klang doch gar nicht so schlecht. Zumindest nicht komplett unglaubwürdig.

Und anscheinend fand das auch Serena, denn sie nickte verständnisvoll. „Was ist es für ein Dämon? Welcher Rang?"

„Oh, nur ein Asasel."

Serena schien über alle Maßen erleichtert. „Dann ist es ja nicht so schlimm."

„Nicht so schlimm?", schrie der Dämon. „Die hat sie ja nicht mehr alle!"

„Ja, da hast du auf jeden Fall recht, nur ... er ist schon ziemlich nervig, ehrlich gesagt."

„Danke, das Kompliment kann ich nur zurückgeben, blöde, inkompetente Hexe!"

„Verstehe", sagte Serena mitfühlend. „Du willst ihn sicher so schnell wie möglich zurückschicken."

Ich konnte mir ein erleichtertes Lächeln nicht verkneifen. „Das habe ich vor, ja."

„Aber hast du alle Utensilien bei dir?", fragte die Zauberin.

„Na, dann wäre das Ding schon längst wieder in seiner Welt."

„Oh, natürlich. Entschuldige", meinte Serena betreten. „Ich bin einfach so müde, ich kann gar nicht klar denken."

„Macht nichts." In Wahrheit war ich mehr als dankbar, dass Serenas Gehirn im Moment etwas langsam funktionierte. Zweifellos unterstützte mich dieser Umstand enorm bei meiner nicht ganz lückenlosen Geschichte.

„Wenn du erlaubst, könnte ich dir aushelfen", bot Serena an.

Ich konnte mein Glück kaum fassen.

Die Zauberin schien kurz nachzudenken. „Ja, die Pflanzen, die man während der Rücksendung verbrennen muss ... sogar den Totenkopf, auf den man das Blut träufelt ..." Sie strahlte mich an. „Ich dürfte alle Utensilien auf Lucians Anwesen vorrätig haben!"

„Oh ...", entwich es dem Dämon und mir gleichzeitig enttäuscht.

Weil Serena mich verwirrt ansah, zwang ich mich zu einem Lächeln. „Das ist wunderbar. Danke, Serena. Wir werden ja noch heute Nacht ankommen, oder?" Einen Tag mit der kleinen Nervensäge würde ich schon überstehen ohne durchzudrehen. Wobei ich keine Wette eingegangen wäre.

„Vermutlich. Allerdings müssen wir auf der Hut sein. Der Bund sucht uns. Angriffe sind also nicht ausgeschlossen."

Das war nun etwas, worüber ich mir gar keine Sorgen machte. Ich musste es nur irgendwie einrichten, dass Serena mir auf Lucians Anwesen half, den Dämon loszuwerden, bevor wir mit der Beschwörung der Morddämonen begannen.

„Wie heißt er eigentlich?"

Erst verstand ich nicht, wovon sie sprach. „Der Dämon?"

Serena nickte. „Ich frage die Dämonen, die ich beschwöre, immer zuerst nach ihrem Namen. Ich möchte freundlich zu ihnen sein, schließlich rufe ich sie ja zu meinem Vorteil und sie haben keine andere Wahl, als meinem Ruf zu folgen."

„Siehst du mal!", ereiferte sich der Dämon. „Vor Grips platzen tut sie zwar auch nicht, aber wenigstens ist sie mitfühlend!"

„Das ist wirklich löblich", sagte ich zu Serena. „Ich handhabe es normalerweise ganz ähnlich, nur diesmal ..." Ich seufzte. „Die ganze Situation war einfach etwas ungewöhnlich." Trotzdem hatte sie recht. Und es konnte nicht schaden, bei dem Dämon, der wenigstens noch den ganzen heutigen Tag mein Begleiter sein würde, ein bisschen gut Wetter zu machen. „Wie heißt du?" Ich warf einen fragenden Blick unter den Tisch und sah, wie ein freudiges Lächeln die Züge des Kleinen erhellte. „Sassanel."

Ich musste grinsen.

„Freunde nennen mich Sassa", verteidigte sich der Dämon. „Und was soll eigentlich *Amelie* für ein Name sein?"

Immer noch schmunzelnd setzte ich mich wieder aufrecht hin und wollte Serena gerade den lustigen

Namen des Dämons mitteilen, als mir auffiel, dass sich der Ausdruck in den Augen der Zauberin verändert hatte.

„Weißt du, ich bin sehr froh, dass du mich hier gefunden hast", sagte sie. „Ich wollte ohnehin mit dir über Lucian reden."

„Uh, jetzt wird es aber interessant", kommentierte Sassa.

Das Grinsen war mir vergangen. Ich nickte Serena auffordernd zu.

„Na ja, bitte versteh mich nicht falsch, aber Lucian hat sich irgendwie verändert, seit du bei uns bist. Ich weiß nicht genau, wie ich es sagen soll." Sie schwieg einen Moment. „Er ... na ja ... *sieht* dich."

„Was?", hakte ich nach, weil ihre Worte für mich keinen Sinn ergaben.

„Er sieht dich an. Spricht mit dir, auch wenn es keinen Anlass gibt. Er teilt sich dir mit, provoziert dich, aber hört dir auch zu, wenn du etwas sagst." Sie seufzte unglücklich. „Ich habe schon länger mit ihm zu tun. Er hat nicht das geringste Interesse an mir, wenn er nicht gerade trinkt oder meine Magie braucht. Ich bin ihm als Person egal, das sind ihm Menschen allgemein. Nur du anscheinend nicht."

Ich schluckte. So sehr ich mir wünschte, Serena Worte würden mich kalt lassen – sie taten es nicht. Serena hatte tatsächlich den Eindruck, dass Lucian sich für mich interessierte, dass er mich anders behandelte als andere Menschen? Beinahe hätte ich gelächelt.

„Das ist nicht gut, Amelie", fuhr Serena eindringlich fort. „Es ist nicht gut, die Aufmerksamkeit von jemandem wie Lucian zu wecken. Ich weiß, ich bin in keiner Position, dir Vorschreibungen zu machen, aber ... ich wünschte wirklich, du würdest damit aufhören."

„Aufhören? Mit was?"

„Eben *so* zu sein. Kannst du dich nicht einfach so verhalten, wie ich es tue? Keine Fragen, keine Kommentare, einfach tun, was er dir sagt? Ihm mehr Respekt entgegen bringen."

Wenn sie wüsste, wie sehr mir jedes Mal die Knie zitterten, wenn ich auch nur das Wort an Lucian richtete. „Ich lasse mir von niemandem Befehle erteilen. Auch nicht von Lucian", sprach die große Dämonenbeschwörerin, während die echte Amelie mit schlechtem Gewissen beobachtete, wie Serenas Miene in sich zusammenfiel. Die Arme machte sich nur Sorgen um mich.

„Ihr habt vielleicht Probleme!", kam es in diesem Moment quengelnd von unter dem Tisch. „Ich will zurück nach Hause!"

„Bitte beruhig dich", versuchte ich es mit Diplomatie.

Doch Sassa hörte nicht, sprang auf meinen Schoß und kletterte von dort über meinen Pulli auf meine Schulter. Er formte mit seinen Händen einen Trichter um den Mund und schrie mir ins Ohr: „ICH WILL NACH HAUSE!"

Ich fiel beinahe vom Stuhl, als ich versuchte, der penetranten Stimme auszuweichen. Nach Halt suchend klammerte ich mich an die Tischplatte. Serenas Teetasse kippte um. Die Zauberin sprang auf, damit der Tee nicht auf ihren Rock tropfte. Die Gäste an den umliegenden Tischen starrten zu uns herüber. Auch ein Mitarbeiter des Hotels war auf uns aufmerksam geworden und eilte mit Lappen und Handtuch herbei.

Ich beobachtete, wie der Angestellte Tisch und Boden abwischte und versuchte, mir nicht anmerken zu lassen, dass ein Dämon auf meiner Schulter saß. Als alles sauber war und ich mich wieder setzte, war Sassa gerade dabei, mir auf den Kopf zu klettern. Ich packte ihn und wollte ihn herunter reißen, doch der Dämon klammerte sich an meine Haare.

„Wenn du ganz lieb *bitte* sagst, gehe ich runter“, säuselte er.

„Der Dämon macht Schwierigkeiten“, zischte ich Serena zu und stand wieder auf. „Ich gehe lieber aufs Zimmer.“

Serena lächelte gequält und nickte. „Ja, mach das.“

Ich war schon am Gehen, als ich mich noch einmal umwandte und zu der Zauberin zurückkam. „Würde es dir etwas ausmachen, Lucian nichts von meinem kleinen Beschwörungsmissgeschick zu erzählen? Ich meine, du und ich wissen, dass so etwas mal passieren kann, aber ein Außenstehender muss mich ja für eine komplette Amateurin halten.“

„Mach dir deswegen keine Sorgen, Amelie. Und selbst, wenn er etwas merkt, kannst du deinen Dämon immer noch als deinen Diener ausgeben.“

Ich erinnerte mich dunkel daran, mal irgendwo gehört zu haben, dass einige Dämonenbeschwörer das taten: Kleinere Dämonen als ihre Diener halten, die für sie Hausarbeiten und dergleichen erledigten.

„Danke, Serena.“

Die Zauberin winkte ab.

Einigermaßen erleichtert verließ ich den Speisesaal.

Ich legte einen kurzen Halt an der Rezeption ein, um nach Marcelles Zimmernummer zu fragen und erfuhr, dass ihres auf derselben Etage wie meines lag, Nummer 311. Ich bedankte mich und verließ die Lobby. Jetzt blieb nur zu hoffen, dass ich zur Abwechslung mal Glück hatte und das Gespräch mit der Vampirin positiv verlief.

KAPITEL 5

Die Vampirin sah mich aus unfreundlichen dunklen Augen an, sagte jedoch nichts.

„Kann ich bitte reinkommen? Ich muss mit dir reden." Verstohlen sah ich mich um. Doch der Hotelflur vor Marcelles Zimmertür war menschenleer. Trotzdem: Ich hatte nicht die geringste Lust, dieses Gespräch hier draußen zu führen. Lucians Zimmer lag bestimmt auch auf dieser Etage. Er könnte jeden Moment um die Ecke geschlendert kommen.

„Hat dir schon mal jemand gesagt, dass du paranoid bist?", mischte sich der Dämon ein. Ich ignorierte ihn.

Marcelle musterte mich lange. Schließlich trat sie zur Seite und gewährte mir Einlass.

Gefolgt von Sassa betrat ich das Zimmer der Vampirin. Es lag fast völlig im Dunkeln. Nur die bordeauxfarbenen Vorhänge, die zwar das Sonnenlicht absorbierten, aber durch selbiges zum Leuchten gebracht wurden, spendeten etwas Helligkeit. Ich hörte, wie Marcelle die Zimmertür hinter mir schloss und es wurde noch dunkler. „Kann ich das Licht anmachen?"

„Nein."

Ich schluckte und drehte mich zu ihr um. „Weswegen ich hier bin ..." Ich machte eine kurze Pause und kam dann direkt auf den Punkt. „Stehst du auf meiner Seite?"

„Ich habe den Bund in Lucians Pläne eingeweiht, womit sich deine Frage erübrigen sollte." Es war das erste Mal, dass Marcelle mehrere zusammenhängende Wörter mit mir sprach. Sie sah mich direkt an, auf eine ähnliche Art und Weise, wie ihr Meister mich immer fixierte.

Ich nickte langsam. „Das ist dann wohl ein Ja?"

Die Vampirin neigte leicht den Kopf.

Ich atmete auf. Das würde vieles einfacher machen. „Gut, ich brauche nämlich deine Hilfe."

„Ich habe dem Bund bereits gesagt, dass ich Lucian nicht töten werde."

„Ja, kein Problem, ich verstehe das vollkommen", redete ich ihr gut zu.

Was nur dazu führte, dass ihr Blick noch finsterer wurde.

„Es ist nur so, dass sich mein Plan am einfachsten durchführen lässt, wenn Lucian für die Beschwörung sein Blut gegeben hat und dadurch geschwächt ist." Ich kämpfte mit aller Kraft gegen die Bilder an, die schon wieder vor meinem geistigen Auge abliefen und die ich nicht sehen wollte. Ich durfte nicht versagen. „Aber Serena wird auch da sein und das könnte zum Problem werden. Könntest du mir also mit ihr ein bisschen helfen? Bitte?"

Für einen Moment, so schien es, sah die Vampirin durch mich hindurch. Dann richtete sie ihre schwarzen Augen wieder auf mich. „Ich will ebenso wie du, dass dein Plan gelingt. Daher werde ich dafür sorgen, dass Serena dich nicht von deinem Vorhaben abhält." Trotz ihrer Worte blieb ihre Miene kalt und abweisend.

„Das ist gut", sagte ich langsam. „Aber du wirst sie nicht töten, oder?"

„Nein."

Ich atmete auf. Das klappte ja ausnahmsweise mal wie am Schnürchen. „Danke", sagte ich.

Marcelle nickte nur.

„Na dann ... geh ich jetzt mal wieder." Ich drehte mich um und verließ das Zimmer.

„Wenn du mich fragst, geht da was nicht mit rechten Dingen zu", bemerkte Sassa, als wir wieder auf dem Gang standen.

„Wer ist jetzt paranoid?", flüsterte ich. Sassa hatte unrecht, mit Sicherheit. Etwas anderes zu denken, konnte ich mir gar nicht leisten.

„Na, mir kann es ja egal sein. Solange du mich in meine Welt zurückschickst, bevor du dein Leben in die Hände dieser korrupten Vampirin legst."

Ich bog um die Ecke und wäre fast mit jemandem zusammengestoßen. Ich sah hoch und sog erschrocken die Luft ein.

Es war Lucian. Mit einem unlesbaren Lächeln sah er auf mich herab. „Hast du dich verlaufen?"

Meine Gedanken wirbelten durcheinander. Hatte er die ganze Zeit hier gestanden? Die Stelle lag vielleicht zehn Meter von Marcelles Zimmer entfernt. Wie gut waren Vampirohren? Hatte er uns gehört?

„Sag, was treibt dich hierher? Liegt dein Zimmer nicht am anderen Flurende?"

Ich schluckte und starrte in die nachtblauen Augen. Er wusste es. Er wusste alles. Da war ich mir sicher.

„Jetzt mach dir nicht gleich in die Hose, du Drama-Queen!", wies Sassa mich zurecht. „Wenn er etwas wüsste, würdest du schon längst nicht mehr hier stehen und atmen."

Ich versuchte, mich zu beruhigen. An Sassas Worten war etwas dran. Wenn Lucian mich und Marcelle gehört hätte, wäre ich bereits tot. Oder?

„Nun?" Lucian hob die Augenbrauen.

„Ich war bei Marcelle."

Sassa keuchte erschrocken auf. „Bist du blöde?"

Lucian musterte mich interessiert.

„Ich war bei Marcelle, um mich noch mal mit ihr über die Bedingungen dieses Handels zwischen uns zu unterhalten. Weil sie es ja war, die mich angeworben hat."

Lucians Blick schien mich durchbohren zu wollen, aber mittlerweile hatte ich Übung darin, den nachtblauen Augen standzuhalten.

„Ist das so?“

Ich nickte. „Vielleicht ist es dir noch nicht aufgefallen, aber die Stimmung zwischen uns Vieren ist manchmal etwas angespannt. Um ehrlich zu sein, hatte ich mir das anders vorgestellt.“

„Dann bist du bei Marcelle an der falschen Adresse. Sie hat keinerlei Einfluss auf den Verlauf unserer *Zusammenarbeit*.“ Er betonte das Wort auf eine unschöne Art und Weise.

Ich ignorierte es. „Ja, das hat sie mir auch gesagt. Deswegen bin ich froh, dass ich dich getroffen habe und auch mit dir nochmal darüber sprechen konnte. Dankeschön!“ Ich konnte mich gerade noch davon abhalten, ihm im Eifer des Gefechts freundschaftlich auf die Schulter zu klopfen. Ich wollte mich an Lucian vorbeischieben, betend dass meine zitternden Knie mich überhaupt bis zu meinem Zimmer tragen würden. Doch der Vampir ließ mich nicht durch. Stattdessen beugte er sich zu mir herunter, so dass ich seinen Atem auf meiner Wange spürte. „Ich weiß, dass du etwas im Schilde führst, kleine Zauberin“, hauchte er mir ins Ohr.

Ich vergaß zu atmen.

„Ich spüre, dass du nicht mit offenen Karten spielst. Deshalb werde ich jetzt mit Marcelle reden und herausfinden, ob sie deine Geschichte bestätigt. Du solltest beten, dass sie es tut.“

Er sah mir ein letztes Mal in die Augen und schlenderte dann an mir vorbei.

Ich drehte den Kopf, doch da war der Vampir schon um die Ecke verschwunden. Der angehaltene Atem entwich meiner Lunge. Ich sollte tatsächlich beten. Und zwar dafür, dass Marcelle wirklich auf meiner Seite stand und mich deckte.

„Selbst wenn", gab Sassa zu bedenken. „Der Vampir ahnt etwas. Zu sagen, du hast ein Problem, wäre die Untertreibung des Jahrhunderts."

Ich antwortete nicht.

Die Stunden, die ich bis Anbruch der Dunkelheit auf meinem Zimmer verbrachte, fühlten sich an wie mehrere Tage. Jedes Mal, wenn ich Schritte auf dem Flur hörte, sprang ich auf und fixierte die Tür, bis die Schritte an meinem Zimmer vorbei gegangen waren. Es war eine quälende Zeit, doch sie ging ereignislos vorüber. Lucian besuchte mich nicht. Marcelle musste die Wahrheit gesagt haben: Sie stand tatsächlich auf meiner Seite.

„Können die anderen dich eigentlich spüren, wenn sie dich berühren?", wollte ich von Sassa wissen, als wir einige Stunden später unser Hotelzimmer verließen.

„Manchmal frage ich mich wirklich, ob in deinem Hohlkopf noch irgendetwas anderes als die Schwärmerei für den Vampir drin steckt. Warum sollten sie mich nicht spüren können?"

„Hören und sehen können sie dich schließlich auch nicht."

„Trotzdem bin ich da, du Nuss."

„Dann pass auf, dass du nicht mit den Vampiren in Berührung kommst. Wenn sie von dir erfahren, stehe ich nicht allzu gut da."

„Darüber machst du dir Gedanken?", fragte der Dämon ungläubig. „Du solltest dich lieber fragen, ob du diese Nacht überleben wirst!"

„Ich schaffe das schon", zischte ich so leise wie möglich. Trotzdem warfen mir die beiden Hotelgäste, die uns in diesem Moment im Flur entgegenkamen, misstrauische Blicke zu.

„Du bist echt zu doof dafür, oder?", fragte mich die kleine Nervensäge.

Ich antwortete nicht.

„Ich kann deine Gedanken hören, liegt es da nicht nahe, dass … na? Komm, ich weiß, dass du es kannst. Gib dir ein bisschen Mühe. Na? *Na?*"

Was wollte der Dämon nur von mir? Ich würde mich nicht mitten im Gang mit ihm streiten, bis irgendjemand dem Personal Bescheid gab und diese dann die Polizei riefen, weil ein Gast offensichtlich Selbstgespräche führte. Ich stoppte in meinem gedanklichen Monolog. Plötzlich verstand ich, was Sassa meinte: Wenn er meine Gedanken hören konnte, war es überhaupt nicht nötig, laut mit ihm zu reden.

„Bravo", erntete ich sofort zynischen Beifall.

Halt endlich den Mund, formulierte ich in Gedanken. So ging es eindeutig besser.

Als wir im Foyer ankamen, hatten sich die anderen bereits versammelt. Serena wirkte trotz ihrer bunten Kleidung geradezu unauffällig zwischen den beiden Vampiren.

Lucian hatte mich bemerkt und wandte sich mir zu. Seine Lippen verzogen sich zu einem undeutbaren Lächeln.

Mein Herzschlag beschleunigte sich.

„Mir scheint, da kann jemand die Uhr nicht lesen. Oder habe ich mich gestern unklar ausgedrückt, als ich achtzehn Uhr dreißig als Zeit festsetzte?" Lucian musterte mich mit fragend gehobenen Augenbrauen.

Ich sah verwirrt zurück. Kein Wort mehr darüber, dass er mir nicht traute und ich irgendetwas im Schilde führte? Marcelle hatte mich ganz offensichtlich gedeckt, aber trotzdem: Hatte Lucian deswegen sein Misstrauen komplett ablegt? Unwahrscheinlich. Andererseits glaubte Lucian ja, dass Marcelle gar nicht anders konnte, als ihm die Wahrheit zu sagen.

„Hat es da jemandem die Sprache verschlagen?" Der Vampir legte den Kopf schief.

Ich entspannte mich etwas und sah zu der großen Uhr, die über der Rezeption hing. Es war zwei Minuten nach halb. „Oh." Ich spürte Serenas bittenden Blick auf mir. Durfte sich eine stolze Dämonenbeschwörerin dafür entschuldigen, zwei Minuten zu spät gekommen zu sein? Nun, eine Dämonenbeschwörerin, die für den Moment einfach erleichtert war, keine Misstrauensbekundungen an den Kopf geworfen zu bekommen, vielleicht schon. „Tut mir leid."

Lucian nickte zufrieden, Serena ebenfalls.

„Nun denn, die Kutsche wartet", ließ Lucian uns wissen, bevor er zum Ausgang schritt. Marcelle tat, was sie immer tat: Sie folgte Lucian. Und wie immer blieben Serena und ich zurück.

„Kutsche?", fragte ich.

„Ich fürchte, ja." Serena lächelte, doch es wirkte gezwungen. „Die Wahrheit ist, dass wir mit dem Auto viel schneller wären. Mit der Kutsche wird es die ganze Nacht dauern."

Wir traten durch die Tür nach draußen. Vor dem Hotel erstreckte sich ein riesiger Platz, auf dem unzählige teure Autos parkten. Und eine Kutsche. Sie war pechschwarz lackiert. Der Kutscher schien sich ein Beispiel an seinem Gefährt genommen zu haben, denn er trug einen schwarzen Anzug mit schwarzem Hemd und schwarzer Krawatte. Er lächelte mir zu und lüftete seinen Hut. Die beiden weißen Pferde scharrten unruhig mit den Hufen.

„Ich ... hätte da eine Frage", sagte ich.

Serena warf mir einen vorwurfsvollen Blick zu, Lucian seufzte tief.

„Warum genau nehmen wir die Kutsche?"

„Weil es so romantisch ist", gab Lucian spöttisch zurück. „Sonst noch Fragen, kleine Zauberin?"

„Im Moment nicht."

„Wenigstens ein Lichtblick heute Nacht." Er stieg ein und Marcelle tat es ihm gleich.

„Hättest du doch einfach mich gefragt", flüsterte Serena mir zu.

„Also warum?"

„Es gibt Vampire – vor allem alte – die sind ... na ja ... ein wenig nostalgisch."

„Das ist alles?"

„Das ist alles." Serena stieg ebenfalls in die Kutsche.

Kopfschüttelnd folgte ich ihr. Der einzige Platz, der in der engen Kabine noch frei war, lag – richtig – neben Lucian. Noch bevor ich mich überhaupt hingesetzt hatte, begann mein Magen schon wieder zu flattern. Wie sollte ich so die ganze Nacht überstehen?

Als ich meine Jacke im Ablagegitter über unseren Köpfen verstauen wollte, entdeckte ich Sassa, der sich tief in Lucians Mantel gekuschelt hatte. Ich legte meinen eigenen Anorak daneben. Meine Umhängetasche dagegen behielt ich lieber bei mir. Dann setzte ich mich und rutschte so nah wie möglich ans Fenster. Zumindest war genug Platz, dass Lucian und ich uns nicht berührten.

Die Kutsche fuhr mit einem Ruck an. Hufgetrappel war zu hören.

Ich schob den Vorhang vor dem Fenster zur Seite und sah nach draußen. Straßenlaternen erleuchteten die Bürgersteige und die Menschen, die nachts unterwegs waren. Schon bald jedoch verließen wir die Stadt. Die großen Gebäude wichen kleineren Einfamilienhäusern und schließlich hörten die Behausungen ganz auf. Nach einer Weile wurde auch der Weg holpriger und die Abstände zwischen den Straßenlaternen größer. Doch es war ohnehin nichts zu sehen außer dunklen, nicht enden wollenden Feldern.

Ich wandte mich vom Fenster ab und musterte stattdessen verstohlen die anderen Fahrgäste. Marcelle, die mir gegenüber saß, starrte ins Leere. Serena sah auf ihrer Seite aus dem Fenster. Die rote Lockenpracht verdeckte ihr Gesicht.

Mein Blick wanderte weiter zu Lucian. Bevor er wieder behaupten konnte, ich würde ihn grundlos anstarren, fragte ich: „Wie lange werden wir unterwegs sein?"

Wie in Zeitlupe drehte Lucian den Kopf. Sein Blick wirkte abwesend. „Das lässt sich nicht genau sagen."

Er wollte sich wieder von mir abwenden, doch ich war mit der Antwort noch nicht zufrieden: „Wieso kann man das nicht genau –?"

Lucian schnitt mir das Wort ab: „Warum siehst du dir nicht die bezaubernde Landschaft an, statt andere beim Nachdenken zu stören?"

„Das habe ich ja", verteidigte ich mich. „Aber mittlerweile gibt es da draußen nichts mehr zu sehen."

Ohne dass ich die Bewegung gesehen hätte, spürte ich plötzlich Lucians warme Hand im Nacken. Sie drehte meinen Kopf zum Fenster.

Meine Augen sahen automatisch hinaus. Die Felder waren verschwunden, stattdessen erstreckte sich in einiger Entfernung ein Wald voller üppig besetzter Nadelbäume. Die Sterne, die am Himmel leuchteten, und das Dämmerlicht der Straßenlaternen ließen den Wald märchenhaft funkeln.

„Hm, ich kann fühlen, wie dein Blut durch die Adern strömt."

Erst jetzt bemerkte ich, dass sich Lucians Daumen zu meiner Halsschlagader vorgearbeitet hatte. Ein Schauder lief mir über den Rücken. Sein warmer Körper war meinem viel zu nah. Langsam streichelte Lucians Daumen über meine Haut. Mit rasendem Herzen wirbelte ich herum.

Doch da hatte Lucian seine Hand bereits zurückgezogen, eine Kälte zurücklassend, die mich wünschen ließ, seine warme Hand wäre geblieben. „Ich ...“ Doch ich konnte nicht sprechen. Meine widerstreitenden Gefühle machten es mir unmöglich. Ich starrte Lucian nur an, blickte in die nachtblauen Augen, die sich bald für immer schließen würden, und wollte einfach weg. Weg von ihm, weg von diesen verwirrenden Gefühlen, weg von der ganzen Sache. „Bitte lass mich einfach in Ruhe“, murmelte ich und wandte mein Gesicht ab.

Zu meiner Überraschung kam von dem Vampir kein Kommentar. Schweigen breitete sich in der Kutsche aus, bis Lucian nach mehreren Minuten nur ein Wort sagte. „Serena.“ Es klang sanft doch zugleich so unheilvoll, dass ich nicht anders konnte, als den Kopf zu drehen.

Die Zauberin rutschte ohne ein Wort von der Sitzbank und kniete sich vor Lucian auf den Boden. Er schob Serenas Halstuch beiseite, enthüllte alte, kaum verheilte Bissverletzungen. Eine Hand fasste Serena am Nacken, bog ihren Kopf zurück. Mit der anderen strich er über ihre Haut. Eine Geste, die sanft und gleichzeitig so erotisch war, dass mein Mund trocken wurde.

Dann bohrte Lucian seine Zähne in Serenas Hals.

Ein Keuchen entwich der Zauberin. Ihre weit aufgerissenen Augen richteten sich auf mich. Lucians Gesicht war halb hinter Serenas Locken verborgen, doch ich konnte seine Lippen sehen, die an ihrem Hals hingen. Der Anblick stieß mich ab und zog mich gleichzeitig doch magisch an.

Lucian veränderte seine Position etwas, so dass er mich ansehen konnte. Stumm blickten wir uns in die Augen, während Serenas Gesicht immer blasser wurde.

Ich wusste nicht, wie lange Lucian trank. Es schien mir gleichzeitig eine halbe Ewigkeit und nur ein Wimpernschlag gewesen zu sein, als er sich von Serena löste. Er leckte kurz über die Wunde, die sofort aufhörte zu bluten. Dann rückte er ihr Halstuch wieder an seinen Platz und schob die Frau, deren Augen sich zwischenzeitlich erschöpft geschlossen hatten, zurück auf die Bank. Mit einem Lächeln offenbarte Lucian mir seine blutigen Eckzähne.

Meine Hände zitterten, meine Atmung ging stoßweise. Ich hätte mir gerne eingeredet, dass mich die ganze Sache einfach anwiderte, doch das war nicht einmal die halbe Wahrheit. Mir stieg Röte ins Gesicht, und zwar Zornes- und Schamesröte gleichermaßen.

In diesem Moment öffnete Serena die Augen und lächelte schwach. „Mach dir keine Sorgen, Amelie. Er hat nicht viel getrunken. Ich brauche nur ein bisschen Ruhe."

Ich nickte und probierte ein Lächeln, an dem ich jedoch kläglich scheiterte. Meine Augen richteten sich unwillkürlich wieder auf Lucian. Er erwiderte meinen Blick. Und zwar auf eine so tiefernste Weise, die ich bisher nicht von ihm kannte.

„Wieso hast du das gemacht?"

„Schon wieder eine Frage?" Lucian lächelte, doch es wirkte leer.

„Wieso?"

„Es gibt keinen Grund. Du trinkst deinen Kaffee und isst deinen Kuchen, um bei Kräften zu bleiben, ich trinke Blut. Das ist es, was ich bin. So wird es immer sein. Das solltest du nicht vergessen, kleine Zauberin." Einen kurzen Moment meinte ich, etwas wie Wehmut in seinem Blick wahrzunehmen, dann wandte Lucian sich ab.

Nur langsam beruhigte sich mein Herzschlag. Was war hier gerade passiert? Hatte ich tatsächlich zugesehen, wie Lucian von Serena trank – und hatte mich dabei von der Szene angezogen gefühlt? Und mich sogar kurz gefragt, wie es sich anfühlen würde, selbst an Serenas Stelle zu sein?

Ich drehte mich nun ebenfalls zum Fenster, damit niemandem die Röte auffiel, die einmal mehr meine Wangen überzog. Und was war plötzlich mit Lucian los? Dass er Serena biss, um mich zu provozieren, sah ihm nicht unähnlich. Aber irgendetwas sagte mir, dass das nicht der Grund war. Und dann seine überaus ernste Ansprache. Was passierte hier? Mit ihm? Mit mir?

Das ist es, was ich bin ...

Ob er sich manchmal wünschte, kein Vampir zu sein?

Mein Blick richtete sich unwillkürlich wieder auf Lucian, der jedoch nicht auf meinen Blick reagierte und weiter aus dem Fenster sah.

Wie er wohl als Mensch gewesen war? Und seine Familie? Im Grunde wusste ich nichts über ihn. Wie und von wem er zum Vampir gemacht worden war. Ob es freiwillig geschehen war. Es gab so viele Fragen, die ich ihm gerne gestellt hätte, doch ich bezweifelte, dass er sie mir beantworten würde.

„Ist auch ziemlich unwichtig, oder? Wo er eh bald tot sein wird", kommentierte Sassa.

Bei seinen Worten breitete sich eine Kälte in mir aus, die mich zittern ließ. *Kannst du mir bitte ein bisschen Privatsphäre lassen?*, bat ich. *Nur für eine halbe Stunde.*

„Damit du dich in deinem schlechten Gewissen suhlen kannst? Kommt gar nicht in Frage."

Bitte. Ich brauche einfach nur ...

Der Rest meiner Gedanken ging in einem lauten Knall unter. Ein Schuss? Die Kutsche stoppte abrupt. Panisches Pferdewiehern drang an mein Ohr.

Etwas Schweres traf mich an der Schulter, dann lag ich am Boden. Im nächsten Moment zerbarst mit lautem Krachen ein Fenster. Es wurde dunkel. Die Lampe musste zu Bruch gegangen sein. Das Pferdegewieher erstarb.

Ich versuchte aufzustehen, doch ein schweres Gewicht lastete auf meinem Rücken. Ich reckte den Kopf und sah mich in meinem begrenzten Sichtfeld um. Doch das spärliche Laternenlicht, das von der Straße hereinfiel, genügte nicht, um zu erkennen, was passiert war.

„Geht es allen gut?", fragte Serena zaghaft ins Dunkel hinein.

„Es geht", antwortete ich gepresst. Der Druck auf meinem Rücken raubte mir die Luft zum Sprechen.

„Marcelle?", fragte Serena weiter.

Ich blinzelte nach rechts, wo ich den Umriss der Vampirin erkannte. Sie kniete geduckt am Kutschenboden und hatte das Gesicht Serena zugewandt.

Das Gewicht auf meinem Rücken sagte: „Rührend, eure gegenseitige Sorge, aber im Moment völlig fehl am Platze. Ich rieche Feuer. Sie haben vor, die Kutsche anzuzünden."

Lucian! Er war es, der mich so geistesgegenwärtig in Sicherheit gestoßen hatte, bevor das Fenster explodiert war. In diesem Moment bewegte Lucian sich auf mir, dann verließ sein Gewicht meinen Körper. Als ich mich aufrichtete, merkte ich plötzlich, dass ich schwitzte. Beißender Rauch drang in meine Lunge und ließ mich husten. Panik überkam mich. Die Kutsche brannte tatsächlich!

Lautes Knistern drang an mein Ohr. Ich wandte den Kopf und sog scharf die Luft ein. Wild leckende Flammen züngelten durch das zerbrochene Fenster. Serena, die direkt darunter kauerte, rutschte näher zu uns. Mittlerweile konnte ich den Rauch nicht nur riechen, sondern auch sehen. Meine Augen begannen zu brennen und das Atmen wurde zur Qual. Ich versuchte, in die Dunkelheit zu horchen, doch außer dem knisternden Feuer war nichts zu hören. „Wir müssen hier raus", flüsterte ich.

„Dagegen wäre im Prinzip nichts einzuwenden, nur leider sitzen sie wie die Katzen vor dem Vogelkäfig und warten nur darauf, dass wir herauskommen", antwortete Lucian.

„Wer sind *sie*?"

„Der Bund natürlich."

Lucian musste sich irren. Warum sollte der Bund unsere Kutsche angreifen, wo ich noch gestern mit Bettina Frei an unserem Plan für heute Nacht gefeilt hatte? Das machte keinen Sinn. Doch wer immer da draußen war – sie schienen Waffen zu haben und nicht abgeneigt zu sein, diese zu benutzen. Aber hier drin konnten wir auch nicht bleiben. Die Hitze war jetzt schon unerträglich. Früher oder später würden Serena und ich wahrscheinlich ersticken und Lucian und Marcelle elendig verbrennen.

Serena keuchte erschrocken auf. Ich wirbelte herum. Das Feuer hatte sich durch die Holzwand gefressen und leckte ins Innere. Jeden Moment konnte die Kutsche in brennende Einzelteile zerfallen, und das Dach auf uns herabregnen.

„Wir müssen hier raus", wiederholte Marcelle meine Worte mit bewundernswert ruhiger Stimme.

Entschlossen robbte ich auf die unversehrte Tür zu. Hustend stieß ich sie einen Spalt auf. Frische Luft drang mir entgegen. Ich fühlte mich so berauscht von dem Sauerstoff, dass ich beinahe die Gefahr vergaß. Noch zwei tiefe Atemzüge, dann bog ich vorsichtig den Hals und spähte nach draußen. Vier. Ich sah nur vier Gestalten. Aber möglicherweise lauerten noch mehr von ihnen im Dunkeln und auf der anderen Seite.

Serena schrie. Einige glühende Holzteile hatten sich aus der Wand gelöst. Die Zauberin schlug panisch auf einen brennenden Zipfel ihres Rockes ein.

Und mir wurde etwas klar. Ich wischte mir den Schweiß von der Stirn. Durch den dichten Rauch hindurch starrte ich die drei Insassen der Kutsche an. Das war die perfekte Gelegenheit. Die Möglichkeit, meinen Plan in die Tat umzusetzen. Ich musste nichts tun, mich lediglich selbst aus der Kutsche retten. Ich könnte die Angreifer illusionieren, sie mich als eine von ihnen wahrnehmen lassen. Mit ein bisschen Glück würde Marcelle rechtzeitig verstehen, was ich vorhatte und mit Serena aus der Kutsche fliehen. Ich könnte die Illusion auf die beiden erweitern. Nur Lucian würde zurückbleiben. Meine Augen trafen auf die des Vampirs. Er sah mich an, das Gesicht vollkommen ausdruckslos. Nein, das stimmte nicht. In seinen Augen war etwas ... etwas, das ich nicht deuten konnte.

Was hatte Bettina Frei gesagt? *Der Feuertod ist äußerst schmerzhaft für Vampire.*

Ich spürte, wie der Qualm meine Lunge belegte, wie mein Atem immer rasselnder ging. Abermals fielen ein paar Holzteile herab, diesmal von der Decke. Lucian unterbrach den Blickkontakt, um ihnen auszuweichen. Jetzt hatte auch der Boden der Kutsche Feuer gefangen.

Und ich traf eine Entscheidung. Ohne mich noch einmal nach den anderen umzusehen, griff ich nach meiner Tasche, stieß die Tür auf und sprang hinaus. Noch bevor ich mit meinen Füßen auf dem Boden aufkam, konzentrierte ich meine Fähigkeiten. Ich richtete meine gebündelte Macht auf die vier Gestalten am Waldrand. Mein Energiestoß traf sie hart, sie wirbelten durch die Luft und kamen ein paar Meter weiter auf dem Boden auf. Das verschaffte mir Zeit für eine Illusion. Schon sah ich, wie die Angreifer sich aufrappelten und ihre Gewehre auf mich anlegten. Ich flüsterte die Worte, die ihnen einredeten, dass sich in den Büschen hinter ihnen etwas bewegte. Ein Vampir vielleicht? Mein Kopf fühlte sich von der vielen frischen Luft immer noch beschwipst an. Schwindel ließ meine Sicht verschwimmen. Doch ich erkannte noch, dass mein Vorhaben funktionierte. Die vier wirbelten herum und zückten ihre Dolche. Während sich zwei von ihnen in die Büsche schlugen, blieben die anderen beiden zurück und ließen das Gestrüpp nicht aus den Augen.

Ich schwankte und wäre gestürzt, hätte mich nicht eine Hand um meine Taille gestützt.

„Überaus beeindruckend, kleine Zauberin", flüsterte Lucians Stimme an meinem Ohr. Unwillkürlich lehnte ich mich an ihn, genoss seine Wärme für ein paar Sekunden, bevor ich mich von ihm löste und ihm in die Augen sah. Und ich war froh, dass ich mich dagegen entschieden hatte, meinen Auftrag zu erfüllen, indem ich Lucian in der Kutsche verbrennen ließ. Nicht so.

Während Lucian mich von den Flammen wegführte, sah ich mich nach den anderen um. Serena war direkt hinter uns, nur Marcelle konnte ich nirgends entdecken. Lucian schien meine Gedanken zu erraten: „Auf der anderen Seite der Kutsche warteten ebenfalls einige von ihnen." Seine Lippen formten sich zu einem diabolischen Grinsen. „Marcelle hatte lange nicht getrunken."

Als nächstes sah ich prüfend zu meinen vier Illusionsopfern. Gerade kamen die beiden, die sich auf die Suche nach dem ominösen Vampir gemacht hatten, zu den anderen zurück. Schüttelten die Köpfe. Sie hatten nichts gefunden. Gleich würden sie darauf kommen, dass nur ein Zauber verantwortlich für ihre Sinnestäuschungen sein konnte.

Lucian löste sich von mir. Unsichtbar wie ein Schatten bewegte er sich auf die vier zu. Ich schwankte, doch da war schon Serena an meiner Seite um mich zu stützen. Ich achtete nicht auf sie, sondern verfolgte Lucian mit meinem Blick. Jetzt hatte er die vier erreicht. Einer von ihnen sank mit gebrochenem Genick zu Boden. Die anderen drei stürzten sich mit gezückten Dolchen auf die Stelle, an der Lucian eben noch gestanden hatte, doch da tauchte er bereits hinter seinem zweiten Opfer auf. Auch Nummer drei und vier hatten keine Chance.

Ich starrte Lucian entgegen, der sich langsam zu uns zurück bewegte. Mit diesen geschmeidigen, panthergleichen Schritten und zum allerersten Mal verstand ich wirklich, wie gefährlich er war.

In diesem Moment fiel mein Blick auf den vorderen Teil der Kutsche. Der Kutscher lag quer auf seinem Bock, regungslos. Die beiden Pferde waren tot, lagen mit verdrehten Gliedmaßen am Boden, das weiße Fell rot gesprenkelt. Ich wollte zu dem Kutscher, um zu sehen, ob er noch lebte.

„Er ist tot", sagte Lucian abwesend. Marcelle kam hinter den Flammen zum Vorschein. Ihr Mund und der obere Teil ihres Kleides waren blutverschmiert.

Ein ohrenbetäubendes Krachen hinter mir ließ mich herumwirbeln. Die Kutsche war nun endgültig zusammengebrochen. Ich starrte wie hypnotisiert in das Feuer. Wo war Sassa?

KAPITEL 6

Ich riss mich von Serena los und stolperte auf die Kutsche zu. Hitze schlug mir entgegen. Ich versuchte, in den Trümmern die Gepäckablage auszumachen. Schweiß lief mir über die Stirn und brannte in den Augen. „Sassa? Wo bist du?"

Angestrengt horchte ich zur Kutsche hin.

Doch alles, was ich hörte, war das Knistern des Feuers und Serena, die Lucian erklärte: „Sie muss ihren Dämon in der Kutsche vergessen haben."

Sassa?, versuchte ich es noch einmal. Ich trat einen weiteren Schritt zum Feuer hin. Die Hitze, die von der brennenden Kutsche ausging, war unerträglich.

„Es tut mir leid", sagte Serena und legte mir tröstend einen Arm um die Schulter.

Ich schüttelte ihn ab und starrte die Zauberin an. Ihre Augen verrieten ganz deutlich, was sie dachte: Der Dämon ist tot. Ich wandte den Kopf, starrte ins Feuer, bis die Helligkeit mich nur noch blaue Punkte sehen ließ. Ich verstand es nicht. Eben hatte ich doch noch mit Sassa diskutiert. In dem Moment, in dem der Schuss gefallen war. Wie konnte er jetzt tot sein?

„Komm." Wieder war es Serenas Stimme an meinem Ohr. „So nah am Feuer ist es zu gefährlich."

Ich nickte stumm und wandte mich ab. Im Grund sollte ich mich doch freuen. Sassa hatte mich genervt, von Anfang an, und ich hatte nie einen Zweifel daran gelassen, dass ich ihn loswerden wollte. Jetzt hatte ich es geschafft. Nur, dass ich nicht gewollt hatte, dass er stirbt.

„Wir müssen weiter", fuhr Serena fort. „Es ist gut möglich, dass hier bald noch mehr Bundmitglieder auftauchen. Was sollen wir tun?" Die letzte Frage war an Lucian gerichtet.

„Wir laufen natürlich. Zumindest so lange, bis ein Auto vorbeikommt."

Wir setzten uns in Bewegung.

„Nicht mehr lange und der Bund wird für alles bezahlen, einschließlich der heutigen Nacht", sagte Lucian zu niemandem im Besonderen.

„Wie kommst du darauf, dass es der Bund war, der uns angegriffen hat?" fragte ich. Meine Stimme hörte sich sogar in meinen eigenen Ohren seltsam kratzig an. Und das lag nicht an dem Rauch, den ich eingeatmet hatte. Ich schluckte ein paar Mal, um den Kloß in meinem Hals aufzulösen, aber es wollte nicht funktionieren. Dabei beobachtete ich, wie sich Serena von uns entfernte, um Marcelle, die ein paar Meter vor uns lief, einzuholen.

„Hast du ihre Uniformen nicht gesehen? Abgesehen davon: Wer sollte uns sonst angreifen?"

Ich hatte von den vier Gestalten, die ich illusioniert hatte, und die später von Lucian getötet worden waren, tatsächlich nicht mehr als grobe Umrisse gesehen. Keine schwarz-grünen Uniformen, die sie als Gefolgsleute des Bundes identifiziert hätten.

Doch welchen Grund hätte Lucian, mich anzulügen? Wenn der Bund tatsächlich hinter dem Angriff steckte, dann hatten sie in Kauf genommen, dass ich bei dem Überfall ebenfalls starb. Ich wünschte, ich könnte zurückkehren und mir Gewissheit verschaffen, ob die Angreifer Uniformen getragen hatten.

Ich spürte, wie Lucian mich ansah und auf eine Reaktion wartete. Doch mir war nicht nach Reden zumute.

„Sprichst du Französisch?"

Jetzt sah ich ihn doch an. Im Dämmerlicht der Straßenlaternen wirkten seine Züge noch perfekter als sonst.

„Nun?"

Die Frage war so normal und so unerwartet, dass ich beinahe lächeln musste. „Fast gar nicht."

„Wie überaus schade", seufzte der Vampir. „Ich befürchte, da verpasst du etwas."

Ich zuckte mit den Achseln. „Ich habe einfach kein Talent für Sprachen."

„Tatsächlich? Nun, meiner Erfahrung nach ist für das Erlernen einer Sprache vor allem Zeit vonnöten. Wie du dir sicher denken kannst, hatte ich davon genug." Er lächelte mich an und ich konnte nicht umhin, es zu erwidern.

Wie seltsam, so neben Lucian herzulaufen und ein Gespräch mit ihm zu führen, in dem es nicht um den Bund, Blut oder darum ging, dass ich mich seinem Willen zu beugen hatte. Auch mein Bedürfnis nach Alleinsein hatte sich unversehens in Luft aufgelöst. Diese harmlose Gespräch mit Lucian war überraschend tröstend, wenn auch unter anderem deshalb, weil es mich von dem Kloß in meinem Hals ablenkte. „Du beherrschst also viele Sprachen?"

„Einige", gab der Vampir bereitwillig Auskunft. „Doch keine ist mir so lieb und teuer wie die französische. Es ist eine überaus reiche Sprache, geprägt von großen Persönlichkeiten. Sie und dieses Land zogen mich damals, vor dreihundert Jahren, in ihren Bann und halten mich bis heute fest."

„Du warst also schon ein Vampir, als du das erste Mal nach Frankreich kamst?" Ich erinnerte mich daran, wie ich mir vor dem Angriff auf die Kutsche gewünscht hatte, mehr über Lucian erfahren zu können. Sassa hatte das nicht gefallen. Was er wohl dazu gesagt hätte, dass ich Lucian nun doch einige dieser Fragen stellte, und das nicht zuletzt, um mich von der Trauer um ihn abzulenken?

„Nach hundert Jahren in den Wirren Siebenbürgens oder, wie die meisten von euch es nennen, Transsilvaniens, sehnte ich mich nach etwas Abwechslung." Er warf mir einen Blick zu. Seine Augen schimmerten wie das Meer bei Nacht. Am liebsten hätte ich mich an ihn gelehnt, wie vorhin, als er mich nach dem Angriff gestützt hatte. Ich wollte mich durch seine Wärme trösten lassen, nicht nur durch dieses Gespräch. „Transsilvanien?", fragte ich, um mich von meinem Sehnen abzulenken. „Du kennst aber nicht zufällig Dracula, oder? Der kommt doch angeblich auch aus der Gegend."

Ich traute meinen Augen kaum, als ich Lucian schmunzeln sah, als wäre er durch meinen Kommentar ehrlich erheitert. „Leider habe ich das Werk nie gelesen. Aber wenn es dich interessiert, könnte ich mich für dich umhören – vielleicht ist an dem Buch ja etwas Wahres dran."

„Nein, schon gut." Ich versuchte, nicht daran zu denken, dass Lucian ohnehin keine Zeit mehr haben würde, sich für mich umzuhören, selbst wenn er es wollte.

„Damals in Siebenbürgen", fuhr Lucian fort, der von meinem Gemütszustand einmal mehr nichts zu ahnen schien, „litt das Volk unter Überfällen, Hungersnöten und Seuchen. Nicht sehr appetitlich. Ich sehnte mich nach anderen Kulturen, nach neuen Sinneseindrücken. Also beschloss ich, Europa zu bereisen. Am besten gefiel mir Frankreich. Es war die Zeit der großen Philosophen. Montesquieu, Voltaire, Rousseau. Und die reizende Marie Antoinette heiratete Kronprinz Louis den Sechzehnten. Die erste Ballonfahrt fand statt, die Revolution geriet in Gange, Napoleon übernahm die Herrschaft. Und wie ich dir bereits erzählte, fand ich auch Marcelle hier. Schließlich eignete ich mir sogar ein

Anwesen in der Normandie an, weit abgelegen und ungestört, jedoch nah genug, um bei interessanten Ereignissen binnen eines Tages in Paris sein zu können."

„Wenn du die ganze Zeit hier warst, warum sprichst du dann so viele Sprachen?"

„Ich verbrachte natürlich nicht die ganze Zeit hier. Hin und wieder reiste ich für ein Jahrzehnt in ein anderes Land. Ich war immer dort, wo es am interessantesten war. So habe ich viel über die menschliche Rasse gelernt." Er warf mir einen bedeutungsschweren Blick zu. „Mir scheint, Menschen werden zwar mit gewissen Veranlagungen geboren, doch erst das Leben entscheidet, was der Mensch daraus macht. Es ist euch nicht vorherbestimmt, ob ihr zum Täter werdet, zum Opfer, oder zum Mörder."

„Weise, weise", befand ich, doch meine Stimme zitterte. Er hatte recht. Es gab Ereignisse im Leben, die einen unwiderruflich änderten. Mich hatte solch ein Ereignis dazu gebracht, einen Mordauftrag anzunehmen. Deswegen war ich hier. Weil Chris verschwunden war. Deshalb hatte ich zugestimmt, das Vertrauen eines Vampirs zu gewinnen und diesen dann zu töten. Deswegen hatte ich einen kleinen, unschuldigen Dämon beschworen, der schließlich durch meine Schuld gestorben war. Wegen mir würde Sassa nie mehr nach Hause zurückkehren.

Ich spürte einen intensiven Blick auf mir. Als ich den Kopf drehte, sah ich direkt in nachtblaue Augen.

„Und das nur wegen eines Dämons?", fragte Lucian sanft. „Diese ganze trübe Stimmung nur wegen eines Dieners, den du irgendwann ohnehin in seine Welt zurückgeschickt hättest?"

Ich wollte ihm sagen, dass Sassa kein Diener gewesen war, sondern ein Opfer meiner Unfähigkeit. Wollte, dass er verstand, was ich getan hatte. Doch stattdessen sagte ich: „Nicht so. Ich wollte niemals, dass er stirbt."

Lucian und ich liefen einen Moment schweigend nebeneinander her. Marcelle und Serena konnte ich schon kaum mehr erkennen. „Ich habe sogar noch mit ihm geredet. Dann fiel der Schuss und ich habe nicht mehr an ihn gedacht, bis es zu spät war. Ich habe ihn im Stich gelassen." Es war seltsam, so direkt über meine Gefühle zu sprechen. Das hatte ich seit Jahren nicht getan. Doch kaum hatte ich die Worte ausgesprochen, spürte ich, wie die Last der Schuld sich etwas verringerte.

„Was du fühlst, scheint mir menschlich in solch einer Situation."

Wir schwiegen eine Weile. Schon drohte ich wieder in das schwarze Loch der Trauer abzudriften, als Lucian sagte: „Mir scheint, in deinem Leben gibt es nicht viele Menschen, die dir nahe stehen. Die Einsamkeit umgibt dich wie der Duft eines schweren Parfüms."

Ich sah ihn verblüfft an, doch wendete meinen Blick ebenso schnell wieder ab. Wie hatte der Vampir mich so einfach durchschaut?

„Das Leben hat mehr zu bieten als Einsamkeit", hauchte Lucians Stimme neben meinem Ohr. „Viel mehr."

Er blieb stehen. Ich tat es ihm gleich und blickte zu ihm auf. Wieder spürte ich den übermächtigen Drang, mich an ihn zu lehnen. Zu vergessen, wer und was er war. Zu vergessen, wer ich war.

Plötzlich lag Lucians Hand in meinem Nacken. Die Berührung ließ meinen Puls rasen und mich wünschen, er würde mich einfach an sich ziehen.

Doch es war falsch. Ich brachte meine gesamte Willenskraft auf und trat einen Schritt zurück.

Lucian ließ es geschehen, doch nahm seine Hand nicht weg. Stattdessen wanderte sie von meinem Nacken über meinen Hals hoch zu meiner Wange. Gedankenverloren strich er über meine Haut.

Ich wusste nicht, wie lange wir so dastanden, als ich plötzlich eine Veränderung in Lucians Augen bemerkte. Seine Hand verließ mein Gesicht und er wandte sich um, zurück in die Richtung, aus der wir gekommen waren.

„Ein Auto", stellte er fest.

„Was?"

Ich hörte Schritte hinter mir. Als ich mich umdrehte, erschrak ich beinahe zu Tode. Marcelle stand neben mir. Serena kam auf uns zu gerannt.

„Marcelle sagt, da kommt ein Auto", keuchte sie.

Ich hatte mich noch immer nicht ganz gefangen und sah, wie Serena mir einen besorgten Blick zuwarf. Dann fragte sie, an Lucian gewandt: „Was machen wir mit dem Fahrer?"

„Lass das meine Sorge sein."

Das brachte mich endlich zurück in die Wirklichkeit. „Und wenn es eine Familie ist? Mit Kindern?", fragte ich. Zwar glaubte ich nicht, dass Lucian die Insassen kaltblütig ermorden würde, aber sie in dieser Kälte mitten im Nirgendwo auszusetzen und ihr Auto zu stehlen, war ebenfalls nicht in Ordnung. Ich sah Serena an, dass sie meine Gedanken teilte, auch wenn sie sich nicht traute, etwas zu sagen. „Lass mich das übernehmen", bat ich.

Lucian musterte mich kurz, dann nickte er.

Ich stellte mich mitten auf die Straße. Schon kamen gleißend helle Scheinwerfer auf mich zu. Ich schirmte meine Augen mit einer Hand ab und richtete meine ganze Konzentration auf den Menschen am Steuer, wer auch immer er war. Erschuf in einem Sekundenbruchteil eine Illusion, die erste, die mir einfiel. Reifen quietschten, das Auto kam schlitternd zum Stehen. Jetzt erkannte ich, dass ein Mann mittleren Alters allein im Wagen saß. Er stieg aus und taumelte auf mich zu. „Diana?", fragte er perplex. Er sprach den Namen französisch aus. Ich war zu erleichtert, dass alles geklappt hatte und ich nicht überfahren worden war, als dass ich etwas hätte sagen können. Plötzlich stand Serena neben mir und fragte: „Was lässt du ihn sehen?"

„Prinzessin Diana", flüsterte ich zurück. Ich sah den Mann an. „We need this car for ... for royal business." Ich hoffte inständig, dass der Franzose nicht gut genug Englisch konnte, um den Schwindel anhand meiner wenig muttersprachlichen Aussprache zu durchschauen. Ich schien Glück zu haben. Der Mann sah mich nur verständnislos an und brabbelte etwas auf Französisch.

Ich fluchte und hielt Ausschau nach den Vampiren. Die sprachen doch beide Französisch. Konnte nicht mal einer von denen herkommen und dem Mann erklären, dass die wieder auferstandene Diana sein Auto für königliche Zwecke entwenden musste?

Als hätte Lucian meine Gedanken gehört, glitt er in diesem Moment zwischen mich und den Franzosen. Er redete bedächtig auf ihn ein. Plötzlich begann der Mann zu nicken. Dabei wiederholte er immer wieder denselben Satz und zeigte auf sein Auto.

„Wir können", ließ Lucian verlauten. Wie selbstverständlich ging er zu dem alten, roten Peugeot und öffnete eine der hinteren Türen. Mit belustigt funkelnden Augen sah er mich an. „Prinzessin."

Ich stieg ein. „Wenn es dir nichts ausmacht, sitze ich heute freiwillig in der Mitte", sagte ich. Denn auf der anderen Seite war der Franzose eingestiegen. Wenn wir ihn schon für unsere Zwecke benutzten, könnte ich ihm wenigstens die Freude machen, Diana während der Fahrt neben ihm sitzen zu lassen.

Lucian erwiderte nichts. Er stieg ein und setzte sich neben mich. Marcelle nahm auf dem Beifahrersitz Platz, Serena rutschte hinter das Steuer.

Aus den Augenwinkeln sah ich, wie Lucian sich vorbeugte, um die Autotür zu schließen. Sie fiel mit einem Krachen zu. Im allerletzten Moment jedoch war da noch ein braunes Etwas ins Auto geschlüpft. Perplex starrte ich das Ding an, das auf meinen Schoss sprang und mit seinen winzigen Krallen auf meinen Pulli losging.

„Du hast mich einfach da gelassen!"

„Was …?" Das konnte nicht sein. Wie …?

„Wie, was, warum!", äffte Sassa mich nach. „Spar dir deine unsinnigen Fragen! Weißt du, wie ich mich erschreckt hab, als das Feuer endlich aus war und ihr alle weg wart?"

Sprachlos sah ich dem Dämon dabei zu, wie er sich leidenschaftlich über meinen Pulli hermachte.

„Aufgrund deines sich langsam auflösenden Oberteils darf ich annehmen, dass dein Dämon wieder da ist?", fragte Lucian.

Ich nickte stumm. Als ich dem Vampir einen Blick zuwarf, schenkte der mir ein Lächeln.

Auch Serena lächelte mich erleichtert an. Dann wandte sie sich um und startete das Auto.

Plötzlich begann Gérard neben mir wild zu gestikulieren. Dabei starrte er auf das Loch in meinem Pulli, das sich in Brusthöhe befand und immer größer wurde. Mein schlichter weißer BH begann bereits, durch die ruinierte Wolle hindurch zu blitzen.

„Jetzt reicht es aber", schalt ich, doch immer noch lächelnd. Ich packte Sassa und hob ihn hoch.

„Es reicht?", kreischte er und biss mir in die Hand. Erschrocken ließ ich ihn fallen.

Doch Sassa arbeitete sich vom Boden über mein Hosenbein wieder auf meinen Schoß vor. „Du hast mich zurückgelassen! Hab ich dir nicht gesagt, dass du dich nicht von mir entfernen darfst?"

„Ich dachte, du wärst tot!", rechtfertigte ich mich.

„Pff", machte Sassa abfällig. „Ich bin doch nicht blöd. Ich bin schon übers Dach raus, da habt ihr noch dumm vor euch hin diskutiert."

Mir fiel fast die Kinnlade herunter. „Du machst mir Vorwürfe, dabei bist du selbst abgehauen, ohne dich daran zu stören, dass ich noch in einer brennenden Kutsche festsitze?"

„Ach, komm. Ich wusste doch, dass der da", er zeigte mit seinem kurzen Daumen auf Lucian, „dich irgendwie retten würde. Ich dagegen war ja wohl auf mich allein gestellt."

Ich unterließ es, den Dämon darauf hinzuweisen, dass am Ende nicht Lucian mich, sondern ich uns alle durch meine Illusion gerettet hatte. Stattdessen fragte ich: „Und warum hast du dann nicht reagiert, als ich dich gerufen habe? Ich habe mir solche Sorgen gemacht."

Der Kleine hob trotzig das Kinn, blieb aber stumm.

Ich hob ihn hoch und schüttelte ihn. „Wo warst du?"

„Mann, bist du bekloppt?", geiferte das Fellknäuel. „Ich hab Angst vor Feuer. Ich hab mich im nächsten Baum versteckt und gewartet, bis die Flammen weg waren. Aber das warst du ja dann ebenfalls!" Er wollte mich wieder beißen, doch diesmal ließ ich ihn in weiser Voraussicht schon vorher fallen.

Irgendetwas stimmte hier nicht. Ich beobachtete, wie Sassa abermals auf meine Beine kletterte. Dort empfing ich ihn mit einem argwöhnischen Blick. *Wieso kann ich dich noch sehen?*, fragte ich, nun in Gedanken. Diesen Teil unseres Gesprächs bekamen die anderen besser nicht mit. *Wenn du die ganze Zeit bei der Kutsche warst, während ich mich immer weiter von dir entfernt habe … müsste da das Band nicht längst gerissen sein?*

Die schwarzen Knopfaugen weiteten sich erschrocken. Im nächsten Moment sahen sie unschuldig zu mir hoch. „Ich weiß auch nicht, wieso das Band noch intakt ist … aber ist das nicht toll? Wir sind uns schon so nah, dass wir gehen können, wohin wir wollen und das Band trotzdem bestehen bleibt!" Sassa umarmte mich stürmisch.

Ich wartete, bis der Dämon mit seiner Showeinlage fertig war. Unter meinem durchdringenden Blick begann er, beschämt mit den Füßen zu scharren. „Okay, ich hab gelogen", gab er schließlich zu. „Aber stell dir mal vor, du hättest die Wahrheit gewusst. Dann wärst du irgendwann auf die Idee gekommen, mich einfach irgendwo allein zurückzulassen. Und ich hätte den Rest meines Lebens damit verbracht, dir durch diese dämliche Welt hinterher zu rennen."

Ich strich ihm über das widerspenstige Fell. „Ist schon gut. Ehrlich gesagt bin ich einfach froh, dass dir nichts passiert ist."

Sassas Kulleraugen füllten sich mit Tränen.

Ich lächelte und drückte das Fellknäuel sanft an mich.

„Oh oh", sagte es plötzlich.

Ich ließ von Sassa ab. „Was?"

Als der Dämon mich nun ansah, lag pures Entsetzen in seinem Blick. „Du bist doch wirklich die blödeste, dämlichste Hexe, die es gibt, oder? Du hättest ihn sterben lassen können!", rief Sassa mit Blick auf Lucian. „Aber du hast es ja vorgezogen, ihn zu retten! Sehr clever, wirklich!"

Musst du meine Erinnerungen lesen?

„Und ob! Anscheinend komme ich ja gerade noch rechtzeitig, um dir den Kopf zurechtzurücken. Du sollst ihn nicht mögen, verstehst du? Sondern töten. Töten!"

Ich werde ihn töten.

„Ganz sicher? Du wirst es wirklich tun?"

Mein Blick richtete sich durch die Windschutzscheibe, auf die nächtliche Straße.

Ich habe keine Wahl.

Die restliche Autofahrt verlief ruhig. Sassa blieb still auf meinem Schoß sitzen und auch Lucian war schweigsam. Lediglich Serena leistete sich eine merkwürdige Szene, als sie plötzlich zusammenhanglos in die Stille hinein fragte: „Sollten wir nicht einen Zwischenstopp einlegen?"

Drei Augenpaare – Gérards Blick hing pausenlos an mir – richteten sich auf die fahrende Zauberin. Serena rutschte unruhig auf ihrem Sitz herum.

„Fahr weiter", sagte Lucians schließlich.

Stirnrunzelnd blickte ich zwischen dem Vampir und Serena hin und her. Doch keiner der beiden äußerte sich weiter zu dem Thema. Serena sah wieder auf die Straße und Lucian aus dem Fenster. Ich wollte gerade fragen, was das sollte, da versuchte Gérard plötzlich, an meinem Haar zu riechen. Ich sah ihn streng an, worauf er mit einem Schwall französischer Wörter antwortete.

„Was hat er gesagt?", wollte ich wissen.

Lucian warf Gérard über meinen Kopf hinweg einen Blick zu. „Er lobt deine hervorragenden Fremdsprachenkenntnisse. Er wusste gar nicht, dass Prinzessin Diana so ausgezeichnet Deutsch spricht. Früher einmal konnte auch er ganz passabel Deutsch, aber aufgrund vieler Jahrzehnte, in denen es ihm an Übung mangelte, versteht er leider kein Wort von dem, was wir reden."

Ich wandte mich dem Franzosen zu und lächelte ihn an, als Zeichen, dass ich verstanden hatte. Leider schien er das als Aufforderung zu verstehen. Er fing abermals an zu reden. Ich wollte einfach abschalten, als ich glaubte, in dem französischen Schwall das Wort *aimer* aufgeschnappt zu haben. So viel Französisch verstand ich dann doch. Hatte er etwa gerade eine Liebeserklärung an Prinzessin Diana ausgesprochen?

Ich drehte mich zu Lucian um, doch der hatte mir den Hinterkopf zugewandt und sah stur aus dem Fenster.

„Was hat Gérard gesagt?"

Langsam drehte Lucian den Kopf. Er sah mich lange mit diesem undeutbaren Blick an, bevor er sagte: „Nichts von Bedeutung." Im nächsten Moment hatte ich wieder Lucians Hinterkopf vor meiner Nase.

Wegen Gérards unerträglicher Aufdringlichkeit wäre ich im Grunde froh über das Ende der Autofahrt gewesen, wenn es nicht gleichzeitig bedeutet hätte, dass wir angekommen waren. In wenigen Stunden würde die Sonne aufgehen. Ich war todmüde und fühlte mich alldem, was heute Nacht noch auf mich zukam, nicht mal annähernd gewachsen: Das Telefonat mit Bettina Frei, in dem ich ihr durchgeben sollte, wo sich Lucians Anwesen genau befand, das Rücksenderitual für Sassa. Und natürlich die Beschwörung der Morddämonen. Die Durchführung meines Plans. Der Mord an Lucian.

„Bitte schick mich zurück, bevor du deinen Auftrag versaust!", flehte Sassa. „Ich will da wirklich lieber nicht dabei sein!"

„Wir steigen hier aus", informierte uns Lucian.

Der Vampir öffnete seine Tür und war im nächsten Moment aus dem Auto verschwunden. Langsam folgte ich ihm nach draußen. Sassa hüpfte hinterher und auch die anderen drei stiegen aus. Gérard blickte sich ehrfürchtig um. Er fragte etwas auf Französisch, bekam jedoch keine Antwort. Als ich mich umsah, verstand ich, wieso. Das metallene Tor hatte sich geöffnet. Lucian und Marcelle waren bereits hindurch geschritten und in der Dunkelheit verschwunden.

„Geh du auch schon", sagte ich zu Serena, die unschlüssig neben dem Auto stand und zwischen mir und Gérard hin und her blickte. „Ich hebe noch schnell die Illusion auf."

„In Ordnung." Serena lächelte. „Gib mir doch deine Tasche, ich nehme sie schon mal mit hinein."

Ich händigte sie ihr aus, dankbar, das Gewicht auf meiner Schulter los zu sein.

„Der Pfad führt dich direkt zum Eingang des Anwesens", sagte Serena noch, dann drehte sie sich um und folgte den Vampiren.

Seufzend wandte ich mich dem Mann zu, dessen Blick einmal mehr auf mich gerichtet war.

„Und was willst du jetzt machen? Dich bedanken? Du kannst ja nicht mal Französisch", höhnte Sassa.

Warum gehst du nicht auch schon mal vor? Wie wir jetzt wissen, kannst du das ja, ohne dass unser angebliches Band reißt.

Der Dämon schwieg. Als ich mich nach ihm umblickte, war er verschwunden.

„Merci beaucoup", kratzte ich meine Französischkenntnisse zusammen und lächelte Gérard an. Ich überlegte, wie man *,Du hast uns sehr geholfen. Jetzt kannst du nach Hause fahren'* sagte, als der Franzose plötzlich mehrere Schritte auf mich zutrat. Er stand jetzt so nah, dass ich trotz der Dunkelheit die grauen Strähnen in seinem dunklen Haar erkennen konnte. Ich wollte zurückweichen, doch überwand mich, stehen zu bleiben. Wegen mir würde Gérard zu spät nach Hause kommen, seiner Familie erzählen, dass er Prinzessin Diana gesehen hatte und höchstwahrscheinlich für verrückt erklärt werden. Da konnte ich es ihm wohl wenigstens gönnen, einen Moment ganz nah bei der Prinzessin gewesen zu sein.

Da trat der Franzose plötzlich noch einen Schritt auf mich zu und schlag seine Arme um mich. Das war aber jetzt wirklich zu viel. „Pardon ...", keuchte ich und Gérard ließ mich tatsächlich los. Ich lächelte ihn erleichtert an, da drückte der Franzose mir plötzlich einen Kuss auf den Mund. Ich war einen Moment lang starr vor Überraschung und Widerwille. Im nächsten

Augenblick wollte ich Gérard von mir stoßen, doch
dazu bekam ich keine Gelegenheit mehr.

KAPITEL 7

Kaum hatten Gérards Lippen meinen Mund berührt, schleuderte mich etwas von ihm weg. Ich kam hart auf dem Boden auf. Benommen hob ich den Kopf. Gérard lag ebenfalls am Boden, direkt neben seinem alten Peugeot. Ich runzelte die Stirn. War die Delle in der Hintertür schon die ganze Zeit da gewesen? Was war hier los? Da spürte ich plötzlich den hohen Energiepegel, der die Luft verdickte und es dämmerte mir. Während ich mich hoch rappelte, wandte ich mich um. Tatsächlich: Kein anderer als Lucian lehnte am metallenen Eingangstor. Er beobachtete mich mit einem seltsamen Glitzern in den Augen.

Ich hatte ja in dem Vampirbuch gelesen, dass einige sehr mächtigen Vampire so etwas konnten, aber es zu erleben, war etwas anderes. „Ich weiß wirklich nicht, ob ich mich bedanken oder beschweren soll", sagte ich, während ich mich aufrappelte.

Mein Blick fiel auf Gérard, der noch immer am Boden lag und verständnislos in die Runde blickte. Zumindest schien er sich nicht verletzt zu haben.

Lucian starrte mich regungslos an. „Ich kam zurück, um dich daran zu erinnern, dass du ihn vergessen lassen musst." Er warf Gérard einen abfälligen Blick zu. „Deine Illusionen, uns, aber vor allem diesen Ort. Ich verspüre kein Verlangen danach, während der nächsten Tage neugierige Menschen abzuwehren, die auf der Suche nach Lady Diana sind."

„Und das hättest du nicht einfach *sagen* können?"

„Ich schlage vor, du tust nun, wozu ich dich angewiesen habe." Da war eine unterschwellige Schärfe in

Lucians Stimme, die mir sagte, dass es diesmal tatsächlich besser war, der Anweisung des Vampirs Folge zu leisten.

Trotzdem rang ich mit mir selbst. Illusionieren war eine Sache. Aber Menschen ihrer persönlichen Erinnerungen an die Illusion berauben – das hatte ich noch nie versucht, weil ich es schlicht und einfach für falsch hielt. Andererseits wäre diese Lösung für Gérard wahrscheinlich besser, als weiterhin glauben zu müssen, er habe Prinzessin Diana in einer königlichen Mission unterstützt. Seufzend drehte ich mich um, ging zu dem Franzosen und kniete neben ihm nieder. Ich sah ihm in die Augen, drang tief in seinen Geist ein. Suchte all jene Erinnerungen heraus, die mit Prinzessin Diana zusammenhingen und entfernte sie. Ich konnte mir nicht helfen: Ich hatte das Gefühl, Gérard etwas Wichtiges zu stehlen.

Dann illusionierte ich den Franzosen ein letztes Mal. Ich flüsterte ihm ein, dass er sich in Paris befand, gerade einen Freund besucht hatte und jetzt nach Hause fahren wollte. Lächelnd erhob sich Gérard vom Boden, stieg in sein Auto und war im nächsten Moment in der Dunkelheit verschwunden. Je weiter er sich von mir entfernte, desto schwächer würde die Illusion werden und schließlich ganz von ihm abfallen. Bald würde Gérard zu sich kommen und sich fragen, warum er hier war, wo er doch einen Freund in Paris besucht hatte. Vielleicht würde er auch denken, er sei am Steuer eingeschlafen und hätte geträumt.

Seufzend drehte ich mich zu Lucian um. Ich war so unglaublich erschöpft. „Bitte, du hast deinen Willen bekommen."

Lucian stieß sich mit einer eleganten Bewegung vom Tor ab. Doch er kam nicht näher. Starrte mich nur mit seinen undurchdringlichen blauen Augen an.

Ich schüttelte müde den Kopf und wollte an Lucian vorbeigehen, als dieser plötzlich sagte: „Bist du wirklich so phantasielos, dass dir als Gegenleistung für Gérards Mühen nichts Besseres einfällt, als ein Kuss?"

Wie angewurzelt blieb ich stehen. Ich spürte das absurde Verlangen, Lucian zu erklären, wie es zu dem Kuss gekommen war. Dass Gérard mich überrascht hatte, dass ich ihn nicht freiwillig geküsst hatte. Aber was machte das jetzt noch für einen Unterschied? Wir waren angekommen. Bald würde ohnehin alles zu Ende sein.

Ich setzte mich wieder in Bewegung, ging nun endgültig an dem Vampir vorbei, den Pfad entlang, als Lucians leise Worte zu mir getragen wurden. „Bitte warte."

Ich konnte nicht anders. Ich blieb stehen. Obwohl ich ihn nicht näherkommen hörte, spürte ich seine Wärme, als er plötzlich hinter mir stand. Seine Hände fuhren über meine Arme, ganz langsam, von den Schultern bis zu meinen Handgelenken, wo der Pulli aufhörte und meine nackte Haut begann. Er hielt kurz inne, dann strichen seine Finger über meinen Handrücken. Die Berührung weckte ein Sehnen in mir, das tiefe Verlangen, nach Lucians Händen zu greifen. Ihn zu berühren. Doch stattdessen drehte ich mich zu ihm um. Ich wusste, ich sollte zurückweichen, wenigstens einen Schritt, denn Lucians Nähe erschwerte mir das Denken. Doch ich konnte nicht. „Wieso tust du das?"

Lucians Augen glitzerten in der Dunkelheit. Er war mir so nah, dass ich seinen Atem auf meiner Stirn fühlen konnte. Ein feines Lächeln umspielte seine Lippen, als er flüsterte: „Du hast so etwas an dir ..." Seine Finger zwirbelten eine meiner Haarsträhnen. Sein Geruch war überall. Er beugte sich zu mir und hauchte mir einen Kuss auf die Stirn. Ein viel zu kurzer Moment, fast wie ein Windhauch.

Ich schloss die Augen, überwältigt von meinen Emp-
findungen.

Lucians Lippen legten sich auf meine Wange. Ich unterdrückte ein Seufzen. Und öffnete die Lippen in der
ungeduldigen Erwartung auf das, was kommen
musste. Als Lucian mich endlich küsste, erwiderte ich
den Kuss ohne zu zögern. Tastete, erforschte.
Schmeckte ihn, doch es war nicht genug.

Und dann war es plötzlich vorbei. Lucian hatte sich
von mir gelöst, war sogar einen Schritt zurückgewi-
chen, entzog mir seine Nähe.

Mein Herz raste. Ich versuchte, zu Atem zu kommen
und mich gleichzeitig davon abzuhalten, den Abstand
zwischen uns zu überbrücken, nur, um diese Nähe
noch einmal zu spüren.

Lucian schien mich zu beobachten. Äußerlich vollkommen ruhig ruhte sein Blick auf mir, doch in seinen
Augen erkannte ich denselben Aufruhr, der mir ins
ganze Gesicht geschrieben stehen musste.

Nun war ich diejenige, die einen Schritt zurücktrat.
Und noch einen. Kälte umfing mich, als Lucians
Wärme, die mich umgeben hatte, nachließ. Eine Taubheit machte sich in mir breit, bis ich nichts mehr fühlte.
Nichts mehr dachte. „Wir sollten reingehen", sagte ich
tonlos und wandte mich um. Ohne genau zu wissen, wo
ich hinging, stolperte ich im Dunkeln den Weg entlang,
den Serena mir beschrieben hatte.

„In der Tat. Die Beschwörung wartet." Lucians Worte,
die beinahe wie eine Drohung klangen, ließen mich stehen bleiben. Kurz zog ich in Erwägung, Lucian um einen Aufschub zu bitten. Doch ob heute oder morgen –
es machte keinen Unterschied.

Ohne mich noch einmal anzusehen ging der Vampir
an mir vorbei. Immer weiter den Weg entlang, in die
Nacht hinein.

Ich konzentrierte mich auf meine Atmung. Holte tief Luft und ließ sie langsam entweichen. Dann war die Welle der Übelkeit vorüber. Ich setzte mich in Bewegung und folgte Lucian. Viel zu schnell erreichten wir das Anwesen. Obwohl das einzige Licht von der offenen Eingangstür herrührte, sah ich sofort, dass das Gebäude riesig war. Wir traten durch die Tür, die eher einem Tor glich, und fanden uns in einem hell erleuchteten Eingangsbereich wieder. Die Fenster waren mit dicken Vorhängen verhüllt.

Kaum hatte ich das Haus betreten, hüpfte Sassa auf mich zu. Er hatte die Augen weit aufgerissen und starrte mich panisch an. „Die Zauberin sucht schon alles für die Beschwörung zusammen, anscheinend sollt ihr sie jetzt gleich durchführen. Verstehst du? Sofort! Ich hol dir deinen Dolch! Soll ich dir deinen Dolch holen? Amelie, sag was!"

„Wo ist meine Tasche?"

„Oben. Ich hol dir den Dolch, ja?"

Ich nickte.

Sassa sprang davon.

Ohne wirklich etwas zu sehen, ließ ich meinen Blick schweifen. Mein Kopf war so leer, aber ich musste mich doch auf die Beschwörung konzentrieren. Wie war das noch? Erst den Kreis mit Magie aufladen und dann die Kerzen? Oder umgekehrt? Ich wusste es nicht. Alles, was ich wusste, war, dass am Ende das Blut kam. Lucians Blut.

„Serena wird gleich so weit sein. Sieh dir ruhig weiter die Eingangshalle an, wenn du sie denn so interessant findest. wenn Serena kommt, erwarte ich dich umgehend im Nebenzimmer." Lucian warf mir einen eigenartigen Blick zu, bevor er durch eine mahagonifarbene Tür verschwand.

Mein träger Blick hing noch einen Moment an der Stelle, an der Lucian gerade noch gestanden hatte.

Dann wandte ich mich ab. Tat so, als würde ich mir tatsächlich die edle Garderobe und die alte Standuhr genauer ansehen. In Wirklichkeit sah ich gar nichts. Keine antiken Möbel und schon gar keinen Ausweg aus meiner Situation. Plötzlich hörte ich Geräusche von der Treppe her. Ich wandte mich um und sah Serena auf mich zu eilen. Sie trug einen großen Stoffbeutel in den Händen. „Was machst du noch hier?", fragte sie. „Hast du deinen Dolch?"

„Der Dämon holt ihn gerade."

„Beeil dich!" Und sie verschwand durch dieselbe Tür wie Lucian zuvor.

„Hab ihn!" Sassa hetzte auf mich zu.

Mit zitternden Händen nahm ich ihm den Dolch ab.

„Nur die Nerven behalten!", riet Sassa. „Das Herz ist gar nicht so schwer zu treffen, du musst es nur wollen. Du *willst* es doch, oder?"

Ich ignorierte den Dämon und betrat das Beschwörungszimmer. Es war nicht groß und hatte keine Fenster. Marcelle stand in einer Ecke, nicht weit von Serena, die gerade den Kreis aus Kreide auf den dunklen Parkettfußboden malte. Die Vampirin nickte mir fast unmerklich zu.

Lucian beobachtete Serenas Tun mit Argusaugen. Er hob den Blick und sah mich an, kräuselte die Lippen zu einem Lächeln. Dieselben Lippen, die mich vor kaum zehn Minuten noch geküsst hatten.

„Du bist so blass. Geht es dir gut?", fragte Serena besorgt.

Ich nickte und murmelte: „Ich fange schon mal mit der Weihe an." Noch immer war da diese Taubheit in mir, doch zumindest erinnerte ich mich wieder an die Schritte. Ich konzentrierte mich auf das Weihen der Gegenstände. *Kreis aufladen, Kerzen anzünden, Blut,* sagte ich mir wie ein Mantra. *Kreis aufladen, Kerzen anzünden, Blut.* Aus den Augenwinkeln sah ich, wie

Sassa sich unter den Weihrauch-Schwaden krümmte und hustete.

Ich warf die abgebrannten Räucherstäbchen beiseite. Auf Serenas Blick hin ließen wir uns auf die Knie nieder und streckten zeitgleich unsere Hände nach dem Kreis aus. Ich spürte, wie ein Teil meiner Magie aus mir herausfloss, doch das war nicht alles. Überrascht sah ich Serena an, die lächelnd meinem Blick begegnete. Für diesen kurzen Augenblick, in dem wir den Kreis gemeinsam mit Magie aufluden, spürte ich ihre Macht überdeutlich. Weniger stark als meine, ja, aber auf beruhigende Weise warm und weich. Sie umhüllte mich und nahm mir für den Moment alle Sorgen. Dann war der Augenblick vorbei. Ich war wieder allein. Wir erhoben uns, stellten die Kerzen in die Pentagramme und zündeten sie an.

Kreis aufladen, Kerzen anzünden, Blut.

Wir stellten uns gemeinsam in den magischen Kreis. Meine Hand, die den Dolch hielt, zitterte.

Lucian kam mit langsamen Schritten auf uns zu. Er blieb außerhalb des Kreises stehen und streckte mir sein Handgelenk hin. Mir, nicht Serena.

„Na los, kleine Zauberin“, flüsterte er.

Mein Puls raste, als sich meine linke Hand um Lucians Unterarm schloss, um ihn zu stabilisieren. Wieso sah Lucian nicht, was ich im Schilde führte? War es nicht der naheliegendste Gedanke der Welt, dass ich, eine ihm völlig fremde Zauberin, ihn verraten könnte? Dass der Bund mich beauftragt haben könnte?

Ich hob den Dolch, doch meine Hand zitterte so stark, dass er mir aus der Hand zu fallen drohte.

„Na, na“, wisperte Lucian. „Keine Sorge, ich sterbe ja nicht daran.“

Ich tat einen tiefen Atemzug und zwang mich zur Ruhe. Keine Gedanken an Lucian. Nicht einmal an Chris. Das Ganze war einfach eine Liste, die ich abzuhaken hatte. *Blut, warten, zustechen. Blut, warten, zustechen.*

Tatsächlich wurde meine Hand ruhiger. Ich setzte den Dolch an Lucians blasses Handgelenk. Sah ihm in die Augen. Und zog die Scheide mit einer raschen Bewegung über seine Haut. Lucian verzog keine Miene, doch daran, wie er unwillkürlich den Arm anspannte, erkannte ich, dass er den Schmerz sehr wohl spürte. Das Blut floss aus ihm heraus, in den Kreis hinein, zwischen Serenas und meine Füße. Doch es bildete keine Lache. Stattdessen sah es aus, als würde es im Parkettboden versickern, wie in einem dicken Teppich, der es aufsog. In Wahrheit saugte der magische Kreis es auf, labte sich daran, und schimmerte schon bald nicht mehr golden, sondern glühte in einem feurigen Rot. Der Magiepegel im Raum erreichte ein drückendes Ausmaß.

„Das reicht", flüsterte Serena.

Lucian war noch blasser als sonst. Ich meinte, ihn kurz schwanken zu sehen. Er hatte Mühe, sich auf den Beinen zu halten. Noch immer hielt ich sein Handgelenk. Er blickte mich an, wartete darauf, dass ich ihn losließ. Jetzt. Meine Hand mit dem Dolch hob sich. Ich wusste, wo ich zustechen musste. Und wie tief.

In Lucians Augen veränderte sich etwas. Er befreite seinen Arm aus meinem Griff. „Lass den Dolch fallen, Amelie." Sogar seiner Stimme hörte man die Erschöpfung an, die der Blutverlust verursacht hatte. Wir starrten uns in die Augen, ich noch immer mit erhobener Waffe. Lucian wich nicht vor mir zurück, versuchte nicht, mir den Dolch abzunehmen. Er blickte mich nur an.

Da stürzte sich Sassa mit einem spitzen Schrei auf den Vampir. „Töte ihn! Ich halte ihn fest!" Mit seinen Zähnchen verbiss er sich in Lucians Hand. Der Vampir schien mit dem Angriff eines unsichtbaren Dämons nicht gerechnet zu haben und versuchte, Sassa abzuschütteln. Ich ließ den Dolch fallen, trat aus dem Kreis und rannte aus dem Zimmer.

„Bleib hier! Du musst ihn töten!", schrie Sassa mir hinterher. Und dann, als ich schon an der Eingangstür war: „Lauf! Ich halte ihn auf!"

Kopflos stürzte ich nach draußen. Und rannte. Durch das metallene Tor und die Straße entlang, den Weg zurück, den wir gekommen waren. Und die ganze Zeit pulsierte es in meinem Kopf: Chris. Chris, Chris, Chris. Und dann wieder: Lucian. Ob er mich suchte? Sich an mir für den begangenen Verrat rächen wollte? Ob es Sassa gut ging?

Meine Lungen brannten und ich wusste, ich konnte nicht mehr lange in dem Tempo weiterlaufen. Aber ich musste. Meine einzige Hoffnung bestand jetzt darin, den Bund zu kontaktieren, mir irgendeine Ausrede einfallen zu lassen und neu mit ihnen zu verhandeln. Vielleicht könnte ich einen neuen Auftrag übernehmen. Von mir aus auch einen anderen Vampir töten. Solange es nicht Lucian war. Aber der würde mir ohnehin nie wieder vertrauen.

Ich stoppte abrupt, mitten auf dem Weg. Nicht weit von mir entfernt, in der Dunkelheit, leuchteten zwei rote Lichter. Fassungslos über mein Glück hetzte ich weiter. Es waren tatsächlich Scheinwerfer! Als ich näher kam, erkannte ich, dass genau dieses Auto auf dieser Straße zu dieser Zeit nicht viel mit Glück oder Zufall zu tun hatte. Es war Gérard. Er lehnte an seinem Peugeot und rauchte eine Zigarette. Wahrscheinlich stand er hier, seit meine Illusion von ihm abgefallen war. Seit er sich nur mit der wagen Erinnerung an einen Freundschaftsbesuch in Paris auf einer unbekannten Straße wiedergefunden hatte.

Ich näherte mich dem Auto. Am schnellsten würde es gehen, wenn ich Gérard noch einmal illusionierte. Aber ich war zu ausgelaugt. Ich konnte nicht sagen, ob ich überhaupt eine Illusion zustande bringen würde. Es musste auch so klappen. „Bonsoir, monsieur."

Überrascht drehte Gérard den Kopf. „Bonsoir, mademoiselle!" Er begann, auf Französisch auf mich einzureden.

Ich warf einen Blick zurück, doch konnte in der Dunkelheit nichts entdecken. Aber Lucian war ja auch durch den Blutverlust geschwächt. Selbst wenn er mich verfolgte, käme er langsamer voran als sonst. Wobei ich nicht wusste, was *langsam* bei einem Vampir genau bedeutete.

Wo war Sassa? Wenn ihm nichts passiert war, müsste er mich doch schon eingeholt haben, oder? Er ist unsichtbar, sagte ich mir. Ihm ist bestimmt nichts passiert. Und was brachte es, wenn ich auf ihn wartete und wir dann von Lucian aufgegriffen wurden, weil ich die Chance darauf, von Gérard mitgenommen zu werden, verpasst hatte? Wenn Sassa es aus Lucians Anwesen hinaus geschafft hatte, wäre er in Sicherheit. Und er würde mich früher oder später einholen. Ich machte einen raschen Schritt auf Gérard zu. „S'il vous plaît, un criminel!" Ich deutete hinter mich, den Weg entlang, den ich gekommen war.

„Un criminel?", fragte Gérard alarmiert.

Ich nickte energisch und deutete auf sein Auto.

Gérard zögerte keine Sekunde. Entschlossen warf er die Zigarette weg und öffnete die Fahrertür. Mir bedeutete er, auf der anderen Seite einzusteigen. Kaum saß ich ihm Auto, gab der Franzose Gas.

Er sagte wieder etwas.

Ich schüttelte entschuldigend den Kopf. „Allemagne."

Gérard nickte verstehend. Er nannte mir seinen Namen und ich stellte mich ebenfalls vor.

Er unternahm noch mehrere Versuche, ein Gespräch zu beginnen. Wahrscheinlich wollte er herausfinden, was genau passiert war und warum ein Verbrecher hinter mir her war. Als ich ein ums andere Mal nur hilflos mit dem Kopf schüttelte, gab er schließlich auf. Mir kam die Ruhe nur gelegen.

Irgendwann fragte mich Gérard mit einfachen, langsamen Wörtern, wohin er mich fahren sollte. Ich zuckte mit den Achseln. Erst mal weg von hier und das möglichst weit. Ob Marcelle den Bund bereits über mein Versagen informiert hatte? Das würde es schwierig machen, darüber zu lügen, was sich auf Lucians Anwesen ereignet hatte. Außerdem wusste ich immer noch nicht, ob sie nicht doch für den Überfall auf unsere Kutsche verantwortlich waren. Und nun fuhren Gérard und ich denselben Weg zurück, näherten uns der Stelle, wo noch immer die Überreste auf der Straße liegen mussten. Was, wenn der Bund Verstärkung geschickt hatte und gerade die Toten barg?

Doch zu meiner Erleichterung passierten wir die Stelle gar nicht. Kurz vorher bog Gérard auf einen anderen Weg ab, der ebenso spärlich beleuchtet war wie der vorherige. Er versuchte, mir etwas mitzuteilen, doch ich verstand kein Wort. Zu sehr war ich mit meinen eigenen Gedanken beschäftigt.

Rechts und links der Straße tauchten kleine Häuser auf. Anscheinend erreichten wir eine Ortschaft. Gérard fuhr immer langsamer und parkte das Auto schließlich vor einem Gebäude, welches von einem erleuchteten Schriftzug geziert wurde: Police.

Na, die würde sich freuen, wenn ich mit Vampiren und Morddämonen-Beschwörungen um die Ecke kam.

Trotzdem lächelte ich Gérard an und bedankte mich. Dann versuchte ich, ihm klar zu machen, dass er jetzt wirklich nach Hause fahren sollte und ich die Polizeiwache allein betreten würde. Es dauerte etwas, doch schließlich gab er sich geschlagen. Ein wenig betrübt blickte ich dem alten Peugeot hinterher, als sich die

Heckscheinwerfer entfernten. Ich kehrte der Polizeiwache den Rücken zu und lief los. Am Ortausgang stieß ich auf eine Tankstelle. Ich ging hinein und fragte nach einem Münztelefon, doch die Französin hinter der Theke schüttelte bedauernd den Kopf, nachdem sie endlich verstanden hatte, was ich wollte. Ich zog mein Portemonnaie aus der Hosentasche und kaufte mir eine Wasserflasche und eine Packung Kekse. Bevor ich die Tankstelle verließ, überlegte ich kurz, ob ich die Französin noch nach einer Pension in der Ortschaft fragen sollte. Dann könnte ich mich ausruhen und morgen früh versuchen, eine Bus- oder Bahnhaltestelle in der Nähe zu finden. Die Aussicht auf ein weiches Bett, in dem ich mich verkriechen konnte, war überaus verlockend. Aber es ging nicht. Ich würde zu viel Zeit verlieren. Mir blieb nichts weiter übrig als loszulaufen und zu hoffen, irgendwann wieder einem Auto zu begegnen, das mich noch heute Nacht nach Paris mitnahm.

Bald kam ich wieder auf den Weg, auf dem wir mit der Kutsche gefahren waren. Es war riskant, ja, weil ich irgendwann am Ort des Überfalls vorbeikommen würde. Aber die andere Richtung führte zurück zu Lucians Anwesen.

Während ich lief, riss ich die Kekspackung auf und futterte sie halb leer. Die Nahrung wärmte meinen Körper von innen. Voller neuer Energie lief ich weiter. Doch ich wusste, dass die vorübergehende Wärme nicht lange anhalten würde. Leider hatte die Tankstelle keine Jacken im Angebot gehabt, weshalb ich immer noch im Pulli unterwegs war. Ich konnte nur hoffen, dass bald die Sonne aufgehen und damit auch die Temperaturen steigen würden.

Mechanisch marschierte ich durch die Nacht. Bald versickerten meine wirren Gedanken, wurden von Kälte und Müdigkeit verdrängt. Ich wusste nicht, wie viel Uhr es war. Die Kekse hatte ich mittlerweile aufgegessen und auch die Wasserflasche war leer.

Ein paar Mal glaubte ich, Geräusche hinter mir zu hören. Jedes Mal wirbelte ich herum, nur um eine schlecht beleuchtete, aber eindeutig leere Straße hinter mir zu sehen. Ich hoffte, mir möge ein Auto begegnen, doch ich traf keine Menschenseele. Irgendwann spürte ich die Kälte nicht mehr. Auch die Müdigkeit und die Erschöpfung wurden zu Nebensächlichkeiten. Ich musste Chris finden. Es durfte einfach nicht sein, dass ich durch mein Versagen alle Chancen, ihn wiederzusehen, zunichte gemacht hatte. Wenn es sein musste, würde ich vor Bettina Frei auf die Knie gehen und darum betteln, dass sie mir einen neuen Auftrag gab. Irgendetwas, egal was.

„Oh je, so weit ist es schon mit uns gekommen? Das sind ja tolle Aussichten."

Im ersten Moment war ich fest davon überzeugt, zu halluzinieren. Wahrscheinlich hatte ich schon eine Lungenentzündung und Fieber und würde sowieso bald sterben. Also ging ich einfach weiter.

„Wenn du stirbst, dann wahrscheinlich an deiner Blödheit!", krakeelte es hinter mir. „Bleib endlich stehen, ich bin heute wirklich schon genug hinter dir her gerannt! Wie hast du es nur geschafft, so schnell so weit zu kommen?"

Ich drehte mich um – und tatsächlich stand Sassa mitten auf der Straße. Ich taumelte auf den Dämon zu und ging in die Knie. Mit Tränen in den Augen hob ich ihn hoch und drückte meine Nase in das plüschige Fell. Er versuchte mich ebenfalls mit seinen Stummelärmchen zu umarmen, doch musste schließlich aufgeben. „Bist Du verletzt?", fragte ich.

„Fast gar nicht. Aber der Vampir musste einstecken, sag ich dir! Der war vielleicht wütend. Als er mich erwischt hat, hat er mir einen ganzen Büschel Fell rausgerissen, siehst du?"

Er hielt mir sein Popöchen hin. Direkt über dem kleinen Stummelschwänzchen klaffte eine kahle Stelle.

„Aber wenn man sich mal die Machtverhältnisse betrachtet, hab ich mich ganz gut geschlagen, denke ich." Selbstzufrieden grinste der Kleine mich an.

Lächelnd tätschelte ich ihm das Köpfchen. „Ich hab mir wirklich Sorgen um dich gemacht. Und ... es tut mir leid, dass ich dich durch mein Verhalten in Gefahr gebracht habe."

Der Kleine schwieg. Ich wollte schon aufstehen und mich zum Weiterlaufen bereit machen, als er sagte: „Im Grunde hab ich's ja geahnt, dass du's nicht kannst. Wir haben's doch beide geahnt."

„Ich war wirklich entschlossen, es zu tun."

„Ich weiß."

Ich betrachtete ihn, wie er mit seinen traurigen Augen vor sich hinstarrte. Ob er an sein Zuhause dachte, dass er nun noch länger als geplant nicht sehen würde? „Hey, Sassa."

Er richtete seine Kulleraugen auf mich.

„Ich verspreche dir, dass ich dich zurückschicke. Wenn wir bei mir zu Hause angekommen sind, werde ich mich sofort darum kümmern." Ich dachte an die alte Barbara und fragte mich, ob ihr Lieferant wohl auch echte Totenköpfe und all das andere Zeug, das ich für das Rücksende-Ritual brauchen würde, im Sortiment hatte.

„Schon gut", meinte der Kleine. „Ich glaube, du hast jetzt erst mal andere Probleme."

„Glaubst du, Lucian wird mich verfolgen?"

„Hmm, ich weiß nicht. Auf mich hat er schon einen ziemlich geschwächten Eindruck gemacht."

Die nächste Frage kam mir nicht so leicht über die Lippen, aber ich musste sie stellen. „Glaubst du, er hat mich wirklich ... gemocht?"

„Wenn, dann wird er dir deinen Verrat niemals verzeihen."

Ich schluckte und versuchte, die Kälte, die sich nun nicht mehr von außen, sondern von innen in mir ausbreitete, zu ignorieren. Sassa hatte recht. Es war egal, ob Lucian dasselbe für mich fühlte wie ich für ihn. Es spielte ganz einfach keine Rolle mehr. Hätte ich mir die Konsequenzen vorher überlegt, hätte ich mir einfach eingestanden, dass ich Lucian nicht würde töten können, wäre unter Umständen noch etwas zu retten gewesen. Nun hatte ich sie beide verloren, Lucian und Chris. „Komm, wir müssen weiter", sagte ich und rappelte mich hoch.

Wir liefen eine Weile stumm nebeneinander her.

„Tut mir leid, ich glaube, ich war unsensibel", sagte Sassa schließlich. „Aber ich habe wirklich keine Ahnung, was in diesem Vampirkopf vor sich geht."

„Schon gut."

„Ehrlich gesagt, finde ich ihn auch nicht besonders sympathisch. Und das nicht erst, seit er mir die kahle Stelle auf meinem Hintern beschert hat."

„Verstehe."

„Ach, Amelie."

Aber ich verstand ihn wirklich. Ich erinnerte mich noch gut daran, wie ich Lucian zum ersten Mal begegnet war. Er war arrogant und furchteinflößend gewesen. Auch attraktiv, ja, aber nur oberflächlich gesehen. Nie und nimmer hätte ich gedacht, dass ich kaum zwei Tage später so starke Gefühle für ihn hatte, dass ich lieber meinen Auftrag hinschmiss, als auch nur zu versuchen, ihn zu töten. Was war passiert? Ich wusste es nicht, konnte es nicht erklären. Plötzlich war Lucian nicht mehr der böse, furchteinflößende Vampir, der mir in meinem Hotelzimmer so hässliche Würgemale beigebracht hatte. Er war jemand, dessen Nähe mich verwirrte, weil ich sie wollte, wohlwissend, dass es falsch war. Er war jemand, der sich mir geöffnet hatte. Stück für Stück hatte er mich mehr sehen lassen als die indifferente Maske, die er anderen zeigte. Er war jemand – der einzige, außer Sassa – dem ich einen Teil meiner Gedanken und Gefühle anvertraut hatte. Und mit Sassa war das etwas anderes, er las meine Gedanken, ohne dass ich etwas dagegen tun konnte. Lucian hatte ich mich vollkommen freiwillig anvertraut.

„Oh je. Oh je, oh je, oh je", machte Sassa. „So was kann auch nur dir passieren, dass du dich in den zweiten Vampir, der dir jemals über den Weg gelaufen ist, innerhalb von zwei Tagen verliebst."

Aber so einfach war es nicht. Wäre es nur ein anderer Vampir gewesen, irgendein anderer, der den Zorn des Bundes auf sich gezogen hatte. Irgendjemand außer Lucian – und ich hätte ihn getötet. Und trotz allem, trotz der ganzen Katastrophe, die sich dadurch vor mir aufgetan hatte, konnte ich mich nicht dazu bringen, zu wünschen, es wäre wirklich ein anderer Vampir gewesen.

KAPITEL 8

Wir liefen immer weiter. Als Sassa zu jammern anfing, er könnte nicht mehr, nahm ich ihn auf die Schulter und marschierte weiter. Die Sonne ging auf und es wurde wärmer. Trotzdem zitterte ich so stark, dass mir die Muskeln wehtaten.

Plötzlich hörte ich Motorengeräusch und wirbelte herum.

„Was machst du da?", fragte Sassa argwöhnisch, als ich mich an den Straßenrand stellte und den Daumen nach oben streckte.

„Na, was schon?", krächzte ich. Mittlerweile hatte ich auch Halsschmerzen. „Wir trampen."

„Bis du verrückt? Eine Frau wie du allein! Weißt du, was uns da alles passieren kann?"

Sassa hatte nicht unrecht, denn mittlerweile war ich so erschöpft, dass ich nicht mehr die Kraft hatte, irgendjemanden zu illusionieren. Aber ich musste es darauf ankommen lassen, denn ewig so weiter laufen konnte ich nicht.

Doch das Auto fuhr vorbei.

Sassa und ich liefen weiter. Irgendwann, als es wirklich nicht mehr ging, machte ich eine kurze Pause und schlief, den Rücken an einen Baumstamm gelehnt, prompt ein. Als Sassa mich weckte und sagte, dass ich fast drei Stunden geschlafen hätte, kämpfte ich mich schnell hoch und wir setzten unseren Weg fort.

„Wenn dir kalt ist, kann ich dich auch unter meinen Pulli nehmen", bot ich an.

„Mir ist nicht kalt. Aber du siehst aus wie der Tod höchstpersönlich. Wir sollten uns wirklich beeilen, sonst siehst du bald nicht mehr nur so aus."

„Irgendwann müsste ja auch mal wieder ein Dorf kommen", machte ich mir und dem Kleinen Mut. Da es jetzt nicht mehr mitten in der Nacht war, könnten wir mit ein bisschen Glück vielleicht einen Bus erwischen.

Doch wir kamen einfach nicht mehr voran. Mittlerweile war mir nicht mehr kalt, sondern heiß. Ich hatte Durst. Mein Gesicht glühte und jeder Schritt war eine Qual. Fast alle hundert Meter, so schien es, musste ich innehalten, um wieder zu Atem zu kommen. Da näherte sich wieder ein Auto. Diesmal wollte ich nicht auf das Mitleid der Insassen hoffen, sondern konzentrierte meine Kräfte. Versuchte, den Fahrer zu illusionieren. Das Auto raste vorbei, ohne auch nur die Geschwindigkeit zu drosseln.

„Wenigstens wissen wir jetzt mit Sicherheit, dass du deine Fähigkeiten im Moment nicht einsetzen kannst", meinte Sassa, als ob das irgendein Trost wäre.

Es begann zu dämmern. Der Himmel erstrahlte in lila und rot, dann war die Sonne verschwunden. Es war wieder Nacht.

Wenig später erreichten wir die Stelle, an der die Überreste der Kutsche lagen. Ein bisschen geschmolzenes Metall, ein paar Holz- und Plastikreste, sonst nichts. Jemand hatte den Müll ein wenig zur Seite gerückt, so dass die Straße für Autos wieder passierbar war. Außerdem waren die Leichen weg, allesamt.

Plötzlich hörte ich etwas. Ein Rascheln im Gebüsch. Ironischerweise war es dasselbe Gebüsch, in dem ich gestern die Angreifer ein Rascheln hatte hören lassen.

„Das war bestimmt nur ein Tier. Komm weiter!", drängte Sassa.

„Warte", flüsterte ich. Langsam schlich ich auf die Büsche zu. Wahrscheinlich war es nur ein Tier. Oder da war gar nichts und meine erschöpften Sinne spielten mir einen Streich. Aber Sassa hatte es ja auch gehört.

Ich untersuchte das Gebüsch. Auf dem Boden lag ein Dolch und der Fetzen einer Uniform. Einer grünschwarzen Uniform. Der Uniform des Bundes. Also doch. Es war der Bund gewesen, der die Kutsche überfallen hatte. Sie wollten Lucian um jeden Preis tot sehen, und hatten dabei nicht alleine auf Bettina Freis Plan vertraut. Oder hatte es etwas damit zu tun, dass ich ihr gegenüber am Telefon meine Skrupel zugegeben hatte? Hatte Bettina Frei Sorge gehabt, dass ich meinen Plan nicht zu Ende führen würde und deshalb die Sache selbst in die Hand genommen?

Plötzlich hörte ich Geräusche aus einer anderen Richtung. Hufe. Es waren Pferde, die ich hörte! Eine Kutsche? Mir schwante Böses. Mein Herz raste, als ich versuchte, in der Dämmerung etwas zu erkennen. Das Geräusch kam immer näher. Dann erstarb das Hufgetrappel. Ein Schuss durchschnitt die Nacht. Im selben Moment wurde ich gepackt und herum gerissen, so dass der Schuss mich um Haaresbreite verfehlte. Ein vertrauter Geruch drang mir in die Nase, eine bitter vermisste Wärme hüllte mich ein. Dann war die Wärme verschwunden und ich kam hart auf dem Boden auf. Ich hob den Kopf, doch konnte niemanden entdecken. Erst, als ich mich den Büschen zuwandte, sah ich etwas. Mehrere dunkle Schatten, die in ihren Kampfbewegungen miteinander zu verschwimmen schienen. Noch ein Schuss. Dann war alles still. Keine Kampfgeräusche mehr, keine Schüsse. Dafür eine große, dunkle Gestalt, die sich zielstrebig auf mich zu bewegte. Ich rappelte mich vom Boden hoch. Diese Gestalt kannte ich. Oh ja, ich kannte sie.

„Das ist der Vampir, Dummchen! Und wenn du mich fragst, sieht er nicht allzu gut gelaunt aus!"

Lucians Miene, die sonst nie viel verriet, wirkte jetzt tatsächlich geradezu grimmig. Und noch etwas fiel mir auf. Nämlich, dass Lucians Bewegungen nicht so geschmeidig und raubtierhaft wirkten wie sonst. Er musste immer noch durch den Blutverlust geschwächt sein.

Lucian blieb ein paar Meter von mir entfernt stehen. Mein Herz klopfte wild, als ich seinen Blick suchte. Doch der Vampir hatte die Augen auf einen Punkt hinter mir gerichtet. Langsam drehte ich mich um, folgte seinem Blick und erstarrte.

Da stand jemand direkt hinter mir. Die Gestalt packte mich am Arm und riss mich herum, sodass sich mein erschrockener Blick auf Lucian richtete. Kühles Metall presste sich an meine Schläfe.

„Wie überaus herzerwärmend", dröhnte eine männliche Stimme. „Ein Vampir, der einen Menschen rettet. Aber was macht der Vampir jetzt, wo ich sein Menschlein habe?"

Mit der einen Hand presste der Mann weiterhin die Waffe gegen meinen Kopf. Die andere Hand umklammerte meine Hüfte, hielt mich eng an seinen Körper. Mir war schwindelig und der Schweißgeruch, der mir penetrant in die Nase stieg, ließ mich beinahe würgen. Ich starrte Lucian an, der uns unbeweglich gegenüber stand. Seine Augen sahen an mir vorbei zu dem Mann, der mich festhielt.

Mein Herz raste. Würde ich jetzt sterben? Hier? So? Während Lucian hilflos daneben stand? Da verließ die Waffe plötzlich meine Schläfe und richtete sich stattdessen auf den Vampir. Ich reagierte ohne nachzudenken. Holte mit dem Ellenbogen aus und stieß ihn gegen den Arm, der die Waffe hielt. Der Schuss verfehlte Lucian und verlor sich in der Dunkelheit. Im nächsten Moment hing Sassa an der Schusshand. Der Mann schrie auf, als der Dämon ihn biss, und ließ die Waffe fallen. Ich wirbelte herum, befreite mich aus dem gelockerten Griff des Angreifers und sah aus dem Augenwinkel, wie Lucian plötzlich neben diesem auftauchte. Eine Bewegung, die nicht annähernd so schnell war, wie ich es sonst von dem Vampir gewohnt war, dann sackte der Mann mit verdrehtem Kopf zu Boden.

„Gut gemacht, Amelie", seufzte Sassa. „Du hast ihn schon wieder gerettet."

Ich wollte den Dämon mit einem Blick zum Schweigen bringen, ihm bedeuten, dass jetzt nicht der richtige Zeitpunkt für seine Kommentare war. Doch kaum, dass ich meinen Blick gen Boden gerichtet hatte, begann sich dieser unter mir zu drehen. Nur mit Mühe fand ich mein Gleichgewicht wieder. Ich starrte zu Lucian hoch, wollte ihm sagen, wie leid mir das alles tat, ihm erklären, wieso ich mit dem Bund zusammen gearbeitet hatte. Ihn fragen, ob seine Gefühle für mich echt waren. Doch ich brachte keinen Ton heraus. Stattdessen begann ich zu husten.

„Du siehst nicht gut aus", stellte Lucian fest, als er mich von oben bis unten musterte.

Ich sagte nichts, denn ich hustete noch immer. Doch ich hielt meinen Blick unablässig auf die nachtblauen Augen gerichtet. Wieso war er zurückgekommen?

Doch anstatt meine unausgesprochene Frage zu beantworten, befahl Lucian: „Nimm deinen Dämon und komm mit."

„Nein, ich ... der Bund ... Chris ..."

Doch Lucian ging einfach an mir vorbei. Ich konnte nicht einmal den Blick drehen, um ihm mit den Augen zu folgen.

Plötzlich spürte ich, wie ich fiel. Eigentlich spürte ich es nicht einmal. Ich sah nur, wie der Boden immer näher kam.

„Was machst du denn?", kreischte Sassa neben mir.

Seltsamerweise kam ich nie auf dem Boden auf.

Ich erwachte, weil ich auf unangenehme Weise hin und her geschaukelt wurde. Mit halb geschlossenen Augen versuchte ich, mich umzusehen. War ich in einem Zug? Doch nein, dies war eine andere Bewegung.

„Wir sind auf einem Pferd, du Nuss. Auf *seinem* Pferd, genau gesagt. Herzlichen Glückwunsch, eine echte Glanzleistung war das. Du hast dich von ihm einfangen lassen. Oder sollte ich besser *auf*fangen sagen?"

Ich sah nach vorn und tatsächlich: Vor Sassa, der sich in meinem Schoß zusammengerollt hatte, hob und senkte sich ein pechschwarzer Pferdekopf. Als ich an mir hinunter blickte, bemerkte ich Hände, die rechts und links unter meinen Armen die Zügel hielten. Besonders die linke dieser Hände erregte meine Aufmerksamkeit: Dickes Narbengewebe verunstaltete die ansonsten ebenmäßige Haut.

„Es heilt", erklärte Sassa. „Vampire heilen schneller, sogar bei Dämonenbissen. Bald werden auch die Narben verschwunden sein. Eigentlich schade. So viel Mühe für nichts und wieder nichts."

Ich schloss die Augen, genoss für den Moment einfach Lucians warmen Körper hinter mir. Wenn wir doch nur für immer so weiter reiten könnten. Ich wollte nicht ankommen, nicht einmal wieder gesund werden. Wollte mich nicht mit den ganzen Problemen auseinandersetzen, die ich mir eingebrockt hatte.

„Jetzt geht es aber los!", schrie Sassa empört. „Das ist nicht mehr dieselbe Zauberin, die mich beschworen hat! Ich möchte augenblicklich von diesem Bündnis zurücktreten!"

Ich musste lächeln und sah mit einem Blick auf den Dämon, dass dieser ebenfalls grinste.

„Du bist wach", kam es in diesem Moment von Lucian.

Ich machte mir nicht die Mühe, es abzustreiten. Es gab da eine Frage, die ich ihm unbedingt stellen musste und ich war froh, dabei nicht in die durchdringenden nachtblauen Augen blicken zu müssen. „Du hast mich vor dem Schuss gerettet." Meine Stimme war so heiser, dass sie mehr an ein Krächzen erinnerte. „Wieso?" Nach allem, was ich getan hatte. Nachdem ich vorgehabt hatte, ihn zu töten.

Lucian schwieg so lange, dass ich schon glaubte, er würde gar nicht mehr antworten. Und als er sprach, ignorierte er meine Frage. „Du hättest wirklich besser daran getan, dein Vorhaben zu Ende zu bringen, anstatt kopflos davonzulaufen. Das hätte dir viele Probleme erspart." Die Bitterkeit in seiner Stimme war nicht zu überhören.

Der Drang, mich zu entschuldigen, wurde übermächtig. Doch plötzlich traute ich mich nicht mehr. Ich hatte Angst vor Lucians Reaktion, denn ich wusste, wenn diese negativ ausfiel, hätte ich im Moment nicht die Kraft, damit umzugehen. Alles, was mir blieb, war die Hoffnung, dass zwischen uns noch nicht alles verloren war. Also klammerte ich mich daran, schloss die Augen und ließ mich von Lucians Nähe einhüllen. Es kam mir wie eine Ewigkeit vor, die wir durch die Nacht ritten. In diesem unangenehmen Schweigen, in dem so vieles ungesagt blieb.

Als wir endlich das Tor vor Lucians Anwesen passierten, bemerkte ich, dass der Himmel bereits heller wurde. Bald würde die Sonne aufgehen.

Wir ritten den Weg entlang, den ich letzte Nacht zweimal gelaufen war. Diesmal konnte ich mehr erkennen. Neben dem wirklich eindrucksvollen Herrenhaus stand noch ein kleineres Gebäude, aus dem uns nun ein Mann entgegen kam. Er griff nach den Zügeln des Pferdes. „Gut, dass Ihr zurück seid, Herr. Wir waren schon in Sorge, Ihr würdet es nicht mehr vor Sonnenaufgang schaffen."

Ich spürte, wie Lucians Wärme in meinem Rücken verschwand. Im nächsten Moment sah ich den Vampir neben mir am Boden stehen. Sassa gähnte und streckte sich, dann sprang er vom Pferd.

Lucian streckte die Arme nach mir aus. Widerspruchslos ließ ich mich hinein gleiten und vom Pferd heben. Dann hatte ich wieder festen Boden unter den Füßen. Doch die Freude währte nur kurz. Kaum hatten mich Lucians Arme losgelassen, wurde mir schwarz vor Augen. Ich taumelte, griff blind um mich, doch fasste ins Leere. Da legte sich ein Arm stützend um meinen Rücken, ein anderer um meine Kniekehlen. Ich wurde hochgehoben.

„Serena!", rief Lucian, kaum dass wir das Haus betreten hatten. Fast im selben Moment kam die rothaarige Zauberin die Treppe hinunter gerannt. Bei meinem Anblick riss sie erschrocken die Augen auf. „Was ist mit ihr?"

„Lungenentzündung", hörte ich Lucian ruhig antworten.

Ich musste augenblicklich husten. Eine Lungenentzündung? Das konnte man leicht so ruhig sagen, wenn man selbst seit vierhundert Jahren nicht mehr krank gewesen war.

„Es sieht schlechter für dich aus als ich dachte!", hörte ich Sassa von irgendwoher aufkeuchen.

„Du reitest in den nächsten Ort und findest eine Apotheke. Sofort", befahl Lucian der Zauberin.

Ich beobachtete, wie Serena aus dem Haus stürzte, doch plötzlich verschwamm ihre Gestalt vor meinen Augen. Ich sah noch, wie Lucian mit mir auf die Treppen zusteuerte, dann füllte abermals Dunkelheit mein Blickfeld aus. Ich ließ mich fallen. In den Abgrund, an dessen Ende nichts war.

Ich wachte auf, weil mir jemand eine Tablette in den Mund schob.

„Hier, trink." Ich erkannte Serenas Stimme und schlug die Augen auf. Die Zauberin saß neben dem Bett, in dem ich lag, und hielt mir ein Glas Wasser an die Lippen.

Ich trank ein paar Schlückchen, gerade genug, um die Tablette hinunter zu spülen, dann schloss ich wieder erschöpft die Augen.

„Stirb nicht, bitte stirb nicht!", drang Sassas Stimme an mein Ohr. „Ich werd' auch nie wieder unsensible Kommentare über dich und den Vampir machen. Versprochen! Wenn du willst, lese ich nicht mal mehr deine Gedanken. Aber werd' wieder gesund!"

Ich driftete wieder weg.

Ich wusste nicht, wie viele Male sich diese Szene wiederholte, bis ich endlich die Augen aufschlug und mich ein wenig besser fühlte. Zwar war ich immer noch benebelt und hatte Kopfschmerzen, aber in viel erträglicherem Ausmaß als zuvor. Ich blickte mich um und bemerkte, dass ich in einem schwarz bezogenen Bett lag. Das Zimmer hatte hohe Wände und riesige Fenster, durch die Sonnenstrahlen hereinfielen. In dem Raum standen außerdem eine schwere, mahagonifarbene Kommode und ein dunkler, runder Tisch mit passenden Stühlen. Links von meinem Bett saß Serena in einem Sessel aus rotem Samt.

„Wie geht es dir?", fragte sie. Die dunklen Ringe um ihre Augen ließen vermuten, dass sie lange nicht geschlafen hatte.

„Ja, wie geht es dir?", fragte eine zweite Stimme.

Ich hob den Kopf und entdeckte Sassa, der wie ein Kätzchen an meinem Fußende eingerollt lag und mich schläfrig anblinzelte.

„Es geht schon." Prompt musste ich husten. Der Schmerz in meiner Brust raubte mir den Atem. Sassa schien sich daran jedoch nicht zu stören. Er legte den Kopf zurück auf die Decke und schlief weiter.

„Geht's wieder?", fragte Serena, als der Hustenanfall vorüber war.

Ich nickte. „Wo ist Lucian?"

„Er ruht sich aus. Er ist immer noch geschwächt durch den Blutverlust."

„Aber er wird doch wieder, oder?"

Serena lächelte. Dieses Mal nicht tröstend oder aufmunternd, sondern ehrlich amüsiert. „Natürlich wird er wieder, Amelie." Dann verdüsterten sich ihre Züge plötzlich und sie sagte: „Er ist ziemlich wütend, weißt du. Aber nicht nur auf dich."

„Marcelle?" Mit meinem Versagen musste auch ihr Verrat aufgeflogen sein. „Wie geht es ihr?"

Serena sah mich überrascht an. „Ich meinte nicht ..." Sie brach ab, schien kurz zu überlegen und nickte dann. „Ihr geht es gut."

„Sie wurde nicht bestraft?", fragte ich, erleichtert, mir nicht noch mehr aufs Gewissen geladen zu haben.

Ein seltsamer Ausdruck erschien auf Serenas Gesicht. „Doch. Aber das ist schon länger her."

„Länger her?" Ich stand auf der Leitung. „War ich so lange nicht ansprechbar?" Doch ich hatte das Gefühl, dass Serenas Worte anders gemeint gewesen waren.

„Du verstehst nicht", bestätigte die Zauberin meine Vermutung. „Lucian wusste von Marcelles Verrat, bevor der Bund dich überhaupt kontaktierte. Er hat es fast sofort herausgefunden, nachdem sich Marcelle das erste Mal mit dem Bund getroffen und ihm Lucians Plan verraten hat."

Mir wurde schwindelig, doch diesmal hatte es nichts mit meiner Krankheit zu tun. „Das bedeutet ..." Ich konnte es nicht mal aussprechen.

Serena nickte. „Marcelle war schon längst nicht mehr auf der Seite des Bundes, als du sie und Lucian kennen gelernt hast."

Ich hörte für einen Moment auf zu atmen.

„Lucian hielt es für eine gute Idee, den Bund weiterhin glauben zu lassen, dass sie in Marcelle eine treue Spionin hätten. Seinen Plan, Morddämonen beschwören zu lassen, kannten sie ohnehin schon. Ihm gefiel der Gedanke, dass der Bund Marcelle traute und sie ihm so falsche Informationen zuspielen könnte, wenn es nötig wäre. Und natürlich sollte sie uns über die Pläne des Bundes auf dem Laufenden halten." Serena stockte kurz. „So wusste Lucian natürlich auch, dass der Bund ihm eine Zauberin schicken würde, die ihn töten sollte."

Ich sah, wie ihre Lippen sich bewegten. Hörte ihre Worte. Doch die Erkenntnis, was diese Worte bedeuteten, sickerte nur langsam in mein Bewusstsein. „Es war alles nur gespielt", wisperte ich. Ich wünschte, dass Serena abwinken und sagen würde, ich hätte alles falsch verstanden.

Doch die Zauberin nickte. „Es war eine einzige Farce." Ihre Worte klangen bitter. „Ein großes Spiel, das Lucian sich ausgedacht hat."

Ich schüttelte den Kopf. Immer und immer wieder. Das ergab doch alles keinen Sinn. Bei unserer ersten Begegnung hätte Lucian mich beinahe getötet. Er hatte mir erst vertraut, als ich Marcelle erwähnte und … Nein, so war es nicht gewesen. *Er* hatte mir Marcelles Namen genannt. So hatte er mich glauben lassen, ich hätte ihn ausgetrickst und mit meiner Lüge Erfolg gehabt. In Wahrheit war es genau umgekehrt gewesen. Plötzlich fiel alles in sich zusammen. „Wieso?", hauchte ich.

Serena zuckte mit den Achseln. „Es hat ganz harmlos begonnen. Eigentlich wollte Lucian dich nur treffen, weil er neugierig war, wen der Bund schicken würde, um ihn zu töten. Und dann hieß es auf einmal, wir würden die Beschwörung nicht in Deutschland, sondern auf seinem Anwesen in Frankreich durchführen. Und dich würden wir mitnehmen! Ich wollte von Marcelle wissen, was in diesem Pensionszimmer vorgefallen war, doch sie wusste es auch nicht. Nur, dass er ihr befohlen hatte, sich vor dir als Spionin auszugeben."

Lucian hatte die ganze Zeit gewusst, was ich vorhatte. Und trotzdem hatte er so getan, als vertraute er mir und hatte mich mit nach Frankreich genommen. „Wieso?", fragte ich noch einmal.

„Ach, Amelie." Unglücklich blickte Serena mich an. „Einfach als Zeitvertreib, wenn du es so willst. Du musst irgendetwas an dir gehabt haben, dass Lucian neugierig gemacht hat."

Ich nickte. Deshalb ihre Bitte im Hotel, mich Lucian gegenüber unauffälliger zu benehmen. Weil sie gehofft hatte, dass Lucian dann das Interesse an diesem *Zeitvertreib* verlieren würde. Zeitvertreib. Das war es also, was ich für ihn war. Nichts von dem, was zwischen uns geschehen war, war echt gewesen. Plötzlich hatte ich einen Kloß im Hals und mir war speiübel.

„Natürlich war nicht geplant, dich wirklich hierher mitzunehmen. Eigentlich wollte Lucian dich irgendwo hinter Paris loswerden und Camille abholen. Camille", erklärte Serena, „ist die zweite Zauberin, die tatsächlich laut Plan die Beschwörung mit mir durchführen sollte. Sie wohnt in einem kleinen Dorf nicht weit von hier."

Deshalb Serenas komische Frage im Auto, ob wir nicht im nächsten Dorf halten sollten. Es musste der Ort gewesen sein, in dem diese Camille wohnte.

„Aber dann hat Lucian es sich plötzlich anders überlegt. Er hat dich bis hierher mitgenommen, hat dich die Dämonenbeschwörung mit mir beginnen lassen."

„Weil er noch nicht genug von seinem Zeitvertreib hatte?", riet ich und lächelte bitter.

„Weil er sehen wollte, ob du die Seiten wechselst."

Ich nickte. Natürlich. Was war spannender, als auszuprobieren, ob all die Zeit, die er in mich investiert hatte, all die Annäherungsversuche, Früchte getragen hatten? „Deswegen all das.“

Serena sah mich fragend an.

„Das, was du im Hotel zu mir gesagt hast. Dass er mich ansieht. Mit mir redet, mir zuhört. Das war alles nur, um zu sehen, ob er mich von meinem Auftrag abbringen kann.“

„Vielleicht war es so ...“, gab Serena zu. Sie wirkte, als ob sie noch etwas sagen wollte, doch überlegte es sich dann anders.

„Ich verstehe“, sagte ich und wandte den Blick ab. Ich wollte allein sein.

„Ich befürchte, das tust du nicht.“ Sie seufzte.

Wir schwiegen einen Moment. Ich wollte sie darum bitten, zu gehen, doch musste vorher noch eine Frage stellen: „Was hat er nun mit mir vor?“

„Ich weiß es nicht, Amelie.“ Sie blickte mich unglücklich an. „Ich habe dir ja gesagt, dass er nicht nur auf dich wütend ist. Das macht die ganze Sache noch schlimmer, denn eigentlich ist er auch wütend auf sich selbst. Weil er dir vertraut hat und das beinahe schief gegangen wäre.“

Vertraut ... das war nun nicht gerade das Wort, das ich gewählt hätte. Wenn Lucian wütend war, dann doch darauf, dass ich es trotz seiner Mühen gewagt hatte, den Dolch gegen ihn zu erheben. Darauf, dass seine Einwicklungsversuche und vorgeheuchelten Gefühle nicht gereicht hatten, um mich die Seiten wechseln zu lassen.

„Ich wollte dich noch was fragen“, erklang Serenas zögernde Stimme. „Etwas, das mir nicht aus dem Kopf geht. Vielleicht erinnerst du dich noch, dass Lucian dich im Zug gefragt hat, wieso du den Bund vernichten willst. Und du hast von deinem Freund erzählt.“

„Ich hätte jetzt wirklich gerne meine Ruhe, wenn es dir nichts ausmacht.“

„Ja, natürlich." Fahrig fuhr Serena sich mit den Handflächen über den Rock und machte Anstalten aufzustehen, doch tat es dann doch nicht. „Bitte beantworte
mir nur die eine Frage, denn ich hatte den Eindruck,
dass diese Geschichte keine Lüge war. Dieser Freund
von dir war der Grund, wieso du den Auftrag vom Bund
angenommen hast, oder?"

Ich starrte sie an und war versucht, es einfach abzustreiten. Aber selbst dazu fehlte mir die Kraft. Also
nickte ich.

„Ich wusste es", murmelte sie und stand endlich auf.
„Dann lasse ich dich jetzt allein. Aber ich komme später
wieder und bringe dir deine Medikamente, ja?"

Ich weinte nicht. Weder um Chris noch um Lucian.
Ich verbot es mir ganz einfach. Chris hatte ich noch
nicht aufgegeben und Lucian war meine Tränen nicht
wert. Das versuchte ich mir zumindest einzureden, obwohl ich spürte, dass es nicht so simpel war. Ich wi-
ckelte mich fest in die weiche Decke ein und versuchte,
in den Schlaf hinüberzugleiten, so dass ich alles für
eine Weile vergessen konnte. Doch es klappte nicht.
Also starrte ich vor mich hin, bis Sassa mir die Leviten
las. Natürlich hatte er recht. Ich durfte mich jetzt nicht
verkriechen, sondern musste retten, was noch zu retten war.

Also stand ich auf und lief im Zimmer umher, solange
es mein geschwächter Zustand zuließ. Grübelte, was
ich als nächstes tun sollte. An oberster Stelle stand
noch immer, den Bund zu kontaktieren. Chris war
meine Priorität. Doch dazu musste ich hier raus. Ich
überprüfte die Fenster, doch sie ließen sich nicht öffnen. Da müsste ich schon die Scheibe einschlagen, was
Lucian und Marcelle zweifellos hören würden. Außerdem lag mein Zimmer anscheinend im zweiten Stock,
wenn ich die Höhe richtig einschätzte.

Als ich nicht mehr stehen konnte, legte ich mich wieder hin, doch grübelte weiter. Sobald es mir besser ging, könnte ich Serena und Marcelle illusionieren, doch da blieb immer noch Lucian, der viel schneller und mächtiger war als ich. Ich drückte mein Gesicht ins Kissen, nahe daran, doch ein paar Tränen zu vergießen. Es war aussichtslos!

Da spürte ich, wie Sassa sich vom Fußende, wo er die meiste Zeit schlief, zu mir nach oben kämpfte und sein plüschiges Gesicht an meines drückte. „Das wird schon", sagte er und streichelte mir unbeholfen übers Haar. „Das wird schon."

Ein paar Stunden später kam Serena zurück. Sie brachte mir ein Tablett mit belegten Broten und einer großen Wasserflasche. „Es ist besser, das Antibiotikum nicht auf nüchternen Magen zu nehmen", lächelte sie.

Ich griff nach einem mit Käse belegten Brot und biss hinein.

Serena zögerte einen Moment, dann ließ sie sich in den Sessel nieder, indem sie auch schon zuvor gesessen hatte. „Willst du mir erzählen, was der Bund dir genau versprochen hat? Und was das alles mit deinem Kindheitsfreund zu tun hat?"

Eigentlich hatte ich im Moment überhaupt keine Lust, mich zu unterhalten, am allerwenigsten über Chris. Aber während meiner Grübelei war ich zu dem Schluss gekommen, dass ich Serena unbedingt bei Laune halten musste. Sie war derzeit meine einzige Verbindung zur Außenwelt. Sie könnte mir wichtige Informationen geben, zum Beispiel, ob Lucian das Anwesen manchmal verließ und zu welchen Zeiten. Also begann ich: „Das meiste, das ich euch über ihn erzählt habe, ist wahr. Außer, dass er vom Bund getötet wurde. In Wahrheit ist er vor zwei Jahren einfach spurlos verschwunden. Der Bund hat mir angeboten, ihn für mich zu finden."

„Oh", machte Serena nur. Ich sah ihr an, dass sie weiter nachhaken wollte, also fragte ich schnell: „Wieso hat Marcelle sich eigentlich auf den Bund eingelassen?"

Die Überraschung ob des plötzlichen Themenwechsels stand der Zauberin ins Gesicht geschrieben. Doch sie fing sich schnell wieder. „Freiheit", antwortete sie ebenso knapp wie nichtssagend.

Ich wartete darauf, dass sie weitersprechen würde.

Serena seufzte. „Tja weißt du, Vampire haben es eben auch nicht leicht."

Aus den Augenwinkeln sah ich, wie Sassa sich an die Stirn tippte und die Augen verdrehte.

„Von dem Tag an, an dem sie geschaffen werden, haben sie ihrem Meister bedingungslos zu gehorchen", erklärte Serena. „Das geschieht unter anderem zu ihrem eigenen Schutz, denn in der Vampirgesellschaft haben schwächere Vampire ohne Meister kaum eine Überlebenschance. Erst, wenn der Meister sein Geschöpf für mächtig genug befindet, alleine zurecht zu kommen, lässt er es gehen. Das ist die oberste Regel: Ein Meister entscheidet, wann sein Geschöpf so weit ist. Ein Vampir, der seinen Meister ohne dessen Erlaubnis verlässt, wird in der Gesellschaft nicht akzeptiert. Eine Ausnahme wird nur gemacht, wenn der Meister tot ist, denn dann kann er sein Geschöpf schließlich nicht mehr freiwillig gehen lassen." Sie blickte mich mit bedeutungsschwerem Blick an. „Ich bin mir sicher, die Entscheidung ist Marcelle nicht leicht gefallen. Sie hängt sehr an Lucian. Aber er findet, sie ist noch nicht so weit, auf eigenen Beinen zu stehen, und wer weiß, wann er seine Meinung ändern wird? Nach mittlerweile zweihundert Jahren war Marcelle das Warten wohl einfach leid. Sicher ist es für keinen Vampir leicht, sich seinem Meister unterzuordnen, aber für Marcelle ist es besonders schwer. Ich glaube, schon als Mensch hat sie sich nicht gerne von anderen etwas sagen lassen, und das will schon was heißen, wenn man bedenkt, zu welcher Zeit das war. Wahrscheinlich war es genau das, was Lucian damals so an ihr gereizt hat. Die beiden sind sich in diesem Punkt sehr ähnlich. Wahrscheinlich hat er sogar damit gerechnet, dass sie eines Tages versuchen würde, ihn zu verraten.“

„Also stimmt es, dass es ihr im Grunde gar nicht möglich ist, ihn zu hintergehen?“

„Ja und nein. Marcelle kann Lucian hintergehen, ihn verraten und anlügen. Doch beim kleinsten Verdacht kann Lucian in ihren Geist eindringen und herausfinden, was sie im Schilde führt. Genau das hat er getan.“

Bei dem Gedanken daran, was Marcelle für ein Leben haben musste, überkam mich aufrichtiges Mitgefühl. Obwohl ich sie nicht einmal leiden konnte, wünschte ich mir für sie, dass Lucian sie in nicht allzu ferner Zukunft gehen lassen würde.

Mein Blick schweifte zum Fenster und ich fragte mich, ob er *mich* jemals gehen lassen würde. Aber was war die Alternative? Mich umzubringen? Das konnte ich mir nicht vorstellen. Er hatte mich zwar belogen und benutzt, aber so war er nicht. Mich bis an mein Lebensende hier festhalten? Was hätte er davon? Oder mich, wie Marcelle, zu einem Vampir machen? Hatte Serena nicht gesagt, dass ich irgendetwas an mir haben musste, das mich für Lucian interessant gemacht hatte? Und war das nicht auch der Grund gewesen, wieso er Marcelle verwandelt hatte? Weil sie ihn *gereizt* hatte? Meine Hand, die das Käsebrot hielt, begann zu zittern.

„Amelie? Was ich noch sagen wollte“, murmelte Serena. „Ich hoffe wirklich, du findest deinen Chris irgendwann wieder.“

„Nicht solange ich hier bin“, gab ich schärfer als beabsichtigt zurück und sah, wie die Zauberin zusammenzuckte.

„Es tut mir so leid, Amelie", flüsterte sie.

Ich schluckte. Das hörte sich nun auch eher danach an, dass man eben nicht vorhatte, mich allzu bald wieder gehen zu lassen. „Ihr könnt mich doch nicht ewig hier festhalten. Ich habe ein Leben. Und ich muss Chris finden", versuchte ich, an ihr Gewissen zu appellieren. *Und ich will kein Vampir werden.*

Doch die Zauberin blickte mich nur unglücklich an.

Schweigend erwiderte ich ihren Blick, bis sie es anscheinend nicht mehr aushielt und aufstand. „Ich lasse dir das Essen und die Tabletten da. Alle zwölf Stunden, nicht vergessen, ja?" Damit verließ sie das Zimmer.

Ich wartete. Stundenlang, ruhelos. Darauf, dass Lucian kam und ich endlich erfuhr, was er mit mir vorhatte. Die Sonne ging unter, doch ich konnte nicht schlafen. Starrte nur auf die schwere Mahagoni-Tür, die sich jedoch die ganze Nacht über nicht bewegte. Als es wieder Morgen wurde und die Sonne blendend hell ins Zimmer strahlte, traute ich mich, das Badezimmer aufzusuchen. Ich fühlte mich noch immer schwach, doch wollte unbedingt duschen. Tatsächlich lagen im Bad Handtücher bereit, ebenso wie eine Zahnbürste, Zahnpasta und Shampoo. Nachdem ich geduscht hatte und mir aus meiner Tasche, die ich auf einem der Stühle fand, meine einzige Garnitur Wechselkleidung angezogen hatte, ließ ich mich ins Bett fallen und konnte endlich schlafen.

Ich wachte auf, weil mein Magen knurrte. Draußen dämmerte es schon wieder. Ich griff nach den Broten, die Serena mir mitgebracht hatte, doch ich hatte sie bereits alle aufgegessen. Und anscheinend war die Zauberin heute nicht da gewesen, um mir Nachschub zu bringen. Hatte ich ihr solch ein schlechtes Gewissen gemacht, dass sie sich nicht mehr her traute?

Ich wartete, hoffte, dass Serena doch noch kommen würde. Doch als die Dunkelheit der Nacht langsam wieder heller wurde, hielt ich es nicht mehr aus.

„Hallo?", rief ich mit meiner krächzenden Stimme. Wenige Sekunden später schwang die Tür auf. Ein grauhaariger Mann in schwarzem Anzug betrat das Zimmer. „Sie wünschen?"

Ich starrte ihn an.

„Mademoiselle?"

„Was haben Sie vor meiner Tür gemacht?"

Der Mann verbeugte sich knapp. „Verzeihen Sie meine Unhöflichkeit. Mein Name ist Jacques. Mir wurde aufgetragen, vor Ihrer Tür bereitzustehen. Für den Fall, dass Mademoiselle etwas benötigt. Kann ich Ihnen irgendwie behilflich sein?"

Ich kniff die Augen zusammen und betrachtete Jacques von oben bis unten. „Sind Sie eine Art ... Butler?"

„So könnte man es nennen, ja."

Ich sah ihn unschlüssig an und er blickte zurück.

„Könnte ich etwas zu Essen bekommen?", fragte ich schließlich.

„Selbstverständlich, Mademoiselle." Er verbeugte sich und verschwand.

Wenig später brachte mir eine junge Frau in Schürze und Haube wieder mehrere belegte Brote.

So zog Tag um Tag, Nacht um Nacht vorbei. Ich meldete mich bei Jacques, wenn ich Hunger hatte, duschte in unregelmäßigen Abständen, nahm mein Antibiotikum und döste ansonsten viel vor mich hin. Und fragte mich, was ich tun sollte, würde Lucian tatsächlich versuchen, mich zum Vampir zu machen. Und je besser es mir ging, desto nervöser wurde ich. Wartete Lucian nur darauf, dass meine Krankheit vorüber war? Ich heckte gemeinsam mit Sassa hundert verschiedene Fluchtpläne aus, doch verwarf sie allesamt wieder. Irgendwann begann ich vor Langeweile, die Kommode zu

durchwühlen und fand sie voller Bücher in allen möglichen Sprachen. Also las ich. Und wartete. Darauf, dass
endlich etwas passierte.

Eines Abends, als die Sonne bereits untergegangen
war, betrat Serena plötzlich mein Zimmer. Ich hatte sie
seit Tagen nicht gesehen und wusste nicht, ob ich mich
freuen oder über ihr langes Wegbleiben wütend sein
sollte.

Die Zauberin blieb an der Tür stehen. „Ich dachte, es
würde dich vielleicht interessieren, dass wir die
Morddämonen beschworen haben.“

Das Buch, das ich gerade gehalten hatte, fiel mir aus
der Hand. „Ihr habt was?“

„Camille und ich haben die Dämonen beschworen.
Mit Lucians Blut.“

„Wann?“

„Vor vier Tagen. Und dann noch mal gestern Abend.“
War der Bund bereits vernichtet? Bettina Frei tot?
Dann würde ich nie erfahren, was sie über Chris herausgefunden hatten, ich würde ... Ich hielt in meinen
Gedanken inne und ließ mir noch einmal durch den
Kopf gehen, was Serena gerade gesagt hatte. Sie hatten
die Beschwörung nur zwei Mal durchgeführt. Zwei
Morddämonen, die dank des Vampirbluts jeweils
höchstens sechs Aufträge erfüllen konnten, bevor sie
automatisch in ihre Welt zurückkehrten. Das war nicht
mal ansatzweise genug, um den Bund zu vernichten.

Anscheinend erriet Serena meine Gedanken. „Zwölf
führende Mitglieder des Bundes sind tot. Da es aber in
jedem europäischen Land eines von ihnen gibt, sind die
meisten noch am Leben.“

Ich schüttelte den Kopf. „Warum habt ihr dann nicht
gewartet und noch mehr Dämonen beschworen?“

„Weil es nichts gebracht hätte. Selbst, wenn wir wochenlang gewartet und alle Führungspersonen getötet hätten – es wären neue gefolgt. Der Bund hat einfach zu viele Mitglieder."

„Aber ..." Genau das war doch der Plan gewesen. Alle Führungsmitglieder mit Hilfe der Dämonen auszuschalten. Was hatte ich verpasst?

Jetzt kam Serena doch näher. „Wir hatten nie vor, den Bund durch Morddämonen zu vernichten, Amelie. Sondern ihn mit seinen eigenen Waffen zu schlagen. Zwei Zauberinnen haben Dämonen beschworen und sie durch diese angegriffen. Was meinst du, wie der Bund darauf reagieren wird?"

Ich sah in ihre sanften, grünen Augen. Und als mir klar wurde, was sie meinte, konnte ich es nicht fassen. „Ihr habt ihnen einen Grund gegeben, auch uns zu jagen", flüsterte ich. „Und Hexen." Denn der Bund kannte den Unterschied ja nicht einmal.

Serena nickte.

„Und bei so etwas machst du mit?", rief ich aufgebracht. „Wer weiß, wie viele von uns durch eure Schuld bereits tot sind? Ihr habt sie auf dem Gewissen! Verstehst du das nicht?"

„Du verstehst nicht, was der Bund schon seit Jahrhunderten anrichtet! Wie viele Vampire, von denen keinerlei Gefahr ausging, er getötet hat!"

„Ihr habt einen Krieg angezettelt."

„Einen Krieg, den wir gewinnen werden. An dessen Ende jedes übernatürliche Wesen dieser Welt sich sicher fühlen kann, Amelie."

Ich schüttelte den Kopf. „Ihr spielt dem Bund in die Hände", presste ich hervor.

„Nein, wir –"

„Ich will mit Lucian reden. Sofort." Auch er wurde manipuliert. In seinem blinden Wunsch, den Bund zu vernichten, erkannte er das nicht. Genau das machte ihn zu einem leichten Ziel!

„Das geht jetzt nicht." Serena blickte mich verwirrt an. „Lucian ist beschäftigt, er versammelt gerade Vampire und Zauberer, er –"

„Sofort, Serena!"

„Ich ... okay, ich versuche es." Mit einem letzten, seltsamen Blick in meine Richtung verließ sie das Zimmer.

KAPITEL 9

Ich starrte die Tür an. Lauschte auf Schritte auf dem Flur. Wie lange würde es dauern? Würde Serena es überhaupt schaffen, Lucian dazu zu bringen, herzukommen? Sie musste einfach.

„Was ist denn nun schon wieder?", gähnte Sassa.

„Gar nichts, schlaf weiter." Überhaupt hatte der Dämon, seitdem wir in diesem Zimmer festgehalten wurden, kaum etwas anderes getan.

„Hast du eigentlich eine Ahnung, wie anstrengend es war, dir diese eine komplette Nacht hinterher zu rennen, in der du bequemerweise als Anhalterin gefahren bist? Ich habe ja wohl ein Recht darauf, mich auch mal auszuruhen! Es dreht sich nicht immer alles nur um dich!" Sassas piepsige Stimme erreichte eine unerträglich hohe Oktave.

„Dann schlaf doch bitte einfach weiter."

„UND WIE SOLL ICH DAS MACHEN, WENN DU SO LAUT DENKST?"

„Okay, okay", beschwichtigte ich, weil jetzt wirklich keine Zeit für die Allüren des Dämons hatte. „Es tut mir leid. Ich werde ... versuchen, leiser zu denken, in Ordnung?"

„Pff, jetzt ist es ohnehin zu spät", meinte der Kleine und schloss kurz die Augen, nur um sie einen Moment später entsetzt aufzureißen. „Du hast *was*?"

„Hör zu, ich kann jetzt nicht mit dir diskutieren." Waren das Schritte, die ich gerade gehört hatte?

„Eben noch machst du dir fast in die Hose, weil der Vampir dich wahrscheinlich ebenfalls zum Blutsauger machen will, und jetzt lädst du ihn zu dir ein? Bei dir piept's ja, aber nicht zu knapp!"

„Sassa …", flehte ich.

In diesem Moment öffnete sich die Tür. Lucian schlenderte herein. Einen Moment lang wunderte ich mich, wieso er nicht, wie sonst auch, einfach neben mir auftauchte, da kamen mir Serenas Worte wieder in den Sinn. Sie hatten gestern Abend wieder Dämonen beschworen. Mit seinem Blut.

„Du hast nach mir verlangt?", fragte Lucian, mit eindeutig spöttischem Unterton, nachdem die Tür hinter ihm geschlossen worden war. Er blieb in ungewohnt großem Abstand zu mir stehen.

Trotzdem ließ seine seidig weiche Stimme mein Herz augenblicklich höher schlagen. Das, und die nachtblauen Augen, die dunkel auf mich herabblickten, die kaum merklich zusammen gepressten Lippen, an deren Geschmack ich mich noch allzu gut erinnern konnte, und sein Körper, wie so oft in eine schwarze Hose und ein gleichfarbiges Hemd gehüllt.

„Jetzt wird mir aber wirklich schlecht", keuchte Sassa.

„Ich muss dir etwas sagen!" Unwillkürlich straffte ich meine Schultern und hob den Kopf. Ich war zwar keine stolze Dämonenbeschwörerin mehr, aber zumindest immer noch eine mächtige Zauberin. Eine, die einfach vergessen würde, was sich auf der zweitägigen Reise zwischen Lucian und ihr abgespielt hatte. Eine, die ihn nichtsdestotrotz vor dem Bund warnen würde, da er, obwohl er seine Spielchen mit ihr getrieben hatte, es nicht verdient hatte, dem Bund in die Falle zu tappen. Ich würde über der ganzen Sache stehen.

„Ich höre." Lucians Gesicht gab keinen Aufschluss über sein Inneres.

„Diesen Krieg, den ihr angezettelt habt – das ist genau das, was der Bund will!"

Für einen Moment sah ich Überraschung in Lucians Augen. Er musterte mich lange, bevor er sagte: „Das ist mir bewusst."

„Was?"

Plötzlich wirkte der Vampir ungeduldig. „Ich sagte, dass mir natürlich bewusst ist, dass der Bund nur darauf gewartet hat, einen Krieg gegen alle übernatürlichen Geschöpfe zu beginnen. Und ich gebe ihnen, was sie wollen. In ihrer Überheblichkeit denken sie, sie hätten mich manipuliert und dazu gebracht, ihnen in die Hände zu spielen. Aber es ist umgekehrt. Ihre Selbstüberschätzung wird sie ihre Existenz kosten. Wenn sich Vampire und Zauberer vereinen, kann der Bund nicht gewinnen."

„Und was ist mit all den ahnungslosen Zauberern und Hexen, die jetzt gerade wegen eures Kriegs vom Bund niedergemetzelt werden?"

„Ahnungslos?" Lucian hob eine Augenbraue. „Da hast du wohl etwas falsch verstanden. Wir haben die gesamte übernatürliche Gesellschaft von unserem Plan in Kenntnis gesetzt, bevor wir mit seiner Durchführung begannen. Fast jeder weiß Bescheid. Zugegebenermaßen begrüßt nicht jeder meinen Plan, aber das ist nebensächlich. Sie alle wissen, dass sie auf der Hut sein müssen. Und sind gleichzeitig Zeuge davon, wie der Bund sein wahres Gesicht zeigt."

„Oh ...", war alles, was mir dazu einfiel. Erleichterung durchflutete mich. Nicht nur, weil Lucian den Bund anscheinend doch besser zu durchschauen schien als ich. Sondern auch, weil er doch kein skrupelloser Kriegstreiber war. Ja, er wollte den Bund vernichten. Aber nicht um den Preis von hilflos dahingemetzelten Zauberern und Hexen.

„Gehe ich recht in der Annahme, dass dieser Plan deine Zustimmung findet?"

Erst jetzt realisierte ich, dass ich unwillkürlich zu lächeln begonnen hatte, und räusperte mich. „Äh, ja.“

„Wie schön.“ Doch weder Lucians Stimme noch sein Gesicht zeigten auch nur einen Funken Freude. Seit er dieses Zimmer betreten hatte, strahlte er eine Distanz aus, die mir das Gefühl gab, ich hätte mir unsere Gespräche, unsere Berührungen und den Kuss nur eingebildet.

Lucian wandte sich zur Tür.

„Warte!“ Ich machte einen Schritt auf ihn zu. „Du musst mich gehen lassen!“

Langsam wandte der Vampir sich um und musterte mich von Kopf bis Fuß. „Muss ich das?“

Ich bemühte mich um einen festen, vernünftigen Tonfall. Wollte ihn nicht sehen lassen, wie sehr seine überhebliche Art mich verletzte. „Hör zu, ich weiß nicht, warum du mich hier festhältst. Aber ich muss jemanden finden. Dringend.“

„Christopher Margraf. Zauberer. Verschwand vor zwei Jahren spurlos. Wegen ihm hast du dich mit dem Bund eingelassen“, spulte Lucian herunter.

Hatte Serena ihm also alles erzählt. Oder vielleicht hatte er es auch schon vorher gewusst. Zuzutrauen wäre es ihm.

Ich nickte. „Bevor ihr den Bund vernichtet, muss ich herausfinden, ob sie wissen, was mit Chris geschehen ist.“

„Und wie genau gedenkst du, das zu tun?“ Er blickte mich ruhig an und plötzlich verstand ich. Ich konnte den Bund nicht mehr kontaktieren und ihm meine Dienste anbieten. Da draußen herrschte Krieg und ich gehörte aus Sicht des Bundes zu den Feinden. Mir wurde schwindelig. Die einzige richtige Spur von Chris, die ich jemals gehabt hatte, war nun endgültig verloren.

„Sag, ist dir schon einmal in den Sinn gekommen, dass der Bund gelogen haben könnte? Dass er gar keine Informationen bezüglich deines Freundes hat?"

Ich sah zu ihm hoch. Lucian war näher gekommen und auch seine Miene wirkte nicht mehr ganz so abweisend wie zuvor.

„Natürlich. Aber es war meine einzige Hoffnung."

„Naive, kleine Zauberin", flüsterte Lucian. „Wenn es wahr ist, dass der Bund das Schicksal deines Freundes in Erfahrung gebracht hat, wird es auch anderweitig möglich sein, an dieselben Informationen zu gelangen. Und wenn der Bund gelogen hat, hast du nichts verloren."

Wir blickten uns einen Moment lang in die Augen und ich spürte einen Funken Hoffnung in mir. Vielleicht hatte Lucian recht. Wenn der Bund herausgefunden hatte, was mit Chris passiert war, dann müsste es auch für mich zu schaffen sein. Irgendwie.

„Gestatte mir eine Frage", sagte Lucian plötzlich. „Wie kommt es, dass dich das Verschwinden irgendeines Freundes so sehr trifft, dass du sogar einen Pakt mit dem Bund eingehst, um sein Schicksal in Erfahrung zu bringen?"

Er machte eine kurze Pause. „Oder war er vielleicht doch mehr als nur ein Freund?"

Die Unterstellung ließ meine Wangen glühen. Warum, wusste ich selbst nicht. „Wieso willst du das wissen?"

„Reine Neugierde."

„Ich habe euch bereits damals im Zug erzählt, dass Chris und ich zusammen aufgewachsen sind. Er ist wie ein Bruder für mich. Deshalb muss ich ihn unbedingt finden."

„Ah." War das ein Lächeln? Doch im nächsten Moment war es bereits wieder verschwunden. „Und würdest dafür sogar morden."

Ich funkelte ihn an. Was bezweckte er damit? Ja, ich hatte vorgehabt, ihn zu töten. Und ich hatte weiß Gott ein schlechtes Gewissen deswegen gehabt. Während er sich einen Spaß daraus gemacht hatte, zuzusehen, wie ich mit meinem emotionalen Dilemma rang. „Tu doch nicht so, als wäre ich hier die Verräterin", sagte ich. „Du hast mich die ganze Zeit benutzt, nicht umgekehrt."

„Berichtige mich, wenn ich mich irre", sagte Lucian mit einer Schärfe in der Stimme, die mich unwillkürlich einen Schritt zurückweichen ließ. Seine Augen loderten. „Aber warst du nicht diejenige, die einen magischen Dolch gegen mich erhoben hat? Und doch habe ich deiner Meinung nach keinen Grund, mich verraten zu fühlen?"

„Aber du wusstest doch von meinem Auftrag!", rief ich. Die Wut und Enttäuschung in seinem Blick brachten mich gleichermaßen aus dem Konzept.

„Und trotzdem habe ich dir vertraut."

Ich zitterte am ganzen Körper. Zu viele Emotionen wirbelten durcheinander. Scham, weil ich tatsächlich vorgehabt hatte, Lucian zu töten. Wut, weil er die ganze Zeit mit mir gespielt hatte. Aber vor allem Angst, das zu glauben, was Lucian mit seinen Worten andeutete: Dass er eben doch nicht nur mit mir gespielt hatte.

Ich schüttelte den Kopf. Ich konnte es mir nicht leisten, ein zweites Mal auf ihn hereinzufallen. „Du bist doch nur sauer auf dich selbst, weil ich trotz deiner vorgeheuchelten Gefühle nicht die Seiten gewechselt habe. Und jetzt versuchst du es weiter? Willst du sehen, ob du es nicht doch noch schaffen kannst, mich zu deiner Marionette zu machen? Das ist grausam!" Mir war bewusst, dass meine Stimme von Wort zu Wort bitterer wurde und verriet, wie nah mir die ganze Sache ging. Doch es war mir plötzlich egal. Sollte er doch wissen, dass sich die dumme, kleine Zauberin tatsächlich in ihn verliebt hatte. Was machte das noch für einen Unterschied?

Lucian stand völlig reglos da. Blickte mich an, hörte mir zu. Auch, als ich geendet hatte, reagierte er nicht.

Ich wandte den Blick ab. Die Tränen in meinen Augen sollte er dann doch nicht sehen.

„Ist das wirklich, was du glaubst?"

Ich wünschte, er würde einfach gehen.

„Du glaubst, ich tat all das aus Berechnung? Alles?"

Ich starrte so lange in die dunkle Nacht jenseits des Fensters, bis meine Augen wieder trocken waren. Erst dann richtete ich den Blick wieder auf Lucian. Er war näher gekommen, zu nah. Zwar nicht nah genug, um seine Wärme spüren und seinen Geruch wahrnehmen zu können, doch nah genug, dass ich die Emotionen in seinen Augen sehen konnte. „Hör auf", presste ich hervor. „Bitte." Ich ertrug dieses Spiel nicht mehr.

„Amelie", sagte Lucian. Er trat einen Schritt auf mich zu, streckte die Hand nach mir aus, doch ich wich zurück. Unverrichteter Dinge ließ er seine Hand sinken.

Wir blickten uns in die Augen. Ich durchsuchte seine Miene nach einem Anhaltspunkt dafür, ob er es ernst meinte. Ich wünschte es mir so sehr. Aber ich wusste es einfach nicht. Waren die Gefühle in seinen Augen echt? Ich meinte sogar, etwas wie Furcht in ihnen zu sehen.

„Es ist wahr, dass ich von Anfang an wusste, dass du vom Bund geschickt wurdest." Er versuchte nun nicht mehr, näher zu kommen. Stand nur da, hielt mich mit seinem Blick fest, und sprach. „Als wir uns das erste Mal begegneten, wecktest du mein Interesse, weshalb ich beschloss, dich für eine gewisse Zeit in meiner Nähe zu behalten. Auch das ist wahr."

„Du wolltest mich als deinen Zeitvertreib", berichtigte ich, weil es dieses von Serena gewählte Wort war, das mich besonders verletzte.

Lucian neigte den Kopf. „Wenn du es so nennen möchtest", bestätigte er. „Doch indem du dieses Wort wählst, verkennst du vollkommen, was dahinter steckte."

„Und das wäre?"

„Ehrliches Interesse. Und du darfst mir getrost Glauben schenken, wenn ich dir sage, dass dieses seit einer langen Zeit niemand mehr bei mir geweckt hat."

Doch so leicht war ich nicht mehr um den Finger zu wickeln. „Seit Marcelle, meinst du?"

Lucian lächelte. Es wirkte ehrlich belustigt. „Mir scheint, ich hätte Serena nicht erlauben sollen, so viel Zeit mit dir zu verbringen."

Ich antwortete nicht.

Lucian seufzte, bevor er fortfuhr. „Ja und nein. Marcelle erregte ebenfalls mein Interesse, das ist wahr. Und doch war es ein gänzlich anderes Gefühl, als das, welches du in mir wecktest." Sein Blick wurde sanft.

Ich vergaß zu atmen.

„Ich tat so, als wüsste ich nicht von deinem Plan. Aber abgesehen davon habe ich dir nichts vorgespielt. Mein Interesse ..." Er machte einen kleinen Schritt auf mich zu und diesmal wich ich nicht zurück. „... meine Zuneigung ..." Noch einen Schritt. „... ist echt. Und ich weiß, dass dir das in deinem Inneren bewusst ist."

Er stand jetzt so nah, dass ich nur die Hand ausstrecken müsste, um ihn zu berühren. Ich schloss die Augen, horchte in mich hinein und fand zu meinem Erstaunen, dass sich meine Unsicherheit aufgelöst hatte. Was Lucian sagte, stimmte. Tief in mir drin hatte ich gewusst, dass seine Gefühle nicht gespielt gewesen waren.

„Gleichwohl gebe ich zu, dass es ... nun ja, nicht die beste Idee war, dich bis hierher mitzunehmen und zu testen, ob du deinen Auftrag verwerfen würdest oder nicht."

„Du hättest mir die Wahrheit sagen sollen", sagte ich und blickte ihm in die Augen. „Wir hätten einen neuen Plan machen können, einen, bei dem ich die Informationen über Chris bekomme und du trotzdem den Bund vernichten kannst."

„Verzeih mir."

Ich streckte die Hand aus und strich über die perfekte, elfenbeinfarbene Wange. „Wenn du mir verzeihst."

Er blickte mich einen Moment lang mit seinen dunklen Augen an, dann zog er mich an sich. Während seine Hand in meinem Rücken unsere Körper aneinanderpresste, küsste er mich. Nicht so zart und vorsichtig wie beim letzten Mal, sondern stürmisch, leidenschaftlich. Ich klammerte mich an seine Schultern, weil ich das Gefühl hatte, meine Beine würden gleich nachgeben. Seine andere Hand legte sich in meinen Nacken. Mir entwich ein Seufzen, als Lucian den Kuss unterbrach und seine Lippen stattdessen begannen, die Haut meines Halses zu liebkosen.

„Lass mich dir etwas zeigen", wisperte seine Stimme an meinem Ohr.

Ich wusste genau, was er wollte, und nickte atemlos.

Er küsste mich abermals, kurz und intensiv, bevor seine Lippen endgültig von meinem Mund zu meinem Hals wanderten. Kurz durchzuckte mich Furcht, doch Lucian strich mir beruhigend übers Haar. Dann biss er mich.

Meine Hände krallten sich in sein Hemd. Doch da war der kurze, scharfe Schmerz bereits vorüber. Stattdessen ging ein wohliges Schaudern durch meinen Körper. Ich erzitterte in Lucians Griff, als ich seine Nähe plötzlich um ein Vielfaches intensiver spürte als zuvor. Seine Lippen an meinem Hals, seine Finger, die über meinen Nacken strichen. Sein Körper, der sich an meinen presste. Seine Wärme, sein Geruch. Es war, als würden unsere Körper und unsere Seelen verschmelzen. Ein Seufzen verließ meine Lippen, als ich mich an ihn drückte. Ich wollte mehr, mehr von diesem Gefühl. Doch da lösten sich Lucians Lippen bereits von meinem Hals und wurden durch seine Zunge ersetzt.

Das atemberaubende Gefühl, das mich bis eben durchflutet hatte, ebbte ab, doch ließ überraschenderweise keine Leere zurück, sondern eine tiefe Zufriedenheit. Ich öffnete die Augen, was ein Fehler war. Schwindel erfasste mich und ich klammerte mich noch enger an Lucian.

„Ich …", begann ich, weil plötzlich ein beunruhigender Gedanke durch mein erschöpftes Gehirn schoss.

„Scht", machte Lucians Stimme an meinem Ohr. Sein Atem streifte meine Haut. „Ruhe dich etwas aus."

Ich wurde hochgehoben. Durch meine halbgeschlossenen Augen sah ich, wie Lucian mich sanft aufs Bett legte.

„Ich will nicht zum Vampir werden!", schaffte ich es endlich, meine plötzliche Furcht zu verbalisieren.

Lucian lachte nur leise. „Ich habe bereits ein stures und eigensinniges Geschöpf. Noch eins und ich kann mir gleich selbst einen Pflock durchs Herz stoßen."

Und wieder verschloss er meine Lippen mit seinen. Doch noch währenddessen fielen mir vor Erschöpfung die Augen zu.

Als ich erwachte, fühlte ich mich so gut wie selten in meinem Leben. Ausgeruht und mit einem wohligen Gefühl in meinem gesamten Körper. Mit einem zufriedenen Lächeln streckte ich mich.

„Oh mann", stöhnte Sassa.

Ich blinzelte zu meinem Fußende, wo der Dämon wie so oft zusammengerollt lag. „Was?"

„Du. Er", sagte er ganz langsam, als wäre ich schwer von begriff. Dann sprang er auf, umarmte ein Kissen und machte Kussgeräusche.

Ich verdrehte die Augen und stieg aus dem Bett.

„Bäh, kann ich dazu übrigens nur sagen!"

Auf dem Weg zum Badezimmer fiel mein Blick auf meine Tasche, die ja leider keine frischen Kleidungsstücke mehr enthielt, dafür aber etwas anderes: Das Vampirbuch. Überdeutlich erinnerte ich mich an die Überschrift des siebten und letzten Kapitels: *Können Vampire lieben?*

Ich starrte einen Moment lang auf die Tasche, dann wandte ich mich entschlossen ab und ging ins Bad. Ich brauchte kein dämliches Buch, um das zu wissen. Ich vertraute Lucian.

Nachdem ich geduscht hatte und nur im Handtuch vor dem Badezimmerspiegel stand, fiel mein Blick auf die beiden kleinen, leicht geröteten Bisswunden an meinem Hals. Ich wusste nicht, wie lange ich dastand und sie anstarrte. Lucian hatte mich gebissen. Doch so einfach war es nicht. Er hatte mich um Erlaubnis gebeten und ich hatte sie ihm gewährt. Weil ich es gewollt hatte. Hitze stieg mir ins Gesicht, als ich mich an die Gefühle erinnerte, die Lucians Biss bei mir ausgelöst hatte. Gleichzeitig schämte ich mich, denn ich wusste noch genau, wie ich Serena dafür verurteilt hatte. Ich hatte nicht verstehen können, wie irgendjemand einen Vampir von seinem Blut trinken lassen konnte. Und doch hatte ich es getan, vollkommen freiwillig. Und, wenn ich ehrlich war, sehnte sich mein Körper bereits nach dem nächsten Mal. Doch wollte *ich* das? Wollte ich wirklich *so jemand* sein? Ich wusste es nicht.

Ich zog mich an und verließ das Badezimmer. Sassa lag auf dem Boden auf dem Bauch, ein Buch vor sich aufgeschlagen.

„Was tust du da?", fragte ich argwöhnisch.

„Das, was du vorhin gern getan hättest, dir aber selbst nicht erlaubt hast. Weil du dem Vampir ja ach-so-vertraust. Was ich übrigens nicht tue."

Ich stürzte zu dem Dämon und riss ihm das Buch unter der Nase weg. Dann klappte ich den alten Wälzer zu und verstaute ihn wieder in meiner Tasche.

„Du kommst zu spät", eröffnete mir Sassa mit unheilverkündender Stimme. „Ich hab alles gelesen. Das gesamte siebte Kapitel – und außerdem eins und zwei, weil mir so langweilig war, aber das tut jetzt nichts zur Sache." Er sah mich mit einem selbstzufriedenen Grinsen an. „Ich weiß nun, ob Vampire lieben können oder nicht. Willst du es wissen?"

„Nein!"

„Lüg mich nicht immer an!"

Ich versuchte, den Dämon zu ignorieren, doch er plapperte einfach weiter: „Da stand ..."

Ich presste mir die Hände auf die Ohren.

„Dass Vampire von ihrer menschlichen Fähigkeit zu lieben nichts eingebüßt haben!", schrie der Dämon mich an.

Ich senkte resigniert die Hände. „War's das?", fragte ich ungerührt.

„Äh ... ja."

„Gut."

Sassa starrte mich unsicher an. „Willst du gar nichts dazu sagen? Ich höre dich nicht mal darüber nachdenken."

Angesichts seiner verstörten Miene konnte ich nicht anders. Ich musste lächeln. „Weil ich das schon wusste, kleiner Dummkopf."

Sassa zog eine Schnute. „Schön. Wir wissen nun, dass Vampire lieben können. Aber deshalb ist trotzdem nicht alles so einfach, wie du es gern hinstellen willst."

Ich verdrehte die Augen und ließ den Dämon stehen. Ging zur Kommode, wo ich so tat, als würde ich mir ein neues Buch aussuchen.

Doch Sassa hüpfte mir hinterher. „Ja, ich habe deine Gedanken gehört, vorhin im Badezimmer: *Ich liebe ihn, ja, aber will ich wirklich sein Mitternachtssnack sein?"*, äffte er mich mit einer Stimme nach, die nicht einmal entfernt an meine eigene erinnerte.

Ich überlegte, ob ich mich auf dieses Gespräch einlassen oder den Dämon einfach ignorieren sollte. Es war zweifelsohne ein Thema, das mich belastete. Vor allem, weil ich so viele Dinge nicht wusste. Könnten Lucian und ich auch zusammen sein, ohne dass ich ihn von mir trinken ließ? Von wem würde er dann aber trinken, wenn ich ihm mein Blut verweigerte? Fühlte es sich für ihn währenddessen ebenso gut an wie für mich? Und würde er diese Gefühle dann mit einer anderen Person teilen?

„Lass dir gesagt sein, dass du mir jederzeit jede erdenkliche Frage stellen kannst, die dir auf der Seele lastet."

Ich sprang auf und blickte wild um mich. „Was war das?" Hatte ich geträumt? War ich eingenickt? Wie sonst konnte ich auf einmal Lucians Stimme hören, ohne, dass dieser im Zimmer war?

„Du hast nicht geträumt! Ich hab ihn auch gehört!", rief Sassa aufgeregt.

„Du hast ihn auch gehört?"

„Durch deine Gedanken! Er ist in deinem Kopf!" Geschockt sahen Sassas Augen zu mir hoch.

Ich starrte den Dämon an und plötzlich spürte ich es. Sassa hatte recht. Ich fühlte eine vertraute Präsenz in meinem Geist. Lucian.

„Verzeih, ich hatte nicht damit gerechnet, dass dich meine Stimme dermaßen erschrecken würde." Klang er … beleidigt?

„Sie ist in meinem Kopf!", rief ich aufgebracht. „Da würde mich jede Stimme erschrecken!"

„Ich entschuldige mich vielmals."

„Schon gut", krächzte ich. Eigentlich fühlte sich Lucians Präsenz in meinem Geist gar nicht so schlecht an.

Trotzdem verstand ich es nicht. Zwar hatte ich das Vampirbuch nicht komplett gelesen, aber zumindest die wichtigsten Abschnitte – hatte ich zumindest gedacht. Doch da hatte nirgends gestanden, dass Vampire mit gewöhnlichen Menschen telepathischen Kontakt aufnehmen konnten. Mit ihren Geschöpfen, sicher, aber ich war schließlich kein Vampir! Oder? Einen verrückten Moment lang konnte ich meinen eigenen Herzschlag nicht spüren.

„Dreh jetzt nicht durch!" Sassa sprang mir mitten ins Gesicht.

„Lass das!", schrie ich und schleuderte den Dämon von mir.

„Sei unbesorgt. Ich sagte dir doch bereits, dass mir im Moment nicht der Sinn nach einem zweiten Geschöpf steht."

Ich schluckte. „Ich meinte nicht … ich war nur so erschrocken."

„Das habe ich mittlerweile zur Kenntnis genommen."
Ich wusste nicht, wie es möglich war, doch ich spürte Lucian lächeln.

„Tatsächlich handelt es sich bei dieser Kommunikationsform um ein eher seltenes Phänomen. Dazu braucht es zuerst einmal einen sehr mächtigen Vampir und weiterhin einen Menschen, mit dem besagter Vampir ein enges, emotionales Band aufgebaut hat."
Ich ignorierte Sassa, der Würgegeräusche von sich gab. Denn in mir selbst breitete sich bei Lucians Worten wohlige Wärme aus. „Das ist ziemlich praktisch", lächelte ich.

„Praktisch?", schrie Sassa. „Liebe macht echt blind. Und dämlich! Ein Vampir kann deine Gedanken lesen und du nennst das praktisch!"

„Das ist es. Doch wie dir vielleicht schon aufgefallen ist, zehrt es auch an unseren Kräften. Deshalb sollten wir diese Kommunikationsform nicht überstrapa-

zieren. Allerdings wollte ich dich noch wissen lassen, dass ich gedenke, dich später in deinem Zimmer abzuholen, um dir mein Anwesen zu zeigen. Schließlich bist du mitnichten eine Gefangene."

Endlich aus diesem Raum raus! Und ... hörte sich das nicht ganz nach einem Date an?

Wieder dieses leise Lachen, das mir einen wohligen Schauer über den Rücken jagte. Dann war Lucians Präsenz plötzlich aus meinem Geist verschwunden. Ich war wieder allein.

„Nur so eine verliebt-doofe Hexe wie du kann darüber traurig sein, dass ein Vampir aus ihrem Kopf verschwunden ist!", zeterte Sassa weiter.

„Soll das jetzt ewig so weitergehen mit deinen Kommentaren über Lucian und mich?", fragte ich. Wobei ... jetzt, wo ich keine Gefangene mehr war, könnte ich auch Serena bitten, mir ihre Utensilien für Sassas Rücksendung zu geben. Ich blickte den Kleinen an, doch der ließ zu meiner Überraschung die Öhrchen hängen.

„So war das doch nicht gemeint", flüsterte er.

„Was? Sag nicht, du willst gar nicht mehr so dringend zurück?"

Doch bevor der Dämon mir antworten konnte, öffnete sich plötzlich meine Zimmertür und Serena kam herein.

„Frag sie nicht!", bettelte Sassa. „Lass uns zuerst in Ruhe darüber sprechen!"

Ich werde dich schon nicht gegen deinen Willen zurückschicken. Was dachte der Dämon denn von mir? Andererseits ... ewig hier behalten konnte ich ihn schließlich auch nicht. Oder etwa doch?

„Amelie", sagte Serena in diesem Moment.

Ich runzelte die Stirn. Sie stand noch immer an der Tür, ihr nervöser Blick huschte kurz zu mir, dann sah sie zu Boden.

„Stimmt etwas nicht?", fragte ich.

„Das wollte ich eigentlich von dir wissen." Noch immer sah sie mir nicht in die Augen.

Mit einem unguten Gefühl ging ich auf sie zu. „Was ist denn los?"

„Stimmt es ... ich meine ..." Endlich begegnete sie meinem Blick. „Dass Lucian dich gebissen hat?"

Jetzt war ich diejenige, die den Blick abwandte. „Wie kommst du darauf?"

„Marcelle hat es vermutet."

Na toll. Würde das jetzt immer so sein? Marcelle wusste alles, was ich mit Lucian tat, und tratschte es auch noch direkt weiter?

„Stimmt es?", drängte die Zauberin.

Ich nickte.

„Oh, das freut mich ja so für euch!" Bevor ich reagieren konnte, fand ich mich in einer stürmischen Umarmung wieder. „Oh, Amelie, ist es nicht einfach das tollste Gefühl der Welt?" Sie schob mich eine Armeslänge von sich und strahlte mich an.

„Äh, ja, nicht übel." Erwartete sie ernsthaft, dass ich mich jetzt mit ihr über die Details austauschte? Gerade mit ihr, meiner ... *Vorgängerin*? Ich brachte etwas Abstand zwischen uns. „Sag mal ...", begann ich betont beiläufig. „Trinkt Lucian eigentlich immer noch von dir?" Doch anscheinend verriet mich mein Gesichtsausdruck.

Serena hob abwehrend beide Hände. „Nein, wirklich nicht!", beeilte sie sich zu sagen. „Nicht mehr seit der Kutschfahrt. Obwohl es nicht einfach für ihn war, sich drei Mal nach dem enormen Blutverlust zu erholen, hat er mich nicht angerührt."

Ich nickte, einigermaßen beruhigt.

„Aber, Amelie, das war ja sowieso ganz was anderes."

„Inwiefern?"

„Bei uns waren keine Gefühle im Spiel. Für Lucian war es einfach Trinken und für mich ... na ja, es tat eben weh. Es war wirklich nichts von Bedeutung. Eben eine zweckmäßige Vereinbarung, wie sie viele Vampire eingehen."

„So etwas gibt es oft?"

„Klar, irgendwie müssen Vampire ja an ihr Blut kommen. Oft suchen sie sich Personen ohne Besitz, die bereit sind, sie regelmäßig trinken zu lassen, wenn sie dafür in einem schönen Haus wohnen können und versorgt sind."

„Verstehe." Aber eigentlich widerte es mich an. Ob Lucian in seinem Leben ebenfalls oft solche Arrangements getroffen hatte? Außer mit Serena, natürlich.

Ein donnerndes Geräusch unterbrach meine Gedanken. Es klang, als versuche jemand, das gesamte Haus in die Luft zu sprengen. Der Boden und die Wände erzitterten. Dann war alles still.

„Oh Gott!", stöhnte Serena und sprang auf.

„Was ..."

„Der Bund!", schrie sie und hastete zur Tür.

Einen Moment lang war ich starr vor Schreck. Die Tür fiel hinter Serena krachend ins Schloss. Lucian!

Ich wollte der Zauberin hinterher stürzen, doch in diesem Moment zerbarst das Fenster. Scherben rieselten auf das Parkett. Ich fuhr herum. Zwei Männer schwangen sich in mein Zimmer. Sie trugen schwarzgrüne Uniformen und Waffen am Gürtel.

„Du bist also diese Hexe?", fragte der eine.

Mein Herzschlag, der sich beim Anblick der Eindringlinge verdoppelt hatte, beruhigte sich wieder. Die beiden sahen nicht allzu gefährlich aus. Nicht mal ihre Waffen hatten sie auf mich gerichtet.

„*Vampirhure* passt besser", sagte der andere Mann grinsend.

Ich spielte mit dem Gedanken, mir die Zeit zu nehmen, ihnen eine besonders unangenehme Illusion aufzuzwingen. Ich könnte die beiden sich selbst für Tiere halten lassen. So etwas hatte ich noch nie ausprobiert. Schweine zum Beispiel. Oder Würmer. Aber ich hatte keine Zeit. Was, wenn Lucian in Gefahr war?

In diesem Moment schoss Sassa vor und verbiss sich in den Oberschenkel des Mannes, der mich *Vampirhure* genannt hatte. Das Bundmitglied taumelte schreiend rückwärts. Sein Partner zog seine Waffe, doch wusste offensichtlich nicht, worauf er zielen sollte.

Ich nutzte die Chance griff nach der Klinke. Da schwang die Tür auf und mir beinahe ins Gesicht. Zwei weitere Gestalten in Schwarz-Grün standen vor mir, diesmal allerdings die weiblichen Versionen.

„Hände hoch", befahl eine von ihnen kühl.

Ich fluchte und gehorchte.

„Was macht ihr da", wollte die andere von den beiden Männern wissen.

Ich drehte mich nach Sassa um, der unschuldig neben den beiden Bundmitgliedern saß.

„Etwas hat mich gebissen", presste der eine hervor und hielt sich seinen blutenden Oberschenkel.

„Wahrscheinlich irgendein Trick der Hexe." Die Frau, die mich mit der Waffe bedrohte, seufzte. „Wir sollten verschwinden. Wenn der Vampir kommt, um nach ihr zu sehen, sind wir erledigt."

„Aua!" protestierte ich, als mir die Frau ihre Waffe in den Bauch presste.

„Umdrehen", sagte sie.

„Tu etwas!", schrie Sassa.

Ja doch. Aber noch während ich die Worte dachte, legte sich mir plötzlich ein Lappen aufs Gesicht. Eine Hand drückte ihn mir auf Mund und Nase. Ich wollte ihn herunterreißen, doch jemand hielt meine Arme. Mit jedem Atemzug nahm ich den beißenden Geruch auf. Ich linste an dem Stoff vorbei, um wenigstens dem Mann vor mir eine Illusion aufzuzwingen. Ich sah noch, wie er seine Waffe gegen den Partner richtete. Dann verschwamm meine Sicht und alles wurde schwarz.

KAPITEL 10

Mir war schlecht. Ich wollte nicht aufwachen, weil ich mir sicher war, dass ich schreckliche Kopfschmerzen haben würde. Woher mein halb schlafender Verstand das wusste, war mir ein Rätsel. Ich stöhnte vor Übelkeit und drehte mich auf die Seite. Mir taten sämtliche Knochen weh.

„Bist du wach?", fragte eine piepsige Stimme an meinem Ohr.

Ich schlug nach der Stimme und traf irgendetwas. Das Kreischen, das daraufhin ertönte, löste schließlich den erwarteten Kopfschmerz aus.

„Ruhe", stöhnte ich. Ich wollte weiterschlafen. Die Übelkeit und die Schmerzen vergessen. Und diesen Traum vergessen. Ich war mir sicher, noch nie etwas vergleichbar Dämliches geträumt zu haben. Da war ein Vampir gewesen, den ich eigentlich töten wollte. Aber dann hatte er mich geküsst und von meinem Blut getrunken. Ich lächelte bei der Erinnerung.

„Ach? Ist in dem Traum auch ein Dämon vorgekommen?", fragte die piepsige Stimme, die es sich erneut an meinem Ohr bequem gemacht hatte.

„Sei doch leise, verdammt." Aber die Stimme hatte recht. Da war tatsächlich ein Dämon gewesen. Ich erinnerte mich dunkel an braunes Fell und eine extrem nervige Persönlichkeit.

„Das ist ja wohl die Höhe!", schrie die Stimme.

Ich stöhnte vor Schmerzen. Dann war da plötzlich etwas auf meinem Gesicht. Fellgeruch stieg mir in die Nase und Haare drangen in meinen Mund, als ich ihn öffnete um zu protestieren.

„Du undankbare Hexe! Das hast du extra gemacht, hab ich recht? Du weißt, dass das kein Traum war, oder?"

Das haarige Etwas verschwand von meinem Gesicht und ich öffnete misstrauisch die Augen. „Bitte nicht", stöhnte ich und rollte mich auf die andere Seite. Ich erinnerte mich. Lucian, Serena, Marcelle, Sassa. So schlecht war die Realität gar nicht. Und wollte Lucian mich nicht bald zu unserem Date abholen? Ich lächelte selig. Aber nein. Mein Lächeln erstarb. Das ging nicht. Ich war krank. Warum sollte ich mich sonst so elend fühlen? Zwar wusste ich, dass meine Lungenentzündung so gut wie vorüber gewesen war, aber ich musste einen Rückschlag erlitten haben.

„Dein Gehirn hat einen Rückschlag erlitten!", keifte der Dämon an meinem Ohr.

Ich fuhr hoch. „Siehst du nicht, dass ich krank –" Ich stockte mitten im Satz, als ich das erste Mal meine Umgebung in mir aufnahm. „Wo sind wir?" Das Zimmer, in dem ich mich befand, glich einem Kellerraum. Die Wände wiesen eine graue Färbung auf und es gab keine Möbel. Nur die harte Holzpritsche, auf der ich lag. Dann war da noch eine Tür und ein großes Fenster, das vom Boden bis an die Decke reichte und die ganze hintere Wand einnahm. Es war von außen mit einer Art Rollladen in der Farbe von Beton verdeckt, so dass ich nicht hinaussehen konnte. Lediglich eine nackte Glühbirne spendete etwas Licht. Was war passiert? Ich versuchte, meine Gedanken zu ordnen, doch in meinem Kopf herrschte Chaos.

„Du bist entführt worden", erklärte Sassa. „Von diesen Bundmitgliedern. Die hatten Waffen! Es war so schrecklich!"

Entführt. Ja, die eine Frau hatte mir einen beißend riechenden Lappen aufs Gesicht gepresst. Damit musste sie mich betäubt haben. Trotz meiner schmerzhaft pochenden Stirn stand ich auf, trat an eine der Türen heran und schrie: „Lasst mich hier raus!"

„Ja, super Idee, bestimmt hören sie auf dich", kommentierte Sassa. „Krieg dich wieder ein. Ich wollte gerade erzählen, wie ..."

„Hallo!", schrie ich, diesmal noch lauter. „Was wollt ihr von mir?"

„JETZT KOMM MAL WIEDER RUNTER!", brüllte Sassa in meinem Kopf. Keuchend vor Schmerzen taumelte ich von der Tür zurück und ließ mich auf die Pritsche sinken.

„Gut", sagte Sassa zufrieden und setzte sich neben mich. „Jetzt hör endlich zu: Es war so schrecklich! Als sie dich betäubt hatten, bin ich natürlich hinterher und sie haben dich in so eine Maschine gesteckt." Der Kleine schüttelte sich, doch ich bekam es nur aus den Augenwinkeln mit. „Die ist geflogen, die Maschine. Mit so komischen Dingern, die sich auf dem Dach gedreht haben. Teufelszeug!"

Zum ersten Mal in Sassas Monolog wurde ich hellhörig. „Ein Hubschrauber? Sie haben uns mit einem Hubschrauber hierher gebracht?"

„Wenn ihr das so nennt."

„Wo sind wir? Weißt du, ob wir noch in Frankreich sind?"

„Mann, woher soll ich das wissen?"
Ich seufzte.

„Ist doch auch egal, wo wir sind. Wir wollen hier nicht sein. Also tu etwas!"

„Ich war gerade dabei, als du mich halb ohnmächtig geschrien hast", wies ich den Kleinen zurecht.

„Du sollst ja auch nicht blöd hier rumkrakeelen, sondern was Konstruktives tun. Nimm mit dem Vampir Kontakt auf!"

Ich starrte den Dämon an. Telepathischer Kontakt. Das, was Lucian getan hatte, kurz bevor ich entführt worden war. Natürlich!

„Versuch es!", drängte Sassa.

Es war wirklich keine schlechte Idee. Nur: Was sollte ich Lucian sagen, wenn ich es tatsächlich schaffte, Kontakt mit ihm aufzunehmen? *Ich bin in einem grauen Raum gefangen?* Nein, zuerst musste ich mehr Informationen über meinen Aufenthaltsort sammeln. „Jetzt denk noch mal genau nach", sagte ich eindringlich zu Sassa. „Wie lange sind wir geflogen? Hast du aus dem Fenster gesehen?"

In diesem Moment hörte ich plötzlich Schritte, die sich meiner Tür näherten.

Ich vergaß die Übelkeit und die Kopfschmerzen und sprang auf. Adrenalin pumpte durch meinen Körper. Wer auch immer die Person da draußen war, sie sollte nur hereinkommen. Ich war bereit. Schon konzentrierte ich meine Fähigkeiten.

Die Tür schwang knarrend auf.

Als ich das wohlbekannte Gesicht sah, taumelte ich zurück. Meine zitternden Beine drohten, unter mir nachzugeben. Ich streckte tastend die Hand aus, um mich an der Wand abzustützen.

Erst dann wagte ich, den Blick wieder auf die Person im Türrahmen zu richten. Sie trug das hässliche grün-lila-karierte T-Shirt, das ich so gut an ihm kannte.

„Chris", formten meine Lippen ohne mein Zutun. Mehr brachte ich nicht heraus, starrte ihn nur an. Das sandfarbene Haar war etwas länger als vor zwei Jahren, so dass es ihm ins Gesicht fiel. Und auch seine Augen hatten sich verändert. Sie wiesen zwar noch dieselbe hellbraune Farbe auf, doch jegliche Wärme war daraus verschwunden. Sein Grinsen war nicht mehr verschmitzt und fröhlich, sondern arrogant.

„Amelie", sagte Chris, trat ein und schloss die Tür hinter sich. „Das ist ja wirklich ein Treffen unter sehr bizarren Umständen."

Ich antwortete nicht. Mein Verstand war damit beschäftigt, sich einen Reim auf die Geschehnisse zu machen. Chris war hier. Doch etwas sagte mir, dass er das nicht war, weil der Bund ihn für mich aufgespürt und hergebracht hatte. Abgesehen davon gab es nur noch eine einzige andere Möglichkeit, die mir einfiel: „Warst du ... die ganze Zeit hier?"

„Natürlich war ich hier, Amelie."

„Die ganzen zwei Jahre?"

„Die ganzen zwei Jahre."

Ich starrte ihn an. Betrachtete das fremde Abbild dessen, was früher das vertrauteste Gesicht der Welt für mich gewesen war. Ich war versucht, mich gegen die Wahrheit zu wehren. Einen tieferen Sinn in Chris' Tun zu sehen. Vielleicht war das hier nur gespielt. Vielleicht würde sich bald alles aufklären. Doch dann fielen mir die beiden Bücher ein, die sich immer noch in meiner Tasche auf Lucians Anwesen befanden. Das Vampirbuch, aber vor allem das Buch über Dämonenbeschwörungen. Und die anderen Titel über dunkle Magie, die zwischen den ganz normalen Büchern in Chris' Regal gestanden hatten.

„Nein", presste ich trotzdem hervor. „Das glaube ich nicht. Du würdest dich niemals diesen Rassisten und Mördern anschließen!"

„Tja." Chris zuckte unbeeindruckt mit den Achseln. „Vielleicht kennst du mich einfach nicht so gut, wie du immer dachtest."

„Nein", flüsterte ich. „Nein."

„Doch, Amelie."

Ich sah die Kälte in seinen Augen. Die Selbstverständlichkeit, mit der er vor mir stand, als gäbe es nichts, wofür er sich schämen müsste. Das war nicht mehr der

Chris, den ich kannte. Ich schüttelte den Kopf, versuchte, die Tränen, die gefährlich nah an der Oberfläche lauerten, zurückzuhalten. Was war mit meinem Chris geschehen? Ich dachte an seinen unumstößlichen Optimismus, den er in jeder Lebenssituation an den Tag gelegt hatte, auch, wenn es oft schwer gewesen war. An sein Mitgefühl gegenüber anderen und seinen Beschützerinstinkt mir gegenüber. „Was ist passiert?"

„Wie bitte?"

„Du hast mich schon verstanden."

Chris blickte mich gelangweilt an. „Mir ist einfach klar geworden, dass ich lieber Vampire jagen möchte, anstatt Zaubererzirkel zu gründen. Das ist alles."

Wieder so ein Seitenhieb, der zweifelsohne keinen anderen Zweck erfüllte, als mich zu verletzen.

Doch ich ließ den Schmerz und die Wut nicht an mich heran. Ich blieb äußerlich ruhig. Der Chris, den ich kannte, war noch irgendwo da drin. Und ich würde alles tun, um ihn zu erreichen. „Dir ist doch klar, dass du für den Bund nur eine Marionette bist, oder? Du bist ein Zauberer, Chris. Früher oder später werden sie dich loswerden wollen."

Er ließ sich von meinen Worten nicht beeindrucken. „Vielleicht. Aber bis jetzt waren meine Fähigkeiten von großem Nutzen für sie. Und ich, für meinen Teil, brauche ihre Anerkennung nicht. Ich weiß sehr genau, wie sie zu mir stehen und es ging mir nie darum, dazuzugehören. Sondern darum, was ich als Bundmitglied erreichen könnte."

„Wie meinst du das?"

„Fragst du dich denn nicht, wieso ich ausgerechnet vor zwei Jahren gegangen bin? Wieso nicht früher oder später?"

„Irgendetwas ist vor zwei Jahren passiert", flüsterte ich nachdenklich. Natürlich musste es einen Auslöser gegeben haben. Aber plötzlich war es mir egal. Je länger ich diesen Chris, den ich nicht kannte, anstarrte und seinen Worten lauschte, desto größer wurden meine Zweifel, ob ich tatsächlich würde zu ihm durchdringen können. Was hatte ich verpasst? Oder hatte er vielleicht schon immer diese kalte, unberechenbare Seite an sich gehabt und ich hatte es all die Jahre nur nicht sehen wollen? Die Tränen wurden immer hartnäckiger. Schon spürte ich, wie meine Augen zu schwimmen begannen. Ich zog die Nase hoch und blinzelte ein paar Mal, um die Feuchtigkeit zu vertreiben.

„Du hast recht, etwas ist vor zwei Jahren passiert. Ich habe die Wahrheit herausgefunden."

„Die Wahrheit?"

„Über unsere Eltern. Über ihren Tod."

Gänsehaut breitete sich kribbelnd über meinen ganzen Körper aus. „Es war ein Unfall, Chris. Ein ganz normaler Autounfall." Doch meine Stimme zitterte.

„Das war es eben nicht, Amelie. An jenem Abend, als sie gemeinsam zum Essen aus waren, wurden sie nicht tot aus einem Autowrack geborgen. Sie wurden in einer Seitengasse gefunden. Blutleer und mit Bissspuren am Hals. Niemand – weder die Babysitterin, noch später die Heimleiterin – brachte es über sich, uns die Wahrheit zu sagen. Die Wahrheit, die in ihren Augen war, dass unsere Eltern einer Gruppe Satanisten oder unter Drogen stehender Jugendlicher zum Opfer gefallen waren."

Meine Kehle war auf einmal schrecklich trocken. „Blutleer?"

„Und Bisswunden, ja." Grimmig blickte er auf mich herab. „Ironie, nicht wahr? Wenn man bedenkt, warum du hier bist."

Er lachte bitter auf. „Scheint so, als hätte auch ich dich nicht wirklich gekannt. Jedenfalls hätte ich *das* nie von dir gedacht." Sein Blick richtete sich auf die beiden kleinen, roten Punkte an meinem Hals. „Vielleicht bist du sogar die Hure des Mörders unserer Eltern."

Die Anschuldigung schnürte mir die Kehle zu. Mein Puls raste und Panik stieg in mir hoch. *Nein*, sagte ich mir, *niemals*. Selbst wenn es stimmte, dass Vampire unsere Eltern getötet hatten – es konnte nicht Lucian gewesen sein. Er tötete nicht, um zu trinken. Ich kannte ihn. „Er war es nicht", sagte ich und hasste mich für das Zittern in meiner Stimme.

„Und wenn doch?"

„Hast du Beweise?"

„Nein", gab Chris kühl zu. „Aber er könnte es trotzdem gewesen sein, Amelie. Vampire sind alle gleich."

„Nein", sagte ich nur.

„Wenn es nicht unsere Eltern waren, dann waren es eben die Eltern, Kinder oder Geschwister eines anderen!", brüllte Chris mich an. „Dein Vampir hat Menschen auf dem Gewissen! Egal, wie du es drehst und wendest."

Nein, sagte ich mir noch einmal. Lucian tötete nicht. Nicht zum Trinken und schon gar nicht zum Vergnügen. Nur, um sich zu verteidigen. Und wenn es um den Bund ging. Mir fiel wieder ein, was Frei und Nemours mir an jenem Tag im *Hexentreff* erzählt hatten. „Nein, so ist er nicht. Ich weiß nur von einigen Bundmitgliedern, die er getötet hat. Und ich bin mir sicher, die hatten es verdient", sagte ich zu Chris. Mit Sicherheit hatte Lucian sich nicht wahllos irgendwelche Bundmitglieder gesucht, sondern solche, die ihrerseits viele unschuldige Vampire auf dem Gewissen hatten. Doch eine kleine, fiese Stimme in meinem Kopf fragte mich, woher ich das wissen wollte. *Wie lange kennst du Lucian? Eine Woche? Zwei?* Doch ich ließ nicht zu, dass die Unsicherheit überhand nahm. Ich kannte ihn.

„Nur einige Bundmitglieder?“, wiederholte Chris ungläubig. „Du sprichst hier von Menschen, Amelie. Hat sich deine Moral in den letzten zwei Jahren in Nichts aufgelöst? Oder war es dein Vampir, der sie dir ausgetrieben hat?“

„*Dieser Vampir* ist um einiges moralischer als du oder der Rest des Bundes!“

Chris' Augen sprühten vor Verachtung. „Du widerst mich an.“ Er wandte sich der Tür zu, doch hielt im letzten Moment inne. „Ich freue mich wirklich, dass du dabei zusehen wirst.“ In seinem Blick stand der blanke Hass. Er deutete auf das Fenster, dessen Aussicht verschlossen war. „Dein Vampir wird nämlich bald sein ohnehin viel zu langes Leben aushauchen.“

Meine Kehle schnürte sich zu. Ich bekam kaum noch Luft. Hatten sie auch Lucian und die anderen gefangen genommen?

Chris lachte. „Dein Vampir wird sterben. Oder was dachtest du, weshalb wir dich entführt haben? Dein einziger Wert besteht darin, dass du den Vampir zu uns locken wirst.“

„Ich …“ Meine Stimme brach.

Chris nickte. „Du bist der Köder.“

Ich schwankte und musste mich an der Wand abstützen, um nicht zu fallen.

Chris redete weiter. „Er weiß, dass er allein kommen muss, um dich lebend wiederzusehen. Nur schade, dass hier so viele unserer Mitglieder auf ihn warten werden, dass euer Wiedersehen nicht allzu fröhlich ausfallen wird.“ Chris' Lachen hallte von den kahlen Wänden wider. „Was ist los, Amelie? Du siehst so blass aus.“ Er warf mir einen letzten spöttischen Blick zu. Dann verließ er den Raum.

Ich ließ mich auf die kalte Holzpritsche sinken. Meine zitternden Beine trugen mich nicht mehr. *Er kommt nicht*, redete ich mir ein. *Er weiß, dass es eine*

Falle ist. Er wird nicht kommen. Nur warum wollte mein Körper dann nicht aufhören zu zittern? Ich ließ meinen Kopf gegen die Wand sinken und schloss die Augen.

Sassa hoppelte auf mich zu, hüpfte auf die Pritsche und von dort auf meinen Schoss. Er sah mich eindringlich an. „Du musst mit dem Vampir Kontakt aufnehmen. Du musst ihn warnen. Komm schon.“

Warum war ich da nicht selbst drauf gekommen? Noch bevor Sassa geendet hatte, begann ich, mich zu konzentrieren. Ich hatte keine Ahnung, wie die Kontaktaufnahme mit Lucians Geist funktionieren sollte, aber ich musste es einfach schaffen. Ich dachte an seine ebenmäßigen Züge, seine blitzenden Augen. Stellte mir vor, wie ich Zugang zu seinem Geist fand.

Ich wusste nicht, wie lange ich es versuchte. Schließlich öffnete ich die Augen. Erschöpft und den Tränen nahe wischte ich mir über meine vor Anstrengung schweißnasse Stirn. Wieso klappte es nicht? Was machte ich falsch?

„Tatsächlich erfordert diese Form der Kontaktaufnahme ein wenig Übung. Nichtsdestotrotz bin ich beeindruckt, dass es dir bereits beim ersten Mal gelang, mich deine Präsenz spüren zu lassen. Gräme dich nicht, dass es nicht gereicht hat, verbalen Kontakt mit mir aufzunehmen.“

„Lucian!“

„Leider ist dies ein denkbar schlechter Zeitpunkt“, fuhr der Vampir fort. Ich hörte, nein, spürte eher, wie der Vampir lächelte. *„Aber lass dir gesagt sein, dass ich dich nicht im Stich lassen werde.“* Dann brach die Verbindung ab.

„Lucian!“ Doch seine Präsenz in meinem Kopf war verschwunden. „Nein!“ Ich war aufgesprungen, meine Hände zu Fäusten geballt. Ich konzentrierte mich abermals, versuchte wieder, bis in Lucians Geist vorzudringen. Wenn es eben geklappt hatte, dann musste er meine Präsenz doch jetzt ebenfalls spüren! Begriff er nicht, dass ich ihm etwas Wichtiges zu sagen hatte?

„Hey", sagte Sassa plötzlich. „Du kannst nichts tun. Nur hoffen, dass dein Vampir genauso klug ist, wie er sich so gerne gibt."

„Nein", sagte ich fest. „Ich werde nicht hier sitzen und darauf warten, dass Lucian herkommt und sich umbringen lässt. Wir müssen hier raus!" Und zwar schnell. Dann hätte Lucian keinen Grund mehr, sich auf die offensichtliche Falle des Bundes einzulassen. Ich sprang auf und ging auf die Tür zu. Da waren bestimmt Wachen auf der anderen Seite. Was, wenn ich ...?

„Amelie?", sagte Sassas Stimme plötzlich. Der Dämon stand mitten im Raum, eines der kleinen Ärmchen zur hinteren Wand hin ausgestreckt. Sein Finger zeigte stumm auf das Fenster. Ich musste zweimal hinsehen, um zu verstehen, was da passierte. Der graue Rollladen, der das Fenster von außen verschloss, hob sich. Stückchen für Stückchen gab er den Blick nach draußen frei. Wider Erwarten konnte ich nicht die Dunkelheit der Nacht sehen, nicht den Mond und die Sterne. Dies war kein Fenster nach draußen.

Mein Körper wurde taub, als meine Augen die Situation auf der anderen Seite der Scheibe aufnahmen. Meine Hände pressten sich gegen das Glas.

Unter mir erstreckte sich ein großer, hoher Saal, in dem an die hundert uniformierte Bundmitglieder Stellung bezogen hatten. Sie standen in zwei Blöcke geteilt. In der Mitte hatten sie einen Gang frei gelassen, der von der Eingangstür bis zur Wand am anderen Ende des Saales führte. Dort, gegenüber der Tür, standen etwa zehn Personen. Es musste sich um die noch lebenden Anführer handeln, denn ich erkannte die Gesichter von Bettina Frei und Philippe Nemours. Auch Chris stand bei ihnen.

Wie auf ein geheimes Zeichen hin, starrten plötzlich alle im Saal zur Tür, die sich in diesem Moment öffnete. Eine einzelne Gestalt kam herein. Erhobenen Hauptes schritt sie den Gang entlang, mitten durch die hundert Bundmitglieder, auf die Anführer zu. Lucian war gekommen.

Ich wusste nicht, wie lange ich dastand und hinunter starrte. Nein. Nein, nein, nein. Das durfte nicht sein.

Lucian war in einigem Abstand zu den Anführern des Bundes stehen geblieben. Er wirkte ruhig, fast schon gelassen, wie er ihnen entgegen blickte.

Da löste sich eine Person aus der Gruppe. Es war Chris. Langsam bewegte er sich auf Lucian zu. Aus seinen Blicken sprühte der blanke Hass.

Für Lucian schien Chris jedoch unter seiner Würde zu sein. Er bedachte ihn nicht eines einzigen Blickes.

Meine Hände pressten sich noch fester gegen das Glas, als Chris Lucian immer näher kam. Doch er ging einfach an dem Vampir vorüber. Er schritt den Gang entlang und verließ den Saal.

Kaum war er weg, hob Bettina Frei eine Hand. Sie schien etwas zu rufen, woraufhin die Bundmitglieder ihre Positionen verließen. Sie begannen, Lucian einzukreisen.

Meine Hände ballten sich, so dass meine Nägel über das Glas kratzten. Lucian hob den Kopf und sah zu mir hoch. Unsere Blicke trafen sich. Ein leises Lächeln umspielte seine Lippen. Dann wandte er sich wieder dem Kreis aus Bundmitgliedern zu, der sich enger und enger um ihn zog.

Das konnte er unmöglich schaffen. Ein einziger Vampir gegen fast hundert Menschen mit Schusswaffen und Dolchen.

Ich wandte mich um und stürzte zur Zimmertür. Ich musste hier raus! Mit aller Kraft rüttelte ich an der Klinke, dann trat ich mit Schwung gegen die Tür.

Nichts. Ich nahm Anlauf, als die Tür plötzlich von außen aufgerissen wurde.

Ich konnte gerade noch abbremsen, bevor ich über
Chris drüber fiel. Erschrocken sprang ich zurück.

Er trat ein und schloss die Tür hinter sich. „Amelie."

Widerwillig richtete ich meinen Blick auf ihn. Wenn
es nach mir gegangen wäre, hätte ich ihn am liebsten
nie wieder angesehen. Aber wenn ich ihn überwältigen
wollte, um an ihm vorbeizukommen, hatte ich keine
andere Wahl.

Ich konzentrierte meine Macht und schleuderte sie
gegen Chris. Sie traf ihn nicht. Er hatte mit seiner eigenen Macht eine Barriere geschaffen, an der mein Angriff abprallte. Die Energiewelle wurde aus ihrer Bahn
gelenkt und traf die graue Wand. Ein paar Bröckel rieselten zu Boden.

„Verdammt noch mal, Amelie!", rief Chris. „Ich will
dir helfen!"

Doch da hatte ich bereits ein zweites Mal angegriffen.
Diesmal reagierte er zu spät. Meine Energiewelle traf
ihn und er wurde gegen die Tür geschleudert. „Warte!",
schrie er und hob schützend die Hand, während er
gleichzeitig versuchte, sich hochzurappeln. „Ich will
dich hier rausholen. Ich bin auf deiner Seite! Glaub
mir!" Er sah mir fest in die Augen.

Ich starrte auf ihn hinab und zögerte. Hastig warf ich
einen Blick zurück aufs Fenster, doch von meiner Position aus konnte ich nicht viel sehen. Verdammt, ich
hatte keine Zeit hierfür!

„Ich habe vorhin gelogen, Amelie! Dieses Zimmer ist
verwanzt. Ich musste dir etwas vorspielen! Bitte! Wir
haben keine Zeit! Du –"

„Halt den Mund!", fuhr ich ihn an. Ich musste nachdenken.

Da spürte ich plötzlich, wie Chris nach meiner Hand
griff. Er umfing sie mit seiner und drückte sie sanft.

„Amelie", flüsterte er. „Du hast jeden Grund der Welt, mir zu misstrauen. Aber wir haben keine Zeit. Ich werde es dir später erklären. Du musst mir jetzt vertrauen."

Ich blickte ihm in die Augen. Es waren dieselben Augen, in die ich schon als Kind geschaut hatte. Jetzt lag keine Kälte mehr darin. Nur Wärme und Besorgnis. Das hier war der Chris, den ich kannte. Trotzdem zögerte ich. Was, wenn er doch log, mir *jetzt* etwas vorspielte? Aber das machte keinen Sinn. In dem Moment, in dem ich von meinen Angriffen abgelassen hatte, hätte er mich töten können. Er hatte es nicht getan. Er sagte die Wahrheit. Ich nickte Chris zu und stürzte zur Tür. Ich musste zu Lucian.

„Warte!", rief er und packte mich am Arm.

Ich schüttelte ihn ungeduldig ab. „Ich muss da runter! Lucian –"

„Er braucht deine Hilfe nicht. Komm her und sieh es dir an!" Er ging an mir vorbei und trat ans Fenster.

Mit zwei großen Schritten stand ich ebenfalls vor der Scheibe. Ich starrte hinunter auf das Szenario, das sich mir bot. Es war ein einziges Chaos, ein einziger Kampf. Bundmitglieder kämpften gegen Vampire, Zauberer und ... gegen Bundmitglieder. Sie richteten sich gegen ihre eigenen Leute! Es gab Verräter unten im Saal, die Lucian halfen.

„Das ist es, was ich die letzten zwei Jahre hier gemacht habe", flüsterte Chris. „Ich habe andere Gegner des Bundes hier eingeschleust und möglichst viele Bundmitglieder davon überzeugt, dass die Ideale ihrer Anführer nicht halb so edel sind, wie sie sie glauben machen wollen. Und das da unten ist das Ergebnis: Gut zwanzig Prozent des Bundes sind mittlerweile Verräter."

Ich entdeckte Lucian in der Mitte des Raumes. Beinahe an derselben Stelle, wo er vor dem Kampf gestanden hatte. Drei Bundmitglieder gingen gleichzeitig mit

Schwertern auf ihn los. Lucian duckte sich unter zwei von ihnen hindurch und entwaffnete den dritten. Er war ganz in seinem Element. Dies war seine lange geplante Schlacht gegen den Bund. Gegen den Bund, der auch mich versucht hatte, zu töten. Ich sollte ebenfalls da unten sein.

Plötzlich blickte Lucian auf und sah mich direkt an. Er schüttelte den Kopf. Eine winzige Geste, kaum wahrnehmbar.

Dann stürzte sich wieder in den Kampf.

„Es läuft alles nach Plan", sagte Chris. „Zusammen mit Lucian kam eine kleine Armee aus Vampiren und Zauberern, die sich draußen im Dunkeln versteckte. Zusammen mit meinen bekehrten Bundmitstreitern haben sie eine reelle Chance."

„Wir müssen da runter", drängte ich. „Das ist auch unser Kampf."

„Wir müssen gehen", stimmte Chris zu. Er blickte auf seine Uhr und seine Augen weiteten sich entsetzt. Dann hob er den Kopf und schnüffelte. „Verdammt, wir haben zu viel Zeit vergeudet!" Er packte mein Handgelenk und zerrte mich Richtung Tür.

In diesem Moment roch ich es selbst: Der beißende Geruch von Rauch.

„Das sind meine Leute. Ein paar von ihnen sollten draußen warten und dann ein Feuer legen, um die letzten Bundmitglieder auszuräuchern."

„Feuer? *Feuer*!", kreischte Sassa.

„Was ist mit denen, die im Saal kämpfen?", rief ich.

„Sie wissen natürlich alle von dem Feuer. Sie werden sich rechtzeitig in Sicherheit bringen!" Chris öffnete die Tür. Dünne Rauchschwaden kamen ihm entgegen.

Ich stürzte aus dem Zimmer, Sassa auf den Fersen.

Chris schrie eine Warnung hinter mir her – doch es war zu spät. Kräftige Arme packten mich und hielten mich fest.

„Christopher, was ist hier los?", röhrte es über mir.

Ich drehte den Kopf und sah die schwarz-grüne Uniform, sowie ein unrasiertes Männergesicht.

„Ich soll sie zu Bettina Frei bringen", behauptete Chris und trat mit überheblicher Miene in mein Blickfeld. „Lass sie los, David, die Sache ist eilig."

„Hältst du mich für völlig bescheuert?", gab der Mann namens David zurück. „Irgendwas stimmt hier doch nicht. Wo kommt der ganze Rauch her? Und unten im Saal scheint etwas vorzugehen."

Einen Moment lang herrschte Stille. Ich konnte das Misstrauen, das sich in dem Wachmann aufbaute, förmlich hören. „Du weißt, was los ist, oder?", fragte er Chris. „Du sagst mir jetzt sofort –" Er brach ab, weil er von einem metallischen Klicken unterbrochen wurde.

Ich starrte mit großen Augen Christopher an. Er hielt eine Waffe in der Hand.

Ich spürte, wie David sich bewegte.

„Hände weg von deiner Waffe, oder du hattest mal ein rechtes Knie!", rief Christopher.

David bewegte sich abermals.

„Brav", kommentierte Christopher.

„Ich hab immer noch die Kleine. Traust du dir wirklich zu, mich zu treffen und sie zu verfehlen?"

„Willst du es drauf ankommen lassen?" Chris' Gesicht war völlig ausdruckslos. Seine Augen strahlten eine solche Kälte aus, dass ich selbst am liebsten einen Schritt zurück gewichen wäre.

„Ich wusste immer, dass du ein mieser Verräter bist", behauptete David. Dann ließ er mich los.

„Hände hoch und hinknien", befahl Chris, nachdem er ihm die Waffe abgenommen hatte.

David spuckte auf den Boden, doch befolgte den Befehl.

„Komm schon", drängte Chris, griff mit der freien Hand nach meinem Arm und zog mich an David vorbei.

Wir rannten die Treppe hinunter, in den dichter werdenden Rauch hinein.

Unten blieb ich stehen. „Sag mir, wo es zum Saal geht!" Ich musste husten und hielt mir meinen Ärmel vor die Nase.

Chris zog mich stumm weiter den Gang entlang.

Ich stemmte mich gegen ihn. „Sag es mir!"

„Verdammt noch mal, Amelie!"

„Der Vampir kommt schon allein zurecht. Wir sollten uns besser darum kümmern, hier nicht zu verbrennen!" Sassa zitterte am ganzen Körper.

Ich ignorierte den Dämon und sah mich um. Von dort, wo wir standen, konnte ich zwei weitere Gänge einsehen. Der eine führte scheinbar endlos geradeaus. Der andere war so dicht mit Rauch gefüllt, dass ich beinahe nichts erkennen konnte. Ich kniff die Augen zusammen und meinte, inmitten der dunklen Waben ein Treppengeländer auszumachen. Dort ging es weiter nach unten!

Ich riss mich von Chris los und rannte in den Gang hinein.

„Amelie, nein! Dort ist der Brandherd!"

Auch Sassa schrie irgendetwas, was ich nicht mehr verstand. Ich konzentrierte mich darauf, die Treppe nicht aus den Augen zu verlieren.

Dann hörte ich plötzlich schnelle Schritte hinter mir. Ein schweres Gewicht prallte auf meinem Rücken und presste mich zu Boden. Meine Unterarme schlugen auf dem Stein auf, doch ich spürte keinen Schmerz. „Geh von mir runter, Chris!" Panik breitete sich in mir aus. Wie lange brannte das Gebäude schon? Wenn das Feuer nahe der Treppe seinen Ursprung hatte, war es bestimmt schon ins Untergeschoss vorgedrungen.

„Ich werde dich da nicht runter gehen lassen!"

Ich kämpfte mit Händen und Füßen, doch bekam nicht mal einen Arm frei. Die Frustration über meine Hilflosigkeit war überall, schien mich aufzufressen. Ich ließ sie frei. Als Energie verließ sie meinen Körper und schleuderte Chris mit sich.

Ich kämpfte mich hoch und sah undeutlich Chris' Gestalt, die sich ebenfalls gerade aufrappelte. Er streckte mir seine Handflächen entgegen. Die Energie darin leuchtete bläulich auf. Dann schickte er sie in meine Richtung. Ich rollte mich zur Seite, gerade rechtzeitig. Fassungslos starrte ich Chris an.

„Oh Gott, bitte, können wir einfach gehen?", jammerte Sassa. Ich blickte gehetzt um mich. Ich hatte keine Zeit für das hier!

„Kommst du jetzt mit oder muss ich dich eigenhändig rausschleifen?", fragte Chris.

Ich antwortete nicht, denn plötzlich hörte ich Schritte. Eine Gruppe von Bundmitgliedern löste sich aus dem dichten Rauch und kam auf uns zu.

Plötzlich war Chris an meiner Seite. „Wenn das ein Trick von dir ist ..."

Ich schüttelte den Kopf.

Eines der Bundmitglieder löste sich von der Gruppe und trat vor. „Ich würde euch ja anbieten, euch zu ergeben", sagte er. Sein Gesicht war eine einzige, hasserfüllte Fratze. „Aber ich hab keine Ahnung, was wir mit euch anfangen sollten."

Der Rauch war mittlerweile so dicht, dass ich die Silhouetten, die weiter hinten standen, nur erahnen konnte.

„*Pass auf!*", kreischte Sassa.

Instinktiv sprang ich zur Seite. Im selben Moment ging ein krachender Schuss los. Ich spürte einen heißen Schmerz im Oberarm. Perplex drehte ich den Kopf und starrte auf das Blut, das aus einem Riss in meinem

Pulloverärmel quoll. Nur ein Streifschuss, zum Glück. Aber es brannte höllisch.

„Amelie!“ Chris blickte erst mich an, dann sah er den Bundmitgliedern entgegen. Ich wusste, dass er dasselbe dachte wie ich. Es waren zu viele.

„Ich dachte wirklich, ihr würdet uns einen spannenderen Kampf liefern.“ Wieder das Bundmitglied, das auf mich geschossen hatte. „Aber wahrscheinlich ist es besser so. Bald wird das ganze Gebäude über den Flammen zusammenbrechen. Daher werden wir uns mit euch ein wenig beeilen.“ Er hob abermals die Waffe.

Ich entzog meinem Körper die letzte Energiereserve. Meine Augen fixierten den Mann. Im nächsten Moment wurde er plötzlich ohne mein Zutun gegen die Wand geschleudert. Er fiel wie eine Puppe zu Boden, die Gliedmaßen unnatürlich verdreht.

Eine verschwommene Gestalt sprang über die Bundmitglieder hinweg und kam vor mir und Christopher auf dem Boden auf. Schwarze Augen warfen mir einen beiläufigen Blick zu. Dann stürzte sich Marcelle auf die ersten beiden Bundmitglieder, die sie zu fassen bekam.

„Amelie! Geht es dir gut?“

„Serena?“ Ich war mir nicht ganz sicher, denn ich konnte die Zauberin nicht sehen. Doch es konnte nur sie sein. Sie musste irgendwo im Rauch stehen, hinter der Gruppe.

„Wo ist Lucian!“, schrie ich in den Kampfeslärm hinein.

„Ich weiß es nicht!“, kam Serenas glockenhelle Stimme zurück. „Er hat uns aus dem Saal geschickt, um nach dir zu suchen!“

„Er ist noch dort“, rief Marcelle mir plötzlich zu. Sie sah mich nicht an. Ihre ganze Aufmerksamkeit galt den angreifenden Bundmitgliedern.

„Achtung!“, quietschte Sassa.

Ich sah das Bundmitglied aus den Augenwinkeln auf uns zustürmen, doch konnte nicht rechtzeitig reagieren. Da spürte ich, wie Chris seine Macht aussandte. Der Mann krachte gegen einen seiner Kumpanen. Beide blieben benommen liegen.

„Du musst Marcelle und Serena helfen", sagte ich zu Chris. Er nickte.

Ich drehte mich um und starrte in den dichten Rauch hinein. Das Adrenalin, das durch meinen Körper pumpte, überdeckte den Schmerz in meinem Arm. Hoffentlich blieb das vorerst so.

„Was ...?", fragte Chris, doch bevor er weiter sprechen konnte, hatte ich mich schon in Bewegung gesetzt.

„Amelie!", hörte ich ihn schreien. „Du rennst direkt ins Feuer! Amelie! Es gibt einen anderen Weg in den Saal!"

Keuchend blieb ich stehen. Jeder Atemzug brannte in meiner Lunge. „Welchen Weg?" Kaum waren die Worte hinaus, überkam mich ein Hustenanfall.

„Von draußen! Durch die Fenster!"

Der Husten schüttelte mich so heftig, dass mir schwindelig wurde. Ich dachte nicht lange nach und rannte zurück. Der Kampf war in vollem Gange. Serena hatte inzwischen den Weg zu Chris gefunden. Die beiden standen mit dem Rücken zu mir. Hochkonzentriert verschickten sie Energieschübe und Illusionen, um die Bundmitglieder von sich fernzuhalten. Marcelle befand sich noch immer inmitten der Feinde und nahm sich immer den vor, der ihr am nächsten war. Nur Sassa war untätig. Er stand nicht weit von Serena und Chris entfernt, den Körper an die Wand und die winzigen Händchen auf das Gesicht gepresst.

„Wie komme ich hier raus?", fragte ich atemlos, als ich Chris erreicht hatte.

„Geh zurück zu dem großen Gang, aus dem wir gekommen sind. Bieg dann links ab, so kommst du automatisch zum Ausgang.“

Ich nickte, wollte losrennen, doch zögerte. „Ihr schafft das doch alleine, oder?“

„Geh schon, hilf Lucian!“, gab Serena zurück. „Wir kriegen das hin.“

Tatsächlich hatten sich die Reihen der Bundmitglieder schon deutlich gelichtet. Die anderen würden es auch ohne meine Hilfe schaffen. „Denkt daran, dass ihr euch nicht zulange hier aufhaltet“, warnte ich noch, bevor ich Sassa vom Boden pflückte. Dann rannte ich mitten in die Schar der Angreifer hinein.

Zum Glück waren nicht mehr allzu viele übrig und die, die noch kämpfen konnten, hatten sich um Marcelle geschart. Keuchend hetzte ich durch den Rauch. Ich trieb mich vorwärts, gestattete mir nicht, den Schmerz an meinem Arm und in meiner Lunge zu fühlen. Als ich endlich die Tür erreichte, zog ich sie mit letzter Kraft auf und stolperte ins Freie. Halb hustend, halb nach Luft ringend, blieb ich kurz stehen. Hier draußen war es stockdunkel. In welche Richtung musste ich?

„Ich mach das schon.“ Sassas Stimme zitterte, doch er sprang entschlossen aus meinen Armen. „Ich kann im Dunkeln besser sehen als du. Los, hier lang.“

Ich eilte dem Dämon hinterher und betete, dass es Lucian gut ging. Dass das Feuer ihn noch nicht erreicht hatte. Dass er auch sonst nicht zu Schaden gekommen war. Doch vor meinem inneren Auge sah ich sein ehemals makelloses, elfenbeinfarbenes Gesicht von rotem Narbengewebe entstellt. Die nachtblauen Augen, die einst voller Leben gefunkelt hatten – geöffnet, aber glanzlos vor sich hin starrend.

„Du machst mich ganz depressiv, Königin der Melodramatik! Komm her, ich kann ihn sehen!“

Mein Herz setzte einen Schlag aus, als ich zu dem kleinen, geöffneten Fenster stürzte.

KAPITEL 11

Rauch quoll mir entgegen. Die beiden Gestalten, die wenige Meter von mir entfernt standen, konnte ich nur schemenhaft ausmachen. Dennoch wusste ich, dass die rechte von ihnen Lucian war. Was machte er noch hier? Der ganze verdammte Saal stand bereits in Flammen.

„Wer ist der andere?", wollte ich von Sassa wissen. Die beiden Silhouetten standen sich unbeweglich gegenüber, schienen abzuwarten. Vielleicht redeten sie auch – das konnte ich beim besten Willen nicht erkennen. Doch egal, was sie da taten: Sie befanden sich eindeutig in Lebensgefahr.

„Keine Ahnung. Irgendein Kerl, den ich nicht kenne. Aber warte ... du kennst ihn. Er hat dir mit dieser Frau zusammen den Auftrag angeboten."

„Nemours?"

„Genau. Was macht dein dämlicher Vampir da nur?"

Ich begann, mich durch das enge Fenster zu quetschen. Was immer die beiden da unten trieben – sie mussten das schnellstmöglich nach draußen verlegen.

Ich hatte noch nicht mal ein Bein durchs Fenster manövriert, als ich eine Bewegung unter mir wahrnahm. Ich hielt inne und kniff die Augen zusammen. Kein Zweifel: Da befand sich ein dritter Umriss in den Rauchschwaden. Eben war er noch auf Lucian zugeschlichen. Jetzt stand er reglos mehrere Meter hinter dem Vampir.

Ich zog mein Bein so schnell zurück, dass ich beinahe hintenüber gefallen wäre. Dann eilte ich ein paar Fenster weiter, bis ich mich auf gleicher Höhe mit der dritten Silhouette befand. Es war eine kleine, zierliche Person mit hellem Haar.

„Bettina Frei", flüsterte Sassa.

In diesem Moment setzte sie sich wieder in Bewegung. Es trennten sie noch gut fünf Meter von Lucian. Dann vier. Drei.

Eine Illusion, irgendeine Illusion! Ich versuchte, mich zu konzentrieren, doch die Illusion entglitt mir immer wieder. Gleichzeitig quetschte ich meinen Körper hektisch durch das Fenster, doch ich war zu langsam! Bettina Frei stand schon direkt hinter Lucian. Jetzt erst sah ich, dass sie etwas in der Hand hielt. Einen länglichen, spitzen Gegenstand.

Endlich glitt mein Körper durch das Fenster und meine Füße kamen auf dem Boden auf. Im selben Moment stürzte Frei sich auf Lucian.

Ich schrie. Frei holte aus, doch stach nicht zu. Fasziniert starrte ich die Frau an, die in ihrer Position verharrte, sich nicht rühren konnte. Ich wusste, dass ich es war, die das tat, dass ich Frei mit meiner Macht festhielt. Und gleichzeitig konnte ich es nicht fassen. Eine neue Fähigkeit.

Lucian fuhr herum.

Ich nutzte den Moment und stürzte mich auf Frei, denn ich wusste nicht, wie lange ich sie so mit meinem Geist würde festhalten können. Mit aller Kraft rammte ich ihren Körper. Um ein Haar wäre ich mit ihr gestürzt. Während Frei zu Boden fiel, entglitt der Dolch ihren Fingern. Ich sprang vor und kickte die Waffe außer Reichweite.

„Was machst du –? "Lucians Augen funkelten mir wütend entgegen, dann verloren sie mit einem Mal jeglichen Glanz. Sein Körper wankte. Dann fiel er vornüber. Und blieb liegen.

Ich taumelte auf ihn zu, doch erstarrte, als mir der Pflock ins Auge fiel. Er steckte in Lucians Rücken. Nicht tief, aber genau an der Stelle, wo sein Herz saß.

Meine Augen wanderten zu Nemours, der mich hämisch angrinste, und zurück zu Lucians leblosem Körper. All die Macht, die seine pure Anwesenheit verströmt hatte, war versiegt. Was dort am Boden lag war nur noch eine Hülle.

Ich fiel auf die Knie. Meine Hand fuhr durch das schwarze Haar, streichelte die elfenbeinfarbene Haut seiner Wange. Ein Schluchzen bahnte sich den Weg aus meiner Kehle. Dann noch eines.

Ich hörte sie nicht kommen. Plötzlich war sie über mir und presste mich zu Boden. Die blonden Locken fielen mir auf die Wange, in die Augen.

„Jetzt hat sich das Blatt gewendet, nicht wahr?", zischte Bettina Frei an meinem Ohr.

Ich spürte ihre Hände an meinem Hals, wie sie schmerzhaft zudrückten. Doch der Schmerz war nebensächlich. Ich fühlte ihn nicht, ebenso wenig wie die Angst.

„Jetzt ist kein Vampir mehr da, der dich beschützt", fauchte Frei.

Ich röchelte, schnappte nach Luft.

„Armer Lucian. Wollte dich nur retten und jetzt das. Aber freu dich: Gleich werdet ihr euch in der Hölle wieder sehen!"

Ich hatte das Gefühl, der Boden unter mir würde nachgeben. Bettina Freis Gesicht verlor an Kontur, wurde zunehmend unscharf. Meine Augen suchten Lucian, wollten ihn ein letztes Mal ansehen. Doch stattdessen fand mein Blick Freis Dolch, der vergessen auf dem Boden lag. Ich starrte die Waffe an. Ich wusste, dass ich es konnte. Und ich tat es. Bettina Freis Griff lockerte sich augenblicklich. Meine Hände griffen nach ihren Schultern und stießen die Frau von mir. Sie fiel zur Seite. Leblos, wie eine Puppe. Der Dolch steckte tief in ihrem Rücken.

Ein zorniges Brüllen übertönte das Knistern des Feuers. Kräftige Arme packten mich und zogen mich von Boden hoch. Ich starrte in Nemours Gesicht, welches zu einer hässlichen Grimasse entstellt war.

„Du Hexe, dafür wirst du leiden!"

Ich schrie auf, als sich Nemours Finger in mein Fleisch krallten, direkt in die Schusswunde.

„Was haben wir denn da?", säuselte Nemours.

Er bohrte seinen Daumen tief in meine Verletzung.

Ich schrie, wand mich, doch es war zwecklos. Selbst als Nemours von meinem Arm abließ, ebbte der Schmerz noch lange nach. Er stieß mich zu Boden und sein Tritt traf mich in den Magen, bevor ich auch nur den Kopf heben konnte. Ich krümmte mich zusammen und keuchte. Ich wusste, ich sollte mich wehren, sollte irgendetwas tun, doch mir fehlte die Kraft. Trotzdem versuchte ich es. Versuchte Nemours, Lucians Mörder, anzugreifen, doch es klappte nicht. Mir war so schwindelig, dass ich die Augen schloss.

„Das gibt's doch nicht!", hörte ich plötzlich Sassas spitze Stimme. „Halt durch, Amelie!"

Ich versuchte, meinen Kopf und Körper gleichermaßen zu schützen, während Nemours auf mich eintrat. Er traf meine Arme, Beine, Schultern.

Dann hörte ich plötzlich einen Triumphschrei: „Geschafft, geschafft! Es wird alles wieder gut!"

Die Schmerzen nahmen mir die Sicht. Der Saal schien sich auf absurde Weise um mich zu drehen.

„Du ...", hörte ich plötzlich Nemours Stimme zischen.

Er ließ von mir ab. Stöhnend versuchte ich, den Kopf zu heben. Zuerst sah ich nur zwei Umrisse. Silhouetten, die sich gegenüber standen.

„Dafür wirst du leiden."

Genau die Worte, die Nemours mir vor wenigen Minuten ins Gesicht gespien hatte. Nur, dass sie diesmal nicht aus seinem Mund gekommen waren.

Es war Lucians Stimme. Aber wie konnte das sein?

„Er ist nicht tot, Dummchen! Mach die Augen auf und sieh hin!"

Und das tat ich. Meine Sinne klärten sich etwas und die beiden Silhouetten gewannen an Konturen. Die eine gehörte eindeutig Nemours. Und die andere ...

„Wie ist das möglich?", wisperte ich.

„Der Pflock hat sein Herz nicht durchbohrt, nur punktiert. Solange der Pflock steckte, hat er verhindert, dass sein Herz sich selbst heilt. Ich hab ihn rausgezogen!"

Obwohl mein Körper protestierte, kämpfte ich mich in eine sitzende Position. „Lucian", flüsterte ich.

Die nachtblauen Augen verließen Nemours Gesicht für einen Augenblick und sahen mich an. Der Ausdruck des puren Hasses in ihnen wurde etwas weicher. Lucian lächelte.

Dann fiel er über Nemours her. Der Bundführer hatte keine Chance. Innerhalb eines Wimpernschlages war Lucian über ihm, riss ihn mit sich zu Boden. Nemours wehrte sich nach Leibeskräften. Er trat, schlug, wand sich. All das konnte ihn nicht retten. Ohne die geringste Anstrengung hielt Lucian ihn am Boden und rammte seine Zähne in Nemours Hals. Der Bundführer schrie seine Schmerzen hinaus, übertönte sogar das knisternde Feuer.

Kaum hatten Lucians Zähne Nemours Hals aufgerissen, hob der Vampir auch schon wieder den Kopf. Von seinen Lippen und seinen Zähnen tropfte das Blut. Angewidert spie Lucian die rote Flüssigkeit auf den Boden. Er stand auf und wischte sich mit dem Ärmel über den Mund.

Das Blut spritzte nur so aus Nemours offener Halswunde. Seine Schreie wurden leiser und versiegten schließlich ganz. Aus geweiteten Augen starrte er flehend zu uns hoch, während das Blut aus seiner Halsschlagader gepresst wurde.

Ich konnte nicht wegsehen. Zwar empfand ich kein Mitleid mit ihm, aber irgendwie ... irgendwie machte mich der Anblick auch nicht gerade glücklich. „Ich habe da eine Frage", flüsterte ich.

„Nein." Lucian schüttelte entschieden den Kopf.

„Bitte."

„Nein."

„Das ist es aber, was die Guten tun müssen", sagte ich. „Den Bösen verschonen, obwohl er es nicht verdient hat."

„So? Und du denkst, wir sind die Guten?"

„Wir könnten es sein."

Lucian sah mich nachdenklich an. Dann hob er Philippe vom Boden auf, so mühelos als wäre er eine Puppe. Leblos hingen seine Glieder in Lucians Armen. Der Vampir zog eine Grimasse, bevor er den Mund abermals auf Philippes Hals legte und kurz über die Wunde leckte. Augenblicklich versiegte das Blut.

Mit einem Gesicht, als hätte er gerade verschimmelte Mayonnaise gegessen, sah er mich an. „Lass dir gesagt sein, dass ich dies nur für dich tue." Er warf sich den leichenblassen Philippe über die Schulter.

Ich rappelte mich hoch und humpelte vor Lucian her zum Fenster, wo Sassa bereits wartete. *Du hast deine Angst vor Feuer überwunden.* Ich lächelte ihn an.

„Pff, mit *überwunden* hat das nichts zu tun. Aber ich konnte ja schlecht zusehen, wie ihr beiden Dummchen euch miteinander in den Tod stürzt."

Du bist ein richtiger kleiner Held. Ich wuschelte ihm durchs Fell.

„Äh, ja. Könnten wir jetzt bitte dieses Inferno verlassen?"

Ich nahm ihn auf den Arm und Lucian half mir durch das Fenster, bevor er den bewusstlosen Nemours hindurch schob.

Schweigend brachten wir Abstand zwischen uns und das brennende Gebäude, bis ich es nicht mehr aushielt. „Leg ihn hin", sagte ich zu Lucian.

Er ließ Nemours kommentarlos auf den Boden gleiten und zog mich an sich. Obwohl er dabei ganz vorsichtig war, verursachte jede seiner Berührungen meinem geschundenen Körper Schmerzen. Es war mir egal. Ich schloss die Augen, presste mein Gesicht an Lucians Schulter und ließ den Tränen freien Lauf.

„Na, na", machte er leise und strich mir über den Kopf.

„Ich dachte, du wärst tot", schniefte ich.

Er vergrub sein Gesicht in meinem Haar. „Es ist seltsam", sagte er nachdenklich. „Ich dachte immer, dass es mir nichts ausmachen würde, für die Vernichtung des Bundes mein Leben zu lassen. Aber als es heute beinahe soweit war ..."

Ich löste mich von ihm, um in die nachtblauen Augen sehen zu können. „Dir war eben klar, dass du was verpassen würdest", sagte ich neckisch.

„Es scheint so." Er legte seine Lippen auf meine. Als er sich von mir löste, sah er mir lange in die Augen. Ich hatte das Gefühl, er wollte noch etwas sagen, doch in diesem Moment ertönte hinter uns ein Krachen. Ein Teil des riesigen Gebäudes stürzte in sich zusammen. Ich dachte an Serena und Marcelle. Und an Chris. Hoffentlich hatten sie es rechtzeitig hinaus geschafft.

Sie hatten. Nicht weit entfernt stießen wir auf eine Ansammlung Überlebender. Noch bevor wir das Grüppchen erreicht hatten, kam Serena bereits auf uns zu gerannt. Während sie nicht nur mich, sondern auch

Lucian stürmisch umarmte, was dieser zu meiner Überraschung kommentarlos über sich ergehen ließ, stand Marcelle gewohnt gelangweilt daneben. Chris warf mir nur ein erleichtertes Lächeln zu, bevor er sich wieder seinen befreundeten falschen Bundmitgliedern zuwandte. Ich erfuhr, dass wir uns zwar nahe der französischen Grenze, doch immerhin wieder in Deutschland befanden.

Die meisten Zauberer und Vampire, die zu Lucians „Armee" gehört und überlebt hatten, befanden sich schon auf dem Weg in die nächstgrößere Stadt. Entweder, um von dort weiterzureisen oder in einem Hotel Unterschlupf zu suchen. Die Vampire hatten dafür einen besonders guten Grund: In wenigen Stunden würde die Sonne aufgehen.

Als Chris und seine Mitstreiter alles besprochen hatten, löste sich auch diese Gruppe auf. Einige von ihnen boten den Zauberern an, sie in ihren Autos mitzunehmen. Gegenüber den Vampiren waren sie merklich zurückhaltender.

Eine kleine Gruppe aus zwei ehemaligen Bundmitgliedern und zwei Zauberern erklärten sich sogar bereits, Nemours mitzunehmen. Sie wollten ihn bei der Polizei abgeben und einheitlich aussagen, dass er mehrere Menschen ermordet hatte. Wenn das nicht reichte, hatten sie noch eine ganze Liste an Namen, die ihre Aussagen gerne bestätigen würden, unter anderem Chris, Serena und ich.

Auch wir fünf plus Dämon fanden Platz im Van eines ehemaligen Bundmitgliedes, das selbst nicht weit von der Schauersiedlung wohnte.

Unter allgemeinem Schmunzeln entfernte ich die Krähenfüße vor dem Haus und während Lucian und Marcelle schon hinein gingen, um vor der Dämmerung geschützt zu sein, setzte Chris' Mitstreiter uns anderen vor der Notaufnahme ab – nicht nur Serena und Chris, sondern auch Lucian hatte darauf bestanden, dass ich mich untersuchen ließ. Die anderen hatten wundersamer Weise kaum mehr als Kratzer abbekommen.

Als der Arzt mich nach der Ursache meiner Verletzungen fragte, spann Serena eine fantastische Geschichte um einen Jagdunfall zu Pferd – natürlich im Ausland, wo die Schusswaffengesetzte nicht ganz so streng waren wie hierzulande. Sie tat das mit einem solch schauspielerischen Talent, dass ich ihr selbst fast glaubte. Ich konnte mir gerade noch ein Grinsen verkneifen. Wer hätte gedacht, dass in dieser lieblichen Zauberin solch eine Lügenkönigin lauerte? Der Arzt verband meinen Arm und bestätigte, dass meine Blutergüsse zwar hässlich aussahen, aber von alleine abheilen würden. Endlich konnten auch wir nach Hause gehen.

Dort hatten Lucian und Marcelle bereits alle Vorhänge zugezogen. Chris bekam sein altes und Serena mein Zimmer, einfach weil es gemütlicher war als das Gästezimmer und ich mir sicher war, ohnehin nicht schlafen zu können. Dann wurde es endlich ruhig im Haus. Sassa schlummerte bereits zusammengerollt auf dem Sofa im Wohnzimmer. Der Anblick hatte etwas unglaublich friedliches und plötzlich fühlte ich mich zuhause. Ein Gefühl, das ich seit Chris' Verschwinden nicht mehr gekannt hatte. Schlafen wollte ich trotzdem nicht, also machte ich mich an der Kaffeemaschine zu schaffen. Es war so unendlich viel passiert. Wie würde es weitergehen? Nicht nur mit Lucian und mir, sondern auch mit Chris? Heute war eine Ausnahmesituation und allein dieser war es zu verdanken, dass ich Chris so einfach wieder in sein Zimmer hatte zurückkehren lassen. Aber auf Dauer? Wir hatten noch keine Zeit zum Reden gehabt, noch immer kannte ich nicht die Motive, die ihn dazu gebracht hatten, vor zwei Jahren einfach zu gehen.

Der Kaffeefilter fiel mir aus der Hand. Müde starrte ich das braune Pulver an, das sich auf den weißen Fliesen ausbreitete.

„Komm." Lucian, der mich die ganze Zeit schweigend beobachtet hatte, führte mich zum Sofa. Ich zog die Beine an und lehnte den Kopf gegen seine Schulter. Lucian legte den Arm um mich und seine Wange an meinen Scheitel. Mein Blick fiel auf Sassa, der sich im Schlaf kurz streckte und wieder zusammenrollte. Das hier war perfekt. So sollte es bleiben. Mit diesem Gedanken schlief ich ein.

Als ich erwachte, saß ich nicht mehr auf dem Sofa, sondern lag darauf. Jemand hatte mir ein Kissen unter den Kopf geschoben und eine Wolldecke über mich gelegt. Kaffeeduft stieg mir in die Nase.

Ich blickte verschlafen um mich. Die Vorhänge standen offen, draußen war es bereits dunkel. Die Uhr über dem Fernseher zeigte kurz nach acht.

Lucian kam aus der Küche, eine Tasse in der Hand. Ich starrte erst den Vampir, dann die dampfende, dunkelbraune Flüssigkeit an. „Du weißt, wie man Kaffee macht?"

Lucian setzte sich neben mich und warf mir ein selbstgefälliges Lächeln zu. „Du unterschätzt mich maßlos."

Ich nahm einen Schluck und musste an mich halten, das ungenießbar bittere Gebräu nicht sofort wieder auszuspucken. Wie viel Pulver hatte Lucian nur benutzt? „Ich brauche nur etwas Zucker", log ich und stand auf. In der Küche zog ich den Filter aus der Maschine und erstarrte. Er war randvoll mit Kaffeepulver.

„Das war das erste Mal, dass du Kaffee gemacht hast, oder?", fragte ich Lucian betont beiläufig und setzte mich wieder neben ihn. „Aber dafür ist er wirklich gut!", beteuerte ich schnell und zwang mich, einen weiteren Schluck zu nehmen.

Lucian lächelte zufrieden.

„Wo ist eigentlich Marcelle?“, fragte ich und stellte unauffällig die Kaffeetasse beiseite, bevor ich mich durch Lucians Blicke noch genötigt fühlte, den kompletten Inhalt zu trinken.

„Ich habe ihr erlaubt, sich in dein Gästezimmer zurückzuziehen. Mir stand der Sinn nach ein wenig Zeit mit dir alleine.“

Bei seinen Worten machte mein Magen einen Salto. Plötzlich bereute ich, Serena mein Zimmer gegeben zu haben. Nur Lucian und ich in einem Raum, den man von innen abschließen konnte. Allein beim Gedanken daran wurde ich ganz kribbelig.

Lucian betrachtete mich mit diesem intensiven Blick, dem ich nicht ausweichen konnte und vor allem nicht ausweichen wollte. Mein Puls raste.

„Das süße Geräusch deines Blutes“, flüsterte Lucian an meinem Ohr.

Meine Sinne klärten sich augenblicklich. Blut. Richtig. Ich hatte noch keine Gelegenheit gehabt, mir darüber klar zu werden, ob ich das wollte. Alles.

Lucians Hand wanderte über meine Wange, streifte mein Ohrläppchen und strich über meinen Hals.

Ich schloss die Augen und unterdrückte ein Seufzen. Später war ja immer noch Zeit, mir über all die komplizierten Dinge Gedanken zu machen. Meine Lippen suchten Lucians und fanden sie. Dies war kein flüchtiger Kuss, keiner, der allein der Zuneigungsbekundung diente. Es war ein Kuss, der mehr versprach. Viel zu langsam wanderten Lucians Hände über meinen Körper, während ich mich an ihn presste. Ich tastete nach seinen Hemdknöpfen und begann, einen nach dem anderen zu öffnen. Lucian küsste meine Lippen, meinen Hals, mein Schlüsselbein und dann wieder meinen Mund. Seine Hände schoben sich unter meinen Pulli, strichen über meinen Rücken um dann schließlich nach vorne zu wandern.

In diesem Moment hörte ich das Räuspern. Ich wirbelte herum und starrte Chris an, der auf der Treppe stand, das noch vom Schlafen zerknautschte Gesicht unnatürlich farblos. „Bin ja selbst schuld …“, brabbelte er vor sich hin und schlug den Weg zur Küche ein.

„Wie war das?“, rief ich, doch Chris ignorierte mich. Ich hörte, wie er eine Tasse aus dem Schrank nahm und sich Kaffee einschenkte. Dann hustete er und fluchte. „Verdammt, wer hat den denn gemacht?“

„Tut mir leid“, sagte ich zerknirscht zu Lucian, der mich mit einem finsteren Blick bedachte. „Ich habe gelogen, was den Kaffee angeht.“ Schweren Herzens rückte ich von ihm ab und richtete mein Oberteil. Ich wollte gerade aufstehen, doch mein Blick wurde von Lucians Anblick gefangen genommen. Mit einem anzüglichen Lächeln begann er langsam, sein Hemd wieder zuzuknöpfen. Unglücklich riss ich mich los. Warum hatte Chris nur so ein schlechtes Timing?

Ich stand auf und sah, dass Chris noch immer in der offenen Küche stand, anscheinend unschlüssig, ob er sich zurück ins Wohnzimmer wagen sollte. „Du kommst jetzt sofort her und sagst mir, was du eben meintest“, forderte ich. Die Tatsache, dass er nicht von selbst das Gespräch mit mir suchte, aber gleichzeitig so tat, als wäre er hier immer noch zu Hause, machte mich wütend.

„Ist ja gut.“ Er kam zurück ins Wohnzimmer. „Sei nicht sauer. Ich wollte noch mit dir reden, aber … na ja, lieber unter vier Augen.“

Wir blickten beide zu Lucian, der gelassen zurück sah.

„Nein“, sagte ich entschieden. „Er hat ebenfalls ein Recht darauf, die Wahrheit zu erfahren.“

„Oh", machte Chris und sein Tonfall gefiel mir gar nicht. „*Er* kennt die Wahrheit schon."

„Was?"

„Es stimmt", bestätigte Lucian. „Dein Freund suchte mich auf, kaum dass der Bund dich entführt hatte. Er erzählte mir, wer er ist, weihte mich in seinen Plan ein und bat um meine Unterstützung. Wir taten uns zusammen, um dich zu retten und den Bund zu zerstören."

Ich sah zwischen den beiden hin und her und wusste nicht, was ich von dieser Offenbarung halten sollte. Die ganze Sache leuchtete mir nicht richtig ein. Da verließ Chris mich vor zwei Jahren, weil er entschieden hatte, dass er den Bund zerstören wollte. Er schleuste neue Bundmitglieder ein, die in Wahrheit seine Mitstreiter waren und arbeitete daran, möglichst viele echte Mitglieder auf seine Seite zu ziehen. So weit verstand ich es noch. Trotzdem hätte es noch ewig gedauert, bis er den Bund auf diese Weise hätte vernichten können. Doch dann war ich aus Lucians Villa entführt worden, was Chris einen Vorwand gegeben hatte, Lucian zu kontaktieren und den Vampir dazu zu bringen, sich mit ihm gegen den Bund zusammenzutun. „Du hast das geplant", zischte ich Chris an. Ich konnte es nicht glauben, doch es war offensichtlich. „Du hast mich absichtlich entführen lassen, um Lucian auf deine Seite zu ziehen!"

„Nein." Chris schüttelte entschieden den Kopf. „Das stimmt nicht."

„Lüg mich nicht an, Chris. Du wolltest den Bund zerstören, aber mit deiner Methode hätte es doch nie funktioniert. Du brauchtest Lucian und seine verbündeten Vampire und Zauberer."

Wir starrten uns an, ich voller Wut und Enttäuschung, Chris mit Verzweiflung in den Augen. Und er nickte. „Du hast recht, aber nicht so, wie du denkst. Lass es mich dir erklären, bitte.“

Die Hoffnung, dass er etwas sagen könnte, eine Erklärung hatte, die gut genug war, dass ich ihm verzeihen konnte, ließ mich nachgeben.

Chris zog sich einen Stuhl heran, ich ließ mich wieder aufs Sofa sinken. Lucians Nähe gab mir Halt und ich wusste, was immer Chris zu sagen hatte, ich würde es überstehen.

„Es stimmt, dass meine Methode, den Bund von innen zu untergraben, zu langsam ging“, begann Chris. „Ich brauchte Unterstützung und meine Wahl fiel auf Lucian. Aber mit deiner Entführung habe ich nichts zu tun“, beeilte er sich zu sagen. „Mein Plan sah ganz anders aus.“ Er warf einen kurzen Blick auf Lucian. „Der Bund fürchtete ihn schon lange. Er wusste, dass er etwas plante, und genau darauf setzte ich. Wartete, dass Lucian seinen Plan, was auch immer es war, bald in die Tat umsetzen würde. Wenn es soweit war, würden meine Mitstreiter und ich die Gelegenheit nutzen, um den Bund endgültig zu vernichten. Es hätte alles so einfach sein können, wenn der Bund nicht plötzlich beschlossen hätte, eine Zauberin anzuheuern, um Lucian zu töten.“ Chris stockte, blickte mich kurz an und sah dann auf seine Hände. „Also brachte ich dich ins Spiel.“

Es durchfuhr mich eiskalt. „Du …?“, hauchte ich.

Chris nickte. „Es tut mir leid. Mehr, als du dir vorstellen kannst.“ Wieder warf er einen Blick auf Lucian, bevor er wieder mich ansah. „Ich wollte nichts weniger, als dich da mit hineinzuziehen, Amelie. Aber ich konnte nicht zulassen, dass sie Lucian töteten. Also tat ich das erste, das mir einfiel. Mir war klar, dass du den Auftrag annehmen würdest. Aber auch, dass dir schnell klar werden würde, dass Lucian nicht so ist, wie der Bund ihn darstellt. Ich wusste, du würdest keinen Unschuldigen töten.“

Ich schüttelte den Kopf und musste fast lachen aufgrund des unglaublichen Fehlers, den Chris begangen hatte. Ein Fehler, der in einer Katastrophe hätte enden können. „Du hattest keine Ahnung, dass Lucian längst über die Pläne des Bundes Bescheid wusste", stellte ich fest. „Dass Marcelle gar nicht mehr eure Spionin war, sondern Lucians, und er wusste, dass ihr mich schicken würdet."

„Nein", flüsterte Chris und seine Stimme brach. Er räusperte sich. „Das habe ich erst erfahren, als ich Lucian nach deiner Entführung aufsuchte, um ihn um Hilfe zu bitten."

Ich tauschte einen Blick mit dem Vampir und sah dieselbe Wut in den nachtblauen Augen, die auch mich durchströmte. „Weißt du eigentlich, was du angerichtet hast? Du konntest nicht mit Sicherheit wissen, dass ich meinen Auftrag nicht ausführen würde. Ich hätte es beinahe getan, weil ich *dich* unbedingt finden wollte. Ich hätte Lucian töten können!"

„Oder andersherum", stimmte Lucian zu. „Hätte Amelie mich tatsächlich töten wollen, wäre Marcelle ihr zuvor gekommen."

„Es tut mir so leid." Chris hob eine Hand, um sich damit durch das unordentliche Haar zu fahren, doch ließ sie sinken, noch bevor sie seinen Kopf erreichte. „Ich ..."

„Du hast nur an dich gedacht." Plötzlich fühlte ich mich vollkommen kraftlos. „Die ganze Zeit."

„Nein. Ich habe es für uns beide getan." Er beugte sich vor, wollte nach meiner Hand greifen, doch ich zog sie weg. Ich wusste, was er sagen würde. Ich hatte es in dem Moment gewusst, in dem ich verstanden hatte, dass Chris in Wahrheit gegen den Bund arbeitete, nicht für ihn. Denn es lag auf der Hand: „Unsere Eltern wurden nicht von Vampiren getötet, sondern vom Bund, richtig?"

Chris sah mich überrascht an. Dann nickte er.

„Wie hast du es herausgefunden?" Meine Stimme hörte sich in meinen eigenen Ohren seltsam tonlos an. Da umschloss Lucians Hand meine und drückte sie leicht. Ich sah ihn an. Die Anteilnahme in seinem Blick weckte in mir das Bedürfnis, mich an ihn zu schmiegen und mich trösten zu lassen. Stattdessen sah ich wieder Chris an, forderte ihn mit einem Blick auf, meine Frage zu beantworten.

„Erinnerst du dich an Ariane?", fragte er.

„Die Zauberin, die ein paar Tage bei uns gewohnt hat, kurz bevor du ..."

„... kurz bevor ich gegangen bin, ja. Du hattest in jener Zeit viel um die Ohren, aber ich habe mich ein bisschen mit ihr unterhalten. Sie kannte unsere Eltern zwar nicht direkt, hatte aber von ihnen gehört. Denn als sie noch am Leben waren, ging ein Gerücht in der übernatürlichen Gesellschaft umher: Dass der Bund beschlossen hatte, einige mächtige Zauberer zu ihren Verbündeten zu machen. Zumindest so lange, bis sie alle Vampire ausgerottet hätten. Anscheinend haben sie deiner Mutter und meinem Vater ein Angebot gemacht. So zumindest das Gerücht, von dem Ariane mir erzählt hat."

Ich lauschte atemlos.

„Ich habe einfach eins und eins zusammengezählt. Unsere Eltern bekommen ein Angebot von Bund, das sie niemals angenommen hätten. Kurz darauf haben sie einen unerklärlichen Autounfall, bei der sie auf schnurgerader Straße eine Böschung hinunterfahren."

„Und anstatt mir zu sagen, was wirklich mit unseren Eltern passiert ist – eine Information, auf die ich ein Recht hatte – verschwindest du einfach und planst deinen ganz persönlichen Rachefeldzug." All die Tage, Wochen, Monate, die ich mich um ihn gesorgt hatte. In denen ich gebetet hatte, dass er noch lebte. In denen ich mich schuldig gefühlt hatte, weil ich ihn nicht finden konnte. Ich schüttelte fassungslos den Kopf.

„Du hättest es mir ausgeredet“, sagte Chris leise. „Oder noch schlimmer: Du hättest mir helfen wollen.“

„Auch das wäre mein gutes Recht gewesen.“

Chris ließ den Kopf hängen.

Es war alles gesagt. Doch wie ich mit alldem umgehen sollte, wusste ich beim besten Willen nicht.

„Oh, ihr seid schon wach?“, erklang in diesem Moment Serenas Stimme. „Das ist toll! Christopher und ich haben euch etwas zu sagen!“ Sie hüpfte die Treppe hinunter, blieb neben mir stehen und strahlte in die Runde.

Christopher? Ich blickte zu Chris, dann wieder zu Serena und sog scharf die Luft ein. Marcelle stand hinter der Zauberin, als wäre sie schon die ganze Zeit da gewesen. Das hatte sie doch mit Absicht gemacht! Und tatsächlich lächelte Marcelle mich in ebendiesem Moment selbstzufrieden an. Fantastisch. Das Geschöpf meines Vampirfreundes hasste mich. Konnte es zwischen Lucian und mir noch komplizierter werden?

„Mann, kann man hier nicht einfach mal ausschlafen?“, zeterte plötzlich Sassa. „Deine Knutscherei mit dem Vampir war ja gerade noch auszuhalten, dann die Story von deinem Ex-Mitbewohner, den ich an deiner Stelle übrigens wieder in hohem Bogen vor die Tür setzen würde, und jetzt diese strohdumme Hexe mit ihrem Rumgekreische!“

„Du weißt schon, dass wir dich alle hören können, oder?“, fragte Chris.

„Umso besser!“, ereiferte sich Sassa. Da es keinen Grund mehr gegeben hatte, ihn für die anderen unsicht- und unhörbar zu lassen, hatte ich ihm, kurz bevor er sich gestern schlafen gelegt hatte, die Erlaubnis gegeben, sich zu zeigen.

„Wenn du dich nicht benimmst, nehme ich meine Erlaubnis wieder zurück“, warnte ich. „Also reiß dich zusammen.“ Ich seufzte, als mir einfiel, dass ja ohnehin noch ein ernstes Gespräch mit dem Dämon anstand. Darüber, wie wir mit seiner Rücksendung verfahren sollten. Doch ebenso wie Sassa hatte ich es damit eigentlich gar nicht mehr so eilig.

„Wolltet ihr nicht etwas sagen?", fragte ich Chris und Serena.

Die Zauberin lachte. „Ja, also Christopher und ich haben uns nämlich gestern noch kurz unterhalten, bevor wir schlafen gegangen sind." Eine feine Röte überzog ihre Wangen, als sie das sagte. Oh, oh. Da bahnte sich doch nicht etwas an?

„Jedenfalls", nahm Chris den Faden wieder auf, „habe ich Serena von einer Idee erzählt. Und sie hat mich ermutigt, euch alle einzuweihen. Denn meine Idee betrifft Zauberer und Vampire gleichermaßen."

„Dann kann ich ja gehen!", maulte Sassa.

Ich warf Christopher einen auffordernden Blick zu, damit er sich nicht wieder von dem Dämon aus dem Konzept bringen ließ.

Serena trat an seine Seite und nun strahlten sie gemeinsam in die Runde, als Chris sagte: „Wir möchten einen neuen Bund gründen!"

Alle im Raum – mich eingeschlossen – starrten die beiden an, als hätten sie vorgeschlagen … nun, als hätten sie vorgeschlagen, einen neuen Bund zu gründen.

Doch die beiden schienen mit dieser Reaktion gerechnet zu haben. Chris grinste in unsere fassungslosen Gesichter. „Natürlich keinen Bund wie den, den wir gestern zerschlagen haben. Sondern einen Bund im wahrsten Sinne des Wortes: Ein Bündnis aus Zauberern und Vampiren."

Marcelle lächelte abfällig.

„Und was soll der Sinn eures neuen Bundes sein?", fragte Lucian kühl.

„In erster Linie könnte er die Kommunikation zwischen Zauberern und Vampiren verbessern und als

Schutz dienen", erklärte Serena. „Die Anführer des alten Bundes sind zwar außer Gefecht gesetzt und wir haben ihre Zentrale zerschlagen, aber es gibt noch einige aktive Mitglieder in den anderen Ländern. Wir wissen nicht, ob sie den Bund nicht früher oder später wieder ins Leben rufen. Wir müssen sie auf jeden Fall im Auge behalten. Und auch so wäre es doch nützlich, wenn Zauberer und Vampire sich gegenseitig auf dem Laufenden halten. So könnten Bedrohungen in Zukunft viel schneller erkannt werden und wir könnten gemeinsam reagieren."

Ich musterte die beiden skeptisch. Ob sich solch ein Projekt realisieren ließe? Trotzdem: Der Gedanke hatte etwas.

„Und wer soll diesen neuen Bund anführen? Wer trifft die Entscheidungen?", fragte Lucian.

„Keiner!", stellte Chris sofort klar. „Jeder kann für sich selbst entscheiden!"

„Und was, wenn – wie du so schön vorhersagtest – eine neue Bedrohung auftaucht? Wer entscheidet, ob dein neuer Bund angreift oder abwartet?"

„Das kann jeder für sich selbst entscheiden", beharrte Chris.

Ich biss mir auf die Lippe. Ich ahnte, wo das Ganze hinführte.

„Dann sehe ich nicht, was der neue Bund an der gegenwärtigen Situation ändern soll. Wozu eine Institution, wenn sie nicht die Macht hat, etwas zu bewirken?"

Schweigen senkte sich über den Raum. Chris starrte Lucian aufgebracht an, Serena schien angestrengt nachzudenken.

„Und wenn es eine Führung geben würde?", fragte ich schließlich.

„Nein", sagte Chris stur.

„Aber Lucian hat recht. Was bringt ein neuer Bund, wenn am Ende doch jeder macht, was er will?"

Chris starrte mich an und wollte etwas erwidern, da legte Serena ihm eine Hand auf den Arm und flüsterte ihm etwas zu. Dann lächelte sie mich an und bedeutete mir, fortzufahren.

„Man könnte die Führung demokratisch wählen“, spann ich den Gedanken weiter. „Und natürlich muss sie auch jederzeit abgesetzt werden können, wenn sie nicht im Interesse der Mitglieder handelt.“ Die anderen blickten mich nachdenklich an, doch keiner sagte etwas. „Was meint ihr?“

„Eine Idee, die es auf jeden Fall wert ist, darüber nachzudenken“, nickte Serena.

„Chris?“, fragte ich.

Er zuckte mit den Achseln. „Darüber nachzudenken, kann ja nicht schaden. Wenn die Vampire dabei sind.“

„Lucian?“

Er blickte erst Serena und Chris an, dann mich. „Eine Idee, die zumindest nicht vollkommen auf meine Ablehnung stößt“, sagte er. „Auch ich werde darüber nachdenken und mich mit anderen meiner Art beraten.“

Ich nickte erleichtert. „Na, also. Warum nehmen wir uns nicht alle ein paar Tage Zeit, machen uns Gedanken und sprechen dann wieder darüber? Bis dahin könnten wir auch andere Zauberer kontaktieren und … was ist eigentlich mit Hexen? Sollen die auch mitmachen?“

Chris und Serena tauschten einen ratlosen Blick.

„Noch etwas, worüber wir nachdenken müssen“, sagte ich.

„In Ordnung.“ Chris seufzte. Ich sah ihm an, dass er den neuen Bund lieber heute als morgen gegründet hätte. Trotzdem sagte er: „In einer Woche wieder hier. Lucian?“

Der Vampir neigte zustimmend den Kopf.

„Wunderbar!" Serena klatschte in die Hände. „Oh, ich habe ein gutes Gefühl, was diese Sache angeht!"

Ich konnte mir ein Lächeln aufgrund ihrer kindlichen Freude nicht verkneifen, als ich plötzlich aus den Augenwinkeln wahrnahm, wie Lucian vom Sofa aufstand. Ich starrte ihn an. Marcelle wartete bereits an der Tür. „Ihr wollt gehen?", fragte ich und im selben Moment konnte ich über mich selbst nur den Kopf schütteln. Was hatte ich denn erwartet? Dass er ewig hier bleiben würde, in meinem Haus, gemeinsam mit Chris, Sassa und jetzt anscheinend auch noch Serena?

„Eigentlich nahm ich an, dass du mitkommen würdest." Lucian lächelte.

„Mitkommen? Wohin?"

Lucian hob die Augenbrauen.

„Mit zu dir?", fragte ich perplex. Im Wohnzimmer war es vollkommen still geworden. Ich spürte Chris' und Serenas Blicke auf mir. Auch Marcelle starrte mich an. Doch es waren Lucians Augen, die mich aus dem Konzept brachten, weil sie mich so intensiv musterten, dass es mir fast den Atem nahm. Er wollte, dass ich bei ihm wohnte. Unwillkürlich musste ich lächeln. Und ich wollte Ja sagen. Ich wollte bei ihm sein. Aber alles ging so schnell. Mein Lächeln erlosch, als mir abermals klar wurde, dass ich immer noch nicht wusste, wie ich zu der ganzen Sache mit dem Blut stand. Und auch sonst hatte ich noch keine Zeit gehabt, mir Gedanken zu machen. Was bedeutete es wirklich, mit einem Vampir zusammen zu sein? Wie sah ein Leben an der Seite von Lucian aus? Ich hatte nicht die geringste Ahnung. Und dann war da ja auch noch Chris. Wir hatten noch so vieles aufzuarbeiten. Ich konnte doch nicht von jetzt auf gleich mein ganzes Leben hier aufgeben, ohne zu wissen, was danach kam. „Ich ...", setzte ich an.

Doch Lucian unterbrach mich: „Ich verstehe." Er wandte sich zur Tür, wo er mir einen letzten, undeut-

baren Blick zuwarf. „Wir sehen uns in einer Woche."
Im nächsten Moment hatte Lucian das Haus verlassen.

Marcelle ließ ihre dunklen Augen über unsere Gesichter schweifen, dann folgte sie ihrem Meister. Die Tür fiel mit einem harten Klicken ins Schloss. Niemand sagte etwas.

Ich starrte ungläubig die geschlossene Tür an und verstand nicht, was passiert war.

„Das wird schon wieder." Serena schenkte mir einen mitfühlenden Blick.

Chris schüttelte den Kopf, sagte jedoch nichts.

„Da fragt man sich doch, was sein Problem ist", kommentierte Sassa. „Ich meine, der Kerl kann ewig leben, was muss er dich so hetzen?"

Ich starrte den Dämon an. Und plötzlich begriff ich. Das heißt, ich glaubte zumindest, dass ich begriff. Und wenn meine Vermutung stimmte, konnte ich Lucian auf keinen Fall so gehen lassen. Unter den ratlosen Blicken dreier Augenpaare schnappte ich mir meinen Mantel von der Garderobe, riss die Tür auf und rannte den Vampiren hinterher.

Die Schauersiedlung lag bereits in völliger Dunkelheit. Nur hier und da sorgten einige Straßenlaternen für spärliches Licht. Schwer atmend stolperte ich vorwärts, nur weiter, weiter. Immer geradeaus den Weg entlang, voller Angst, ich würde die beiden Vampire nicht mehr einholen können, als ich plötzlich einen Umriss wahrnahm. Ich stoppte und starrte Lucian an, der alleine mitten auf dem Weg stand und mir entgegenblickte. Auf mich wartete.

Vorsichtig ging ich auf ihn zu.

Sein schwarzes Haar glänzte im Licht der Straßenlaternen. Das blasse Gesicht mit den feinen Zügen war völlig ausdruckslos. „Ich hörte deine Schritte und dachte, es wäre angemessen, auf dich zu warten, da du uns aus eigener Kraft niemals einholen könntest", sagte Lucian, als ich schließlich vor ihm stand.

„Äh, danke." Suchend blickte ich mich um. „Wo ist Marcelle?"

„Sie wartet zwei Straßen weiter."

Ich nickte, nicht wirklich überrascht. Der Umstand, dass ihr Meister sie gerne in Gästezimmern und Seitenstraßen abstellte, wenn er mit mir allein sein wollte, trug mit Sicherheit auch nicht gerade zu Marcelles Sympathie für mich bei. Aber das war ein anderes Problem, mit dem ich mich ein andermal würde beschäftigen müssen.

Ich musterte Lucian, wie er seinerseits mich abwartend betrachtete, als wäre es das Normalste der Welt, dass er einfach wortlos ging und ich hinter ihm her hetzte, um die Sache wieder zu kitten. „Ich finde dein Verhalten übrigens ziemlich kindisch", sagte ich, weil es irgendwann von irgendwem ja mal gesagt werden musste.

„Tatsächlich?"

„Anstatt mit mir zu reden, gehst du einfach!", rief ich aufgebracht.

„Verzeih. Ich nahm an, es sei alles gesagt."

Ich starrte ihn stumm an. So kam ich nicht weiter. Ich tat einen tiefen Atemzug und rief mir meine Vermutung ins Gedächtnis. Meine Wut verrauchte augenblicklich. Ich musste Lucian direkt darauf ansprechen, das wusste ich, doch zögerte trotzdem. Wenn ich falsch lag, würde es ziemlich peinlich werden. Doch Lucians unnachgiebiger Blick sagte mir, dass ich keine andere Wahl hatte. „Ich hätte da eine Frage", grinste ich. Ein Versuch, die Situation etwas aufzulockern, der jedoch nach hinten losging.

Lucians Blick wurde noch finsterer. „Wenn es denn sein muss. Doch lass dir gesagt sein, dass ich es eilig habe."

Zu gern hätte ich ihn gefragt, wieso er es denn plötzlich ach-so-eilig hatte, doch schluckte die destruktive Frage hinunter. Ich musste mich jetzt zusammenreißen. Musste die Vermutung äußern, auf die Sassa mich unabsichtlich gebracht hatte. „Du bist unsterblich …“, begann ich zögernd, doch unterbrach mich bereits an diesem Punkt und stotterte: „… wobei das wahrscheinlich etwas allzu optimistisch ausgedrückt ist … aber du bist … nun, also … tendenziell schon ziemlich langlebig, könnte man sagen.“

Lucians Augenbrauen wanderten nach oben und ich wäre am liebsten im Erdboden versunken.

Ich tat ein paar tiefe Atemzüge und tatsächlich beruhigte ich mich etwas. Ich zwang mich, ihm ins Gesicht zu sehen. „Kann es sein, dass du es deshalb mit uns so eilig hast?“ Ich stockte wieder. Aber jetzt war ich schon so weit gekommen. „Weil dir mein Leben im Vergleich zu deinem so kurz vorkommt?“ Ich biss mir auf die Unterlippe.

Erst dachte ich, er würde überhaupt nicht reagieren. Doch dann sah ich plötzlich ein winziges Nicken. Gleichzeitig wurde der Ausdruck in seinen Augen etwas weicher.

Ich lächelte erleichtert und überbrückte den Abstand zwischen uns. „Es tut mir leid“, hauchte ich. „Ich wusste nicht …“

Lucian beugte den Kopf. Sein Haar streifte meine Stirn. Er hob eine Hand und legte sie mir auf die Lippen. „Es gibt nichts, wofür du dich entschuldigen müsstest, Amelie.“ Er küsste meine Stirn, meine Schläfe, meine Augenbraue.

„Ich habe es nicht verstanden“, seufzte ich und kämpfte gegen den Impuls an, genießerisch die Augen zu schließen, während Lucian weiter Küsse auf mein Gesicht hauchte.

„Nein“, flüsterte Lucian. „Ich bin es, der nicht verstanden hat. Du hast vieles, worüber du nachdenken musst.“

Ich schloss die Augen und wartete darauf, dass sich Lucians Lippen endlich auf meine legten. Doch es geschah nicht. Von einem auf den anderen Moment waren Lucians Lippen, seine Hände, seine Wärme verschwunden.

„Wenn du dich dafür entscheidest, mit mir zu leben, sollst du dir sicher sein.“

Ich öffnete die Augen und sah gerade noch, wie Lucian sich von mir abwandte. Ich blickte ihm nach, unfähig mich zu rühren. Jetzt hatte ich, was ich wollte, oder? Er gab mir die Zeit, die ich brauchte. Und doch tat es so weh, ihn gehen zu sehen, dass mir fast die Tränen kamen. Einem Impuls folgend setzte ich mich in Bewegung. „Lucian!“

Er drehte sich um, gerade noch rechtzeitig, um die Arme zu öffnen, bevor ich mich an ihn klammerte. „Warum kannst du nicht einfach hierbleiben?“, murmelte ich. „Bis wir alles geklärt haben.“

Lucian lachte leise. „Du vergisst die herausragende Idee unserer beiden Zaubererfreunde. Ich muss mit anderen Vampiren Kontakt aufnehmen.“

Ich sah zu ihm hoch. „Aber eine ganze Woche?“

Er küsste mich. Endlich. So tief und langsam, voller Zärtlichkeit, dass ich mir wünschte, wir müssten uns nie voneinander lösen. Doch als wir es taten, war die Magie des Augenblicks noch nicht verflogen. Wir sahen uns in die Augen und die Welt schien stillzustehen.

„Ich liebe dich“, entfuhr es mir. Kaum hatte ich es gesagt, fühlte ich, wie meine Wangen trotz der eisigen Temperaturen zu glühen begannen.

„Und ich liebe dich, Amelie“, sagte Lucian, als sei es ganz selbstverständlich und als hätte er es schon tausendmal zu mir gesagt. Doch seine nachtblauen Augen funkelten.

„Und wenn ich eine halbe Woche hier verbringe und die andere Hälfte bei dir? Als Übergangs –"

Weiter kam ich nicht. Denn da küsste mich Lucian abermals. Und ich wusste, mein Vorschlag war auf Zustimmung gestoßen.